옆구리에 대한 궁금증

허진석

서울에서 태어나 동국대학교 국어국문학과를 졸업하고 동국대학교 대학원에서 이학박사 학위를 취득했다. 주요 저서로 『농구 코트의 젊은 영웅들』(1994), 『타이프라이터의 죽음으로부터 불법적인 섹스까지』(1994), 『농구 코트의 젊은 영웅들 2』(1996), 『길거리 농구 핸드북』(1997), 『X-레이 필름 속의 어둠』(2001), 『스포츠 공화국의 탄생』(2010), 『스포츠 보도의 이론과 실제』(2011), 『그렇다, 우리는 호모 루덴스다』(2012), 『미디어를 요리하라』(2012 · 공저), 『아메리칸 바스켓볼』(2013), 『우리 아버지 시대의 마이클 조던, 득점기계 신동파』(2014), 『놀이인간』(2015), 『휴먼 피치』(2016), 『맘보 김인건』(2017), 『기자의 독서』(2018) 등이 있다.

옆구리에 대한 궁금증

초판 1쇄 인쇄 2018년 12월 12일
초판 1쇄 발행 2018년 12월 19일

지은이 허진석
펴낸이 최종숙
펴낸곳 글누림출판사

책임편집 문선희 ❘ **편집** 이태곤 백초혜 권분옥 홍혜정 박윤정
디자인 안혜진 홍성권 ❘ **홍보** 박태훈 안현진

주소 서울시 서초구 동광로46길 6-6(반포4동 577-25) 문창빌딩 2층(우-06589)
전화 02-3409-2055(대표), 2058(영업), 2060(편집)
팩스 02-3409-2059 ❘ **전자우편** nurim3888@hanmail.net
홈페이지 www.geulnurim.co.kr
블로그 blog.naver.com/geulnurim
북트레블러 post.naver.com/geulnurim
등록번호 제303-2005-000038호(2005.10.5)

정가는 뒤표지에 있습니다.
ISBN 978-89-6327-543-7 03800

* 이 도서의 국립중앙도서관 출판예정도서목록(CIP)은 서지정보유통지원시스템 홈페이지(http://seoji.nl.go.kr)와 국가자료공동목록시스템(http://www.nl.go.kr/kolisnet)에서 이용하실 수 있습니다. (CIP제어번호: CIP2018040203)

옆구리에 대한 궁금증

curiosity about side

허진석

글누림

이 책에 실린 글은 일간신문 아시아경제에 게재된 칼럼들이다. 나는 2016년 7월 1일 자에 '마라의 죽음과 생식기'라는 제목으로 첫 회 분을 썼고 2018년 7월 13일 자에 '생텍쥐페리의 비행(飛行)'을 써서 연재를 마쳤다. 모두 합쳐 102회분이다. 처음부터 이렇게 여러 편을 쓸 생각은 아니었다. 마치는 시기를 정하지 않고 한 편 한 편 쓰다 보니 하염없이 쓰게 되었다. 그 사정을 조금 소개하겠다.

2016년 5월쯤 당시 아시아경제의 이세정 대표이사가 오피니언 면을 전면 개편하겠다며 편집국장과 편집부장 등을 불러 시안을 마련하라고 지시하였다. 이 대표가 제시한 콘셉트는 하나뿐이던 오피니언 면을 둘로 늘리고 딱딱한 시사칼럼 외에 읽을거리를 확대하라는 내용이었다. 또한 외부 필진을 많이 두어서 다채롭게 우리 사회의 관점과 주장을 수용해 보자고도 했다. 개편 작업은 꽤 오래 걸렸다. 결과적으로 제1오피니언 면에 비교적 가벼운 글을 싣고 제2오피니언 면에 시사성 강하고 논쟁적인 칼럼을 싣기로 결정하였다. 특히 금요일 자 지면을 구성하는 데 공을 들였다. 힘든 한주를 마친 독자들이 힘을 들이지 않고 읽고 편안한 주말을 맞을 수 있게 해주고 싶었기 때문이다. 그래서 아주 뛰어난 필자를 찾아 나섰고, 운 좋게 윤제림 시인의 승낙을 얻어 제 1오피니언 면의 머리글을 받을 수 있었다. 그때 윤 시인은 '행인일기'라는, 이미 방향과 소재를 정한 글감을 지닌 채 게재할 곳을 고르고 있었다. 너그러운 시인은 나의 간곡한 요청을 뿌리치지 못하고 고된 연재를 시작하였다.

재미있는 사실은, 윤 시인과 내가 생각한 게재 횟수가 일치하지 않았다는 점이다. 매주 200자 원고지 열두 장을 받았는데, 윤제림 시인은 30회 정도 쓸 생각이었던 것 같다. 그러나 나는 그가 영원히 연재를 계속해도 좋겠다고 생각했다. 30회 언저리에 다다랐을 때 나는 "아무리 못해도 50회는 써야 한다."고 생떼를 부리며 다음 글을 졸랐다. 윤 시인의 '행인'은 힘겨워하면서도 나의 간청을 받아들여 고된 걸음을 계속했다. 원고는 매번 전자우편을 사용해 전달되었다. 윤 시인은 연재를 하는 동안 한 번도 마감을 어기지 않았다. 물론 메일에 '오늘도 걷는다마는……' 같은 호소문을 슬며시 얹기도 했다. 그러나 나는 못 읽은 척했다. 결국 윤제림 시인은 100회 연재라는, 쉽지 않은 기록과 업적을 함께 남겼다. 그가 연재를 거듭하고 있을 때 나는 원고에 탐이 난 나머지 모아서 책을 낼 궁리도 했다. 그러나 일찌감치 그의 글에 눈독을 들이던 명문 출판사가 있었기에 나의 욕심은 실현할 방도가 없었다.

윤 시인은 연재를 하는 동안 어려움이 적지 않았으리라. 매주 원고지 열두 매씩 100회라면 무려 1,200장이다. 책으로 묶으면 매우 두꺼울 것이다. 이 분량만큼 시인을 괴롭힌 나의 업이 쌓였으리라고 짐작한다.

그만큼 괴롭혔으면 죽어서가 아니라 살아서라도 대가를 치를 수밖에 없다. 과연 그러했다. 나도 그가 연재를 하는 동안 주변을 얼쩡거리며 변죽을 울려야 했던 것이다. 윤제림 시인의 글이 실린 면에는 채상우 시인이 매일 시를 한 편씩 소개하고 해설해주는 '오후 한 시'라는 난이 배치됐다. 시인 두 사람의 글을 실으면 크지도 작지도 않은 공간이 남았다. 원고지 여덟 장이 들어갈 자리였다. 이곳을 메울 필자 찾기가 여의치 않았다. 결국 내 몫으로 떨어졌다. 윤제림 시인이 '행인일기'를 쓰는 동안 그를 부축하며 동행해야 했다. 아니, 행인의 손을 붙들고 어렵게 걸음을 옮기는 격이었다. 그래서 윤 시인이 피치 못할 사정으로 한 차례 쉬어갈 때를 빼고는 늘 그의 글 곁에 나의 글이 있었다.

윤제림 시인의 행인이 전국을 주유할 때, 나는 내 몸을 살폈다. 몸을 정신의 여행지로 삼은 것이다. 그러나 몸을 직접 탐구의 대상으로 삼지는 않았다. 단지 원하는 곳에 이르기 위한 입구이거나 이정표였을 뿐이다. 나는 윤제림 시인에게 연재 계획을 설명하고 적당한 대문이 없겠느냐고 물었다. 윤 시인은 잠깐 시간을 달라고 했다. 우리말로 '기다려보라'고 하면 대개 거절이나 거부를 뜻한다. 그러나 윤 시인은 하루쯤 지난 뒤에 전화를 걸어 '몸으로 쓰는 이야기'가 좋겠다고 제안했다. 처음 듣고는 조금 거북했다. 너무나 노골적인 선언 같아서였다. 하지만 결국 그대로 받아들였다. 이보다 더 진솔한 제목을 짓기는 불가능하다는 사실을 깨달았기 때문이다. 이렇게 해서 윤제림 시인과 나는 나그네라는 공통의 계급으로 묶인 동지이거나 공범이 되었다. 전혀 다른 길을 걸었기에 한 먹이를 두고 볼썽사납게 다투는 일은 없었다. 다만 윤 시인의 표현처럼 "같은 도장에서 배웠으니 검법도 같을 수밖에 없음"을 체감할 기회는 몇 차례 있었다. 나로서는 아주 기쁘고 자랑스러운 일이었다.

'몸으로 쓰는 이야기'라는 대문을 걸고 한 주 한 주 적어 나간 나의 글들 중에는 칼럼이라고 부르기 어려운 꼭지가 많았다. 무엇보다 시사적인 문제를 직접 다룬 사례가 적었다. 시민들이 광장을 촛불로 물들일 때처럼 나의 영혼이 어쩔 수 없이 공명하여 속의 말을 끌어올렸을 때를 빼고는. 그래서 『옆구리에 대한 궁금증』, 곧 여기에 묶어둔 나의 글은 대부분 개인의 기억과 학습, 얕은 고찰의 결과들이다. '마라의 죽음과 생식기'에서 나는 죽은 이의 몸뚱이에 남은 칼집을 보고 여성의 성기를 떠올린 미술평론가 유경희의 아름다운 담론을 소개했다. 그는 "그 상처는 어쩌면 순교한 남성의 육체에 각인된 여성의 성기를 의미하는 것은 아닐까?"라고 적었다. 칼집은 예수의 옆구리로 자리를 옮겼다. 부처를 낳은 마야부인의 옆구리와 매일 독수리가 대가리를 집어넣고 들쑤셔댄 프로메테우스의 옆구리도 피해 가지 않았다. 말하자면 인간 본성의 근원을 옆구리에서 찾고자 노력하였다. 인간의 몸뚱이는 여성의 가랑이 사이에서 나왔을지라도 인간을 인간이게 하는 정신성, 의지와 용기와 통찰과 창조의지는 옆구리에서 나오지 않았겠느냐는 상상의 나래를 폈다.

이런 글쓰기 방식, 나아가 사유 방식이 독자의 공감과 이해를 얼마나 얻었을지 짐작하기 어렵다. 하지만 글쓰기는 언제나 공감을 갈구하는 행위가 아니다. 글쓰기의 진실은 사실을 있는 그대로 쓴다는 데에 있다. 책가게에 가면 글쓰기의 기술을 설명하는 길잡이 책이 얼마든지 있다. 글쓰기를 가르치는 교실에는 언제나 학생의 발길이 끊이지 않는다. 이런 현상은 글쓰기가 특별한 행위이며 얼마간 기본기가 바탕이 되어야 가능하리라는 믿음에서 출발한다고 본다. 그러나 나는 우리의 모국어를 문어와 구어의 구분을 심하게 하지 않는 너그러운 언어라고 느낀다. 따라서 모국어를 배웠다는 사실은 글쓰기 준비를 마쳤다는 증거라고 생각한다. 좋은 글을 쓰기 어렵게 만드는 가장 큰 이유는 정직하지 못한 태도, 즉 마음가짐이다. 글쓰기, 나아가 글이 특별한 기술이라는 인식에서 허위는 출발한다. 연재를 하는 동안 나는 이러한 생각으로 몹시 괴로운 싸움을 했다. 글을 정직하게 쓰기는 매우 어려우며 때로는 고통을 강요하기 때문이다.

이태에 걸친 연재를 마치고 그 동안 쓴 글을 한데 모아 놓고 보니 부끄러움이 앞선다. 연재를 시작할 때 결심을 굳게 했지만 지키지 못한 것이 많다. 숨기거나 얼버무리거나 이러저러한 장식을 달아 본모습을 보지 못하게 한 곳이 많이 보인다. 분노를 짐짓 누르고 애매한 말로 독자의 짐작을 강요한 부분도 있다. 이런 글은 독자의 공감 여부를 떠나 이해조차 구하기 어려울 것이다. 너그러운 독자라면 '글이 어렵다.' 정도로 말해주리라. 엄격한 독자라면 모호하며 불투명하고 정직하지 못하다고 꾸짖을지도 모른다. 다만 나는 연재를 하는 동안 절대로 거짓말을 쓸 수는 없으며 짐작을 사실로 둔갑시켜서도 안 된다는 철칙을 지키기 위해 노력했다. 어떤 경우에라도 개인이든 집단이든 현상이든 저주해서는 안 된다는 다짐도 수없이 했다. 이 약속을 지킬 수 없었다면 요령부득이요, 솜씨가 부족해서일 것이다. 글쓰기는 자주 회한을 남긴다.

부족함으로 얼룩진 책이 독자를 찾아가는 데는 길잡이가 필요하다. 변함없는 애정과 더불어 내가 글을 쓸 때마다 너그럽게 받아주시는 이대현, 최종숙 대표께 언제나 그렇듯 감사드린다. 이태곤 편집이사와 안혜진 디자이너, 문선희 과장 등 글누림 가족 여러분의 응원과 격려는 항상 나에게 용기를 준다. 이들은 여러 세월을 나와 함께 일하면서 깊은 이해와 공감 속에 동지의 믿음과 의리로 곁을 지키고 때로는 근면할 것을 촉구하였다. 따라서 나의 교사요 도반이라고 하지 않을 수 없다. 나는 유례없는 무더위가 한반도를 뒤덮은 2018년의 여름에 주말마다 경기도 김포에 마련한 누추한 서재에 틀어박혀 원고를 다듬었다. 땀에 젖은 몸뚱이는 퀴퀴한 책더미 앞에서 먼지를 뒤집어쓸 수밖에 없었다. 그러나 나의 얼은 전국을, 때로는 온 누리를 방랑하는 황홀경을 맛보기도 했다. 아시아경제의 지면에서 나의 글은 작은 행인일기였고, 사실은 스스로 실종(失踪)한 자의 다급한 길 찾기였을지도 모른다.

2018년 여름
萬學山房에서

차례

마라의 죽음과 생식기

쉰 살 난 혁명가가 칼에 맞아 죽었다. 장 폴 마라. 암살이다. 스물다섯 살 먹은 여성 샤를로트 코르도네가 조리할 때 쓰는 칼로 가슴을 찔렀다. 마라는 즉사했다. 1793년 7월 13일의 일이다.

마라는 왜 죽었나. 그는 원래 의사인데, 항상 절대 권력에 비판적이었다. 1789년 7월 혁명이 일어나자 〈인민의 벗〉이라는 신문을 발간하고 소용돌이 속에 뛰어들었다. 칼럼을 써서 개혁을 외쳤다. 그는 민중과 급진적인 자코뱅 당을 잇는 다리였다. 자코뱅 당이 권력을 장악하자 마라는 조르주 당통, 막시밀리앙 로베스피에르와 혁명의 중심에 섰다.

자코뱅 당은 반혁명 세력을 무자비하게 제거했다. 공포정치는 적을 양산했다. 중산층의 지지 속에 온건정책을 주장한 지롱드 당이 보기에 마라는 지나치게 급진적이었다. 코르도네는 지롱드 당을 지지했다. 지롱드 당에 대한 정보를 담았다는 편지를 들고 마라를 찾아갔다. 마라는 피부병을 앓았다. 늘 욕조에 앉아 일했다. 코르도네를 맞은 곳도 욕실이다.

화가 장 자크 다비드가 이 사건을 그렸다. 〈마라의 죽음〉. 마라는 식초에 적신 수건을 머리에 두른 채 숨을 거두었다. 욕조에 괸 물은 핏빛이다. 바닥에 피 묻은 칼이 나뒹군다. 마라는 펜을 놓지 않았다. 미술가들은 이 그림에서 순교자, 십자가에서 막 내려진 예수를 본다. 죽은 이의 표정에서 엑스터시를 발견한다. 이상에 생애를 바친 남성의 최후다.

미술평론가 유경희는 매혹적인 질문을 한다. "또 하나의 암시! 그 (가슴의) 상처는 어쩌면 순교한 남성의 육체에 각인된 여성의 성기를 의미하는 것은 아닐까? 성적으로 매혹된 순교자의 모습으로 말이다." 다비드가 마라를 예수처럼 그렸다면 예수의 옆구리에 난 상처 역시 간과하지 않았을 것이다. 피와 물이 쏟아져 나온 그곳.

"마야부인의 잠은 아주 얕았으리/(중략)/룸비니 사라수 그늘 아래/가지를 잡아 고타마를 낳았으니/코끼리가 든 바로 그 자리/오른쪽 옆구리였다니/그곳이 어디인가/하느님 아담을 지은 후/배필을 마련하느라 슬쩍/갈빗대 한 자루 떼어 내신 곳/카우카소스에 묶인 프로메테우스가/독수리에게 간을 찢기느라 헐린 곳/거룩한 아드님 십자가 높은 곳에서/창에 찔리어 물과 피를 흘린 자리일세." (졸시 「옆구리에 대한 궁금증」 『시작』 2009년 겨울호)

나는 알고 싶다. 인간에게 오른쪽 옆구리가 왜 그토록 중요한지. 여성의 성기가 있어야 할 곳이 원래는 옆구리가 아닐까. 마야 부인은 부처님을 옆구리로 낳았다. 부인에게 어떤 신체의 비밀이 있었는지 나는 모른다. 신이 인간을 창조할 때나 아담의 배필을 만들 때는 생식 과정이 없었다. 탄생의 비밀에 대한 호기심은 몸에 대한 궁금증이 된다.

그러므로 나는 몸 이야기를 하겠다. 몸이 소재이자 주제다. 남루한 조각배에 독자 여러분을 싣는다. 어디로 흘러갈지, 지금은 아무것도 보이지 않는다. 그러나 구석구석 더듬다 보면 보일 것이다. 우주 한복판을 깊이 찌른 처녀의 비수, 그 깊이를 알 수 없는 가공할 생식기의 심연 속이라 해도 상관없다.

프로메테우스의 옆구리

오른쪽 옆구리에서 피가 철철 흐른다. 독수리가 부리로 쪼아 대서 그렇다. 이 녀석은 대머리다. 죽은 짐승의 가죽을 찢고 대가리를 집어넣어 이리저리 후벼대며 내장부터 파먹는다. 그러기 좋으라고 대머리로 만들었다. 이놈도 신이 창조했다면 말이다. 프랑스 화가 귀브타브 모로가 1868년에 그린 〈프로메테우스〉다.

독수리는 사슬에 묶인 사나이의 간을 파먹는다. 사나이는 신의 저주를 받은 자. 그를 결박한 사슬도 신이 만들었다. 대장장이 신 헤파이스토스. 제우스가 발주했을 것이다. 신이 만든 사슬을 누가 끊으랴. 간은 재생능력이 뛰어나다. 그러면 뭐하나. 독수리가 와서 또 파먹고 가는데. 고통은 무한 반복된다. 동영상을 반복해 돌려보듯, 레코드판 위에서 바늘이 튀듯 같은 장면이 영원할 것처럼 계속된다. 시시포스의 형벌처럼 신이 인간에게 내리는 벌은 가혹하다.

사나이의 이름은 프로메테우스. '앞을 내다보는 자'란 뜻이다. 그리스신화의 신족(神族), 티탄의 후예. 아버지는 이아페

토스, 어머니는 클리메네다. 인간을 지극히 사랑한다. 그럴 수밖에. 동생 에피메테우스(뒤를 돌아보 는 자)와 함께 인간을 만들었다. 프로메테우스는 흙을 취하여 인간을 빚되 형상은 신을 베꼈다. 그 모습은 고귀하고 우아하다. 허리를 곧추세워 한낮의 태양과 밤하늘의 뭇별을 바라본다. 즉 꿈을 꾸는 존재다! 아테나가 숨을 불어 넣어 생명을 주었으니 인간의 숨결은 신의 호흡이다.

프로메테우스는 제우스의 불을 훔쳐다 인간에게 준다. 그러나 그 죄로 코카서스의 바위에 묶이지는 않았다. 프로메테우스는 앞을 내다보는 능력이 있었으니 곧 예언자다. 그는 제우스도 모르는 비밀 하나를 알았다. 제우스는 제 아들에게 권력을 빼앗기고 쫓겨날 운명이었다. 제우스도 그 사실을 알았다. 그는 프로메테우스에게 물었다. 그 아들을 낳을 여인이 누구냐고. 어미를 없애 아들이 태어날 싹을 지우려는 심산이었다. 프로메테우스는 '조개'처럼 입을 다물어버렸다. 이렇게 고집스런 프로메테우스가 인간에 대해서만큼은 무한사랑을 보인다.

라이프치히에서 태어난 화가 오토 그라이너는 1909년에 진흙으로 인간을 만든 뒤 생명을 불어넣어줄 여신을 기다리는 프로메테우스를 그렸다. 『예술의 사회경제사』를 쓴 이미혜는 "거인 같은 프로메테우스와 그를 닮았지만 인형처럼 무력하고 왜소한 인간이 대조적"이라고 썼다. 모로가 그린 프로메테우스는 철석같은 의지와 저항정신을 간직했다. 이름에 걸맞게 저 먼 곳 어딘가를 바라본다. 나는 그 강렬한 눈매에서 베네치아에 가서 본 모자이크 한 점을 떠올린다. 산마르코 성당을 장식한 12세기의 예수가 악마의 유혹을 받는다. "돌을 빵으로 만들고 악마를 경배하며 성전 꼭대기에서 뛰어내려 보아라."

유혹은 현대에 이르러 지극한 공포와 다름없게 되었다. 악마는 이미 무수한 영혼을 헐값에 사들였다. 권력, 부, 헛된 믿음. 엉터리 정치가, 자본가, 성직자들. 그러니 예수 그리스도여, 당신도 누군가에게 옆구리를 내주어야 할 운명이었다. 물과 피를 쏟아 정화해야 할 죄악이 세상에 충만했다. 프로메테우스여, 그대는 내다보았던가?

세상의 근원

기독교의 사제는 '재의 수요일'에 믿는 자의 이마에 재를 찍어 십자가를 긋는다. 그리고 말한다. "흙에서 왔으니 흙으로 돌아갈 것을 기억하시오." 인간의 '재료'로서 흙은 상징이 아니라 실체다. 우리는 죽어서 흙이 된다. 백골이 진토가 된다.

귀스타브 쿠르베(1819~1877)는 19세기 사실주의 미술의 거장이다. 그가 그린 그림 중에 〈세상의 근원〉이 있다. 여성의 성기를 세밀하게 그렸다. 프랑스 파리의 오르세 미술관에 걸렸다. 나는 궁금하다. 세상의 근원은 그림 속에 있는가, 그림 밖 세상에 있는가.

나는 '근원의 근원'을 묻고 있다. 생명은 들어갔던 곳에서 나와야 생명으로서 기능한다. 들어간 구멍과 나온 구멍이 다른 존재는 똥이다. 신은 세상을 만들 때 일관된 원칙을 적용했다. 난생(卵生)이든 난태생(卵胎生)이든 태생이든 '한 구멍 원칙'에는 예외가 없다.

창조 능력이 있는 존재, 즉 신이나 그와 비슷한 존재들은 태어나는 방식부터 다르다. 예를 들어 전쟁과 지혜의 여신 아테나는 아버지 제우스의 머리에서 나왔다. 카필라국의 왕자 고타마 싯다르타는 마야부인의 옆구리를 열어 세상에 들어섰다.

거기에 비해 '하느님의 외아들' 예수의 탄생은 추레하다. 그는 '세상의 근원'에서 나와 구유에서 첫 잠을 잔다. 보통의 인간과 다른 점은 성령으로 잉태되었기에 '세상의 근원'에 드는 과정을 거치지 않았다는 데 있다. 이는 그의 흠 없음이니, 하느님의 어린 양(Agnus Dei)!

예수가 십자가에서 죽어 무덤에 들었다 살아 돌아와 제자들을 본다. 토마스는 그 자리에 없었다. 그가 말한다. "거짓말마라. 내가 선생님의 옆구리와 손발에 난 구멍에 손을 넣어보기 전에는 믿지 못하겠다." 예수가 그에게 나타나 말한다. "나다. 손을 넣어 보아라."

이탈리아 로마에 있는 코스메딘 산타마리아 델라 성당 입구의 벽에 커다란 대리석 가면이 걸려 있다. 지름 1.5m나 된다. 강의 신 홀르비오의 얼굴이다. 그 입에 손을 넣고 진실을 말하지 않으면 손목이 잘린다고 해서 '진실의 입(La Bocca della Verita)'이라고 부른다.

영화 〈로마의 휴일〉에서 남녀 주인공도 이곳에 간다. 일탈한 앤 공주(오드리 헵번)는 차마 손을 넣지 못한다. 그러나 뻔뻔스런 거짓말쟁이 조 브래들리(그레고리 펙. 젠장, 기자다)는 천연덕스럽게 손을 집어넣는다. 원래 그런 법이다.

예수라면 로마에 있는 진실의 입에 손을 넣지 않았을 것이다. 수많은 제자(곧 성직자)가 밥 먹듯 거짓말을 하지만 예수는 그렇게 가르치지 않았다. 손을 넣어 확인해야 할 것이 그에게는 없다. 예수가 말하였다. "나를 보지 않고도 믿는 사람은 행복하다."

예수, 아니 예수의 옆구리가 토마스에게 묻는다. 로마 병사의 창에 찔려 피와 물을 쏟아낸 옆구리가 토마스에게 묻는다. 믿느냐, 믿지 않느냐. 예수는 진리를 낳는 자이니 옆구리의 상처는 기독교도에게 '세상의 근원'이다. 2000년 뒤 그를 따르는 무리가 서로를 '형제', '자매'라 부르지 않는가.

유경희가 던진 매혹적인 질문, "남성의 육체에 각인된 여성의 성기". 나는 영감이 살별처럼 그녀를 스쳤으리라 짐작한다. 로마 가톨릭 교도로서 나는 주일에 한 번 '진리의 근원' 앞에 선다. 내 머리에 피와 물이 쏟아진다.

옆구리에 대한 마지막 궁금증

신의 아들로서 인간을 사랑한 자가 적지 않다. 성부의 외아들 예수처럼 환인(桓因)의 아들 환웅(桓雄)도 세상을 사랑했다. 환웅은 오른쪽 옆구리가 무사하다. 대신 그는 곰을 여자로 만들어 아들 단군을 낳게 하는 놀라운 테크닉을 사용한다. 우리의 신화 속에 옆구리 출신은 아리영(娥利英) 부인뿐이다. 그녀는 계룡(鷄龍)의 옆구리에서 태어나 훗날 신라 시조왕 혁거세거서간의 아내가 된다. 아무튼 어디에나 옆구리는 있다.

용(龍)의 이미지는 동서양에서 아주 다르다. 서양에서는 몹시 흉악한 존재라서 영웅들의 토벌 대상이다. 동양에서는 매우 영험한 동물로서 중국에서는 황제를 상징한다. 용꿈을 꾸면 복권을 사야 한다. 뭐든지 '용'이 들어가면 고귀해진다. 임금의 얼굴을 용안(龍顔)이라고 하지 않던가. 역린(逆鱗)이란 임금의 분노를 일컬으니 목숨을 내놓아야 한다. 동양이든 서양이든 용이 절대적인 힘을 지니고 있다는 점에서는 일치한다.

하느님이든 프로메테우스든 인간을 만든 재료는 흙이라든가, 옆구리에 대한 빈번한 암시와 같은 설화·전설과 이미지의 빈번한 일치는 '집단 무의식' 또는 '원형 무의식'을 뒷받침한다. 칼 융(Carl Gustav Jung)은 지그문트 프로이트(Sigmund Freud)처럼 무의식에 주목한 심리학자다. 프로이트는 무의식을 개인적인 세계로 이해한 반면 융은 개인의 무의식과 집단 무의식으로 나누어 이해했다.

각 개인의 정신이 아무리 독특해도 다른 개인의 정신과 동일한 부분을 많이 지니고 있다. 모든 개인의 정신이 공통의 하부구조 혹은 토대를 가지고 있기 때문이다. 융은 이것을 집단 무의식이라 부른다. 그리고 집단 무의식의 깊은 곳에는 인류 공통의 기억이나 이미지가 잠재해 있다고 생각했다. 예컨대 사람들이 대개 뱀을 싫어하는 이유는 인류의 조상이 파충류에게 쫓길 때의 기억이 유전자에 의해 마음 깊숙한 곳에 전해졌기 때문이라는 것이다.

용의 이미지도 바로 이 파충류에 대한 공포에서 오지 않았을까? 용은 그렇다면 '쥐라기 공원'에 나오는 거대한 육식공룡의 변화된 이미지일지도 모른다. 융은 처음 간 장소에서 전에 와본 듯한 느낌이 드는 기시감(旣視感)도 집단 무의식 때문이라고 했다. 예수와 프로메테우스, 역사와 신화 속 두 주인공의 옆구리는 무엇을 의미하는 걸까? 혹시 그들의 옆구리를 통하여 인간의 근본에 속한 비밀을 넌지시 암시하는 것은 아닐까?

인간의 옆구리, 특히 오른쪽 옆구리는 중요한 신체기관인 간

(肝)이 들어 있는 곳임에 틀림없다. 성경에서 하느님이 아담을 잠들게 한 뒤 그의 갈비뼈 하나를 뽑아 이브를 만들고 아담의 아내로 삼았다는, 바로 그 갈비뼈가 들어 있는 곳이기도 하다. 토마스가 손을 넣어 확인한 그곳, 예수의 옆구리. 프로메테우스가 체험한 영원한 고통의 표상. 그러나 영원히 새롭게 돋아나는 살점을 덮은 곳.

그곳은 보지(묻지) 않고도 믿어야 하는, 움직일 수 없는 진리와도 같은 무엇인가를 상징하고 있는 것일까? 그곳은 인간이 영원히 알아서는 안 될, 금단의 영역일지도 모른다. 인간은 제 살점(세포)을 떼어내 스스로를 복제하려 든다. 옆구리는 신들의 실험실일까. 오늘 내 옆구리가 뻐근한 이유는 어제 골프를 쳐서가 아니라 신의 경고를 받았기 때문일까.

외팔이 신 티르

예수는 왜 토마스에게 자신의 손과 옆구리에 손을 넣어 보라고 했을까? 토마스는 예수가 눈앞에 나타난 순간 제 스승의 부활을 믿었을 것이다. 그런데 예수는 굳이 손을 넣어 확인해 보라고 한다. 로마의 성당 입구에 걸린 진실의 입. 강의 신 홀르비오는 왜 거짓말쟁이의 손목을 덥썩 물어 베어버리는 걸까? 인간의 언어는 세치 혀를 놀려 주고받는 일이다. 그러니 진실을 감추고 속여 말하는 자는 혀를 베어버려야 마땅하다. 근데 굳이 손목을 베어버린다.

손목을 베면 손이 몸에서 떨어져 나온다. 손이 생명을 잃는 것이다. 또한 그 몸의 남은 삶도 결코 편안할 수 없다. 손이 무엇이기에 성경 속에서 눈(目)과 같은 의무를 지는가. 손의 결핍은 장애인 동시에 신성(神性)을 내포하기도 한다.

북유럽 신화에 등장하는 티르(Tyr)는 전쟁의 신이자 재판과 맹세의 신이다. 그런데 맹세를 할 때 들어 올려야 할 오른손이 없다. 즉 외팔이 신이다. 한때 올림포스에 사는 제우스와 흡사한 지위를 누렸으나 후대에 이르러 오딘(Odin)에게 자리를 내준다. 북유럽의 신들 가운데는 장애가 있는 신이 적잖다. 신 중의 신 오딘은 외눈박이다. 티르는 어쩌다 오른손을 잃었을까. 사연이 있다.

신들이 난폭한 늑대 펜리르(Fenrir)에 시달리다 못해 쇠사슬로 묶으려 한다. 그러나 펜리르는 번번이 사슬을 끊어버린다. 그러자 오딘이 뛰어난 대장장이이자 마법사인 난쟁이 드베르그(Dvergr)에게 글레이프니르(Gleipnir)를 만들게 한다. (제우스가 헤파이스토스를 시켜 프로메테우스 묶을 사슬을 만들게 한 일을 떠올리게 한다) 글레이프니르는 겉보기엔 평범한 끈 같지만 어떤 무기로도 끊을 수 없을 만큼 강했다. 재료는 고양이의 발걸음 소리, 여자의 콧수염, 곰의 힘줄, 산의 뿌리, 물고기의 숨과 새의 침이다.

신들은 펜리르에게 "곧 풀어줄 테니 가는 실처럼 생긴 이 사슬을 한번 몸에 둘러 보라"고 한다. 펜리르가 의심하자 티르는 그를 안심시키기 위해 오른손을 아가리에 집어넣는다. 하지만 펜리르는 이내 신들의 계략을 알아채고 분노하여 티르의 오른손을 물어뜯어 삼켜버린다. 거대하고도 난폭한 펜리르를 묶는 데 티르의 희생이 필요했던 것이다. (화요일을 뜻하는 'Tuesday'는 바로 티르의 이름에서 왔다) 야성의 포박이 지성의 승리라면 티르는 진리의 제단에 제 오른손을 제물로 바친 것이다. 그의 희생은 면벽한 달마에게 한쪽 팔을 베어 던진 혜가의 일을 떠올리게 한다.

인도 승려 달마가 9년 면벽을 한다. 수많은 수행자가 찾아와 배우기를 청하나 고개를 돌리지 않는다. 어느 날 젊은 수행자가 달마를 찾아왔다. 그는 (칼을 꺼내 자신의) 한쪽 팔을 잘라서 달마에게 던진다. "(이것은 시작일 뿐)당신이 돌아앉지 않는다면 내 머리를 잘라 (당신 앞에)던지리라." 달마가 돌아앉는다. "머리를 자르지 마라. 그걸 써야 한다." 혜가가 달마의 제자가 되니 마침내 승찬─도신-홍인-혜능 등 6대 조사로 이어지는 중국 불교의 부흥이다.

때로 손은 눈을 대신한다. 시력을 잃은 사람은 손끝으로 점자를 읽어 지식을 얻는다. 사랑하는 사람의 얼굴을 더듬어 윤곽을 헤아린다. 손에 쥔 지팡이로 바닥을 두들겨 길을 찾는다. 입말을 잃은 사람은 수화로 뜻을 통한다. 손금을 읽어 그 사람의 지난 삶을 짐작하고 훗날을 예언한다. 손을 보면 그 사람을 안다. 손은 그 사람이다. 그래서 그토록 가슴 두근거리며 그녀의 손을 잡고자 하지 않았는가. 비틀스, I wanna hold your hand!

엄지 척!

나는 '예수쟁이'다. 그래서 '대폭발 이론(빅뱅)'은 믿으면서 '태초에 신이 있어 세상을 창조했다'는 창세기의 첫 줄을 이해하지 못하는 이유를 알지 못한다. 창세기의 설명은 '코아세르베이트'라는, 발음하기도 어려운 탄수화물과 단백질과 핵산의 혼합체가 화학반응을 일으켜 생명의 씨앗이 되었다는 알렉산드르 오파린의 설명보다 훨씬 직설적이고 이해하기가 쉽다. 과학은 어렵다. 다음은 최근 국내언론(서울신문)에서 보도한 내용.

미국 하버드-스미소니언 천체물리학센터와 영국 옥스퍼드 대학 공동 연구진에 따르면 138억 년 전 빅뱅이 발생한 지 3,000만 년 뒤 지구에 첫 생명체가 생겨났다고 한다. 연구진은 우주의 어느 항성에서 10조 년이 지나면 그 주변 행성에 생명체가 탄생할 가능성이 현재의 1,000배에 이른다는 이론을 제시했다. 그런데 우주의 나이는 138억 년, 지구의 나이는 45억 년이다. 과학자들은 지구에 생명체가 등장한 시기를 약 36억 년 전으로 본다. 셈이 맞지 않는다. 이에 대한 연구진의 답은 "지구의 생명체는 '우주적 관점'에서 볼 때 낮은 확률을 뚫고 태어난 '조산아'"라는 것이다.

이런저런 이론에 귀를 기울이다가는 둔한 머리가 쪼개질 것이다. 밥벌이에 도움이 되지 않을 설명을 턱 쳐들고 듣느니 기사 마감이나 제때 하는 게 신상에 이롭다. 이러한 생각을 하고 있으니 인간이 원숭이의 먼 친척이라는 주장을 어찌 곧이듣겠는가? 인간은 영장류에 속한다. 영장류는 척추동물문, 포유류강의 한 목이다. 가장 진화한 군인데, 원숭이와 인류가 여기 속한다. 가슴에 유방이 두 개 또는 네 개 있고 새끼는 대개 한 마리씩 낳는다. 앞발과 뒷발의 발가락은 다섯 개고 걸을 때는 발뒤꿈치가 땅에 닿는다.

발을 자세히 봐야 한다. 영장류는 엄지발가락에 넓은 발톱이 있고, 엄지발가락이 다른 발가락과 마주 나서 물건을 잡을 수 있다. 다만 인간은 원숭이들과 달리 뒷발의 엄지가 다른 발가락들과 평행이다. 인간은 그들의 앞발을 손(手; hand)이라고 부른다. 앞발을 어찌나 아끼는지 뒷발과도 분명한 차등을 둔다. 급해지면 '손이 발이 되도록' 빈다. 손은 손가락으로 그 기능을 다한다. 그중에 으뜸은 엄지로, 인간의 엄지는 형제 손가락을 야구경기의 포수처럼 마주보고 나 있다. 물건을 잡을 때는 다람쥐가 도토리 붙들 때처럼 받쳐 들지 않는다. 야구선수가 배트를 쥘 때처럼 '움켜쥔다'. 인간의 손은 움켜쥐는 기능이 다른 영장류와 비교할 수 없을 만큼 발달했다.

그래서 이 무리는 그토록 욕심이 많은 모양이다.

나이즐 스파이비는 고고학자로서 영국 케임브리지대 교수로 일한다. 그는 『예술은 어떻게 세상을 만들었나(How Art Made the World)』에서 "엄지가 인류를 예술가로 만들었다"고 주장한다. 유난히 짧고 굵은 엄지가 다른 손가락을 마주보고 있기에 인간은 손을 정교하게 움직여 그림을 그릴 수 있었다는 것이다. 침팬지가 가끔 방송에 나가 그림 그리는 시늉을 하지만 절대 인간처럼 그릴 수는 없다. 구조상 손바닥을 오목하게 만들 수 없기 때문이다.

엄지는 손의 제왕이다. 우리는 엄지를 척! 세워서 '네가 짱 먹어라'라고 추어준다. 로마의 황제는 요걸 갖고 사람 목숨을 희롱했다. 엄지의 지문은 지금도 도장이나 서명을 대신한다. 지문인식! 새끼손가락 걸어 약속을 하고도 못 미더우면 엄지를 맞추어 확인한다.

부처의 손

옆구리에
대한
궁금증

어머니 태에서 나온 신생아가 벌떡 일어나 사방으로 일곱 걸음을 걷는다. 걸음마다 연꽃이 핀다. 아기가 한손으로 하늘을, 한손으로 땅을 가리킨다. 영화 〈토요일 밤의 열기〉에 나온 존 트라볼타처럼. 그리고 외친다. "천상천하 유아독존, 삼계개고 아당안지(天上天下 唯我獨尊 三界皆苦 我當安之-온 천지에 나 홀로 존귀하도다. 세상에 온통 고통뿐이니 내가 이를 평안히 하리라)." 이를 오만하네 어쩌네 증오하는 무리가 있다. 그들은 자신의 발아래 뭐가 쌓였는지 살필 일이다. 그리하여 똥오줌이 아니거든 감사할지어다.

'디스코 베이비'는 훗날 부처가 되어 중생을 구제한다. 태어나 곧 얻은 이름은 고타마 싯다르타. 다음은 법륜 스님의 설법이다. "부처는 '신들이 세계와 인간의 세계를 통틀어 자신의 존재보다 더 소중한 것은 없다'라고 선언하였다. 인간 존엄의 절대성을 말한 것이다. 또한 '너 자신에게 의지하고 진리에 의지해 자유로운 사람이 되어라'고 가르친다. 그러나 거기 머물러서는 안 된다. 나는 자유롭고 행복해졌을지라도 주

위에 수많은 사람들이 괴로움 속을 헤맨다. 그러니 내가 얻은 행복의 세계로 그들을 인도해야 한다."

불교 사찰은 대개 사람들이 마음을 내려놓고 쉽직한 곳에 깃들였다. 조계사나 봉은사처럼 저자에 자리 잡은 사찰도 그 품에 안기면 편안하다. 대찰은 대찰대로, 작은 암자는 암자대로 그곳에 평화가 있음을 알게 해준다. 유럽의 교회들은 대부분 도시 한복판에 있다. 파이프오르간이 바흐의 코랄을 연주하는 인스브루크의 예수회 성당에서도 불교 사찰에서처럼 평화를 느낄 수 있다. 두 팔을 벌린 하느님의 아들이 그곳이 기도하는 곳임을 알린다. 그런데 불교 사찰에는 부처가 한 분만 계시지 않는다.

절에 가서 법당 처마 아래를 올려다보라. 현판에 '극락전'이라고 씌었으면 아미타불을 모신 법당이다. 아미타불은 서방정토에 머물며 그를 믿고 그 이름을 부르는 사람을 모두 극락정토로 이끈다는 구제불이다. 미륵과 더불어 우리 구복불교의 중심에 있는 부처다. '대웅전'이라고 씌었으면 석가모니를 모신 곳이다. 격을 높여 대웅보전(大雄寶殿)이라고 하면 좌우에 아미타불과 약사여래를 모신다. 대적광전이나 비로전은 비로자나불을 모셨다.

그러면 각각의 부처는 어떻게 구분하는가. 손을 보라. 우리 고대 미술의 표현법 가운데 서양미술과 크게 다른 부분이 손과 발의 묘사다. 그러나 불교미술에서는 예외다. 수많은 불화나 불상에서 손과 발에 대한 표현을 풍부하게 발견할 수 있다. 그 이유는 부처를 표현하는 데 손의 모양이 중요하기 때문이다. 부처의 손 모양을 수인(手印)이라고 한다. 부처마다 손의 위치와 손가락의 모양이 다르고 각각에 의미가 있어 부처의 정체성을 구분한다.

두 손 다 엄지와 나머지 손가락 중 하나를 맞대 동그라미를 만든 불상, 꿀밤을 때리기 직전이거나 "돈을 가져오라"는 듯한 수인을 보거든 "아, 아미타불이군" 하고 알은 체를 하라. 틀릴 확률이 높지 않다. 아미타불의 '9품인'이 모두 손가락으로 원을 만들고 있다. 석가불의 수인은 선정인, 항마촉지인, 전법륜인, 시무외인, 여원인 등 다섯 가지다. 이중 손가락 동그라미를 만든 수인은 전법륜인뿐이다. 비로자나불은 지권인과 법계정인이다. 모두 다 알 필요는 없다. 스마트폰이 있지 않은가.

흐르는 강물처럼

영화 〈흐르는 강물처럼〉은 할리우드의 명배우 로버트 레드 포드가 감독해 1992년에 만든 작품이다. 원작은 노먼 매클린이 1976년에 쓴 동명 소설이다. 대중매체에 두루 소개된 내용을 정리하면 이렇다.

1900년대 초, 스코틀랜드 출신 장로교 목사 리버런드 매클린은 아들 노먼과 폴, 아내와 함께 몬태나 주 강가에 있는 교회에서 산다. 그는 제물낚시로 송어 잡기를 즐긴다. 노먼과 톰도 어려서부터 아버지에게서 낚시를 배워 자주 낚시를 한다. 신중하고 지적인 노먼과 도전적이고 자유분방한 폴은 어린 시절부터 형제애와 경쟁심을 공유했다. 목사의 아들들은 장성하여 노먼은 동부에 가서 문학을 공부하고 폴은 고향에서 신문기자로 일한다.

노먼이 시카고 대학의 문학교수로 임용되자 목사는 더할 나위 없이 기뻐한다. 그런데 폴이 어느 날 폭행을 당해 죽는다. 목사와 노먼은 폴을 잃은 슬픔에서 헤어나지 못한다. 특히 목사의 고통은 죽을 때까지 계속된다. 그의 마지막 설교.

"도움이 필요할 때 우리는 가장 가까운 사람도 거의 돕지 못합니다. (중략) 그러나 우리는 사랑합니다. 완전하게 이해할 수 없을지라도, 완벽하게 사랑할 수는 있습니다(We can love completely without complete understanding)."

영화의 하이라이트는 목사의 설교가 아니라 삼부자가 낚시를 하는 장면이다. 톰은 놀라운 실력으로 대어를 잡는다. 목사가 감탄한다. "너는 정말 훌륭한 낚시꾼이야!" 이때 폴의 대답. "물고기처럼 생각하려면 3년은 더 있어야 하는걸요." 톰의 말은 나의 기억 속에 티눈처럼 박혔다. '사냥을 잘하기 위해서는 사냥감처럼 생각해야 한다.' 야콥 브로노브스키는 『인간역사(1972년)』에서 선사시대 인류가 남긴 동굴 벽화에 대해 썼다. 그는 벽화가 사냥에 대한 염원과 공포를 반영하며 "미래를 예측하고 거기 대처할 방도를 찾아내는 인간능력의 소산"이라고 했다. 알타미라 동굴 벽에는 원시 화가의 손자국이 선명하다. 브로노브스키는 거기서 화가의 목소리를 듣는다. 화가가, 손이 외친다. "이것은 나의 표지이다. 나는 인간이다!"

노먼이 경찰서에 가서 폴의 시신을 확인하고 돌아온다. 맏이의 설명을 듣고 목사가 묻는다. "더 해줄 말이 있니?" "폴의 손뼈가 거의 다 부러져 있었습니다." "정말이냐?" "예." "어느 손이더냐?" "오른손이었습니다." 폴이 죽은 뒤 목사는 잘 걷지 못한다. 그러나 노먼이 폴의 오른손에 대해 말하면 사력을 다해 일어선다. 매클린의 소설은 영화와 다르다. '이해 없이도 가능한 완벽한 사랑'에 대해 말한 사람은 노먼이다. "그 애의 죽음에 대해서 정말로 내게 모든 걸 다 말한 거니?" "모두 다 말씀드렸습니다." "하지만 너무 적지 않니?" "예, 많지는 않지요. 하지만 완벽하게 이해하진 못해도 완벽하게 사랑할 수는 있습니다." "그래, 그게 내가 평생 설교해 온 것이지."

목사에게 오른손은 폴이 지닌 아름다움의 원천이자 본질이었을 것이다. 그러기에 그토록 폴의 오른손에 집착했으리라. 영화에서 폴은 오른손으로 낚시를 즐기고 송어의 아가미를 꿰고 주먹을 휘두른다. 폴의 오른손은, 그렇다, 폴 자신이었다.

ET와 미켈란젤로

ET는 외계인이다. 지구를 조사하기 위해 우주선을 타고 왔다. 근데 좀 부족한 친구다. 식물 채집을 하러 왔다가 태평양 밤바다를 보고 반해버린 나머지 우주선에서 낙오된다. 그리고 지구인들에게 쫓기다 엘리엇을 만나 그의 집에 숨는다. 엘리엇은 형 마이클, 여동생 거티와 함께 ET를 보살핀다.

ET는 자기 별로 돌아가기 위해 노력한다. 엘리엇과 마이클의 도움으로 잡동사니를 모아 동족들에게 연락할 통신 장비를 만든다. 숲에 들어가 동족들과 교신을 시도하지만 잘 되지 않는다. 지구 환경에 적응하지 못한 ET는 병에 걸려 쓰러진다. 외계인을 추적하던 미국의 정보 요원들이 살리려 해보지만 ET는 끝내 숨을 거둔다. 하지만 슬픔에 빠진 엘리엇 앞에서 시들었던 화분의 꽃이 되살아난다. 기적처럼 ET의 심장이 다시 뛴다.

우리에게 외계생명체는 공포의 대상이다. 〈인디펜던스 데이〉, 〈프로메테우스〉 같은 영화에서 압도적인 힘으로 인류를 위협한다. 그러나 스티븐 스필버그가 감독해 1982년에 만든 영화 〈ET〉에서는 예외였다. 꿈같은 장면들이 관객을 사로잡았고, 수많은 패러디가 양산되었다. ET를 바구니에 담은 엘리엇의 자전거가 날아오르고 만월(滿月) 속을 가로지른다. 죽은 줄 알았던 ET의 심장이 붉게 빛나면서 깨어나는 장면, 자기 별로 돌아가는 ET와 엘리엇의 이별 장면 등은 가슴 뭉클했다.

그러나 'ET' 하면 떠오르는 그림이 따로 있다. 소년과 ET가 검지를 맞대려는 그 장면. 사실 이 장면은 영화 포스터에서만 보인다. 미켈란젤로의 〈천지창조〉에서 아이디어를 구했으리라. 신이 아담에게 생명을 불어넣는 그 장면. 나는 미켈란젤로의 그림과 스필버그의 영화, 그리고 스티브 잡스가 상징하는 스마트폰의 액정을 통해 천재의 상상력이 어떻게 현실로 구현되는지, 현실을 얼마나 결정적으로 바꾸어 놓는지 확인한다.

스마트폰이 세상에 선을 보일 때, 액정을 터치해 신호를 입력하는 데는 '감압식'과 '정전식' 기술이 사용되었다. 감압식은 압력, 정전식은 정전기를 인식하게 하는 방법이다. 지금은 대부분 정전식을 사용한다. 스마트폰을 이전의 '휴대전화'처럼 버튼을 눌러 조작했다면 지금과 같이 널리 사용되지 못했을 것이다. 터치는 스마트폰의 본질이다. 우리는 스마트폰을 구동해 무슨 일이든 할 때 검지를 들어 액정에 생명을 불어넣는다. 우리가 검지를 펴 생명을 불어넣기 전까지 스마트폰은 아무 것도 할 수 없다.

소년도 ET도, 신도 아담도 검지를 맞대지 않았다. 부하된 전압이 매우 높고 조건이 맞으면 도체 사이에 간격이 있어도 전자가 이동한다. '터널링 효과'다. 에너지가 클수록 터널링이 강하게 나타난다. 신의 무한한 에너지는 터널링을 통하여 아담에게 전달되어 생명이 고동치게 했을 것이다. 미켈란젤로는 터널링 효과를 어떻게 알았을까? 나는 아주 지독한 진리는 지식이 아니라 영감이라고 믿는다.

생각한다. 신이 부여한 아담의 생명은 전기와 같은, 그러한 기운이었을까. 생명은 그런 자극, 그런 전율인가. 그러기에 사랑하는 사람을 처음 만난 우리는 감전된 것처럼 온몸에 힘이 빠져 아무 일도, 아무 말도 할 수 없었던 것인가.

엄지와 검지 사이

셰이머스 히니(Seamus Heaney)는 1995년 노벨문학상 수상자다. 수상작은 『어느 자연주의자의 죽음(death of naturalist)』. 스웨덴 아카데미는 히니가 '서정적 아름다움과 윤리적 깊이를 갖추어 일상의 기적과 살아 있는 과거를 고양시키는 작품을 썼다. 특히 정치적 수사를 동원하지 않고도 북아일랜드의 갈등을 다뤘다'고 평가했다.

히니는 자주 윌리엄 예이츠와 비교되었다. 예이츠는 1923년 노벨문학상 수상자로서 히니와는 성장배경이나 시에 대한 접근방식이 다르다. 부유하게 자란 예이츠는 평생에 걸쳐 사랑 노래를 불렀다. 히니는 가난한 농촌에서 자라 신·구교의 갈등과 정치 현실을 직시하며 글을 썼다. 그러나 두 사람은 아일랜드의 신화와 역사에 뿌리를 둔 공통점이 있다.

히니는 고대 언어를 현대 영어로 번역하는 데도 뛰어난 실력을 발휘했다. 소포클레스의 『안티고네』를 번역한 『테베에서의 장례식(2004)』과 2006년 T. S. 엘리엇 상을 수상한 『구역과 원(2006)』이 있다. 15세기 시인 로버트 헤린슨이 쓴 중세스코틀랜드의 시를 번역하기도 했다. 1999년에는 『베오울프(Beowulf)』를 번역해 '휘트브레드 올해의 책'을 수상했다.

『베오울프』는 8~11세기에 씌었을, 고대 영어로 된 영웅 서사시이다. 누가 썼는지는 알 수 없다. 필사본이 한 묶음 남아 있는데 길이가 3,183줄이나 된다. 그래서 언어학 연구에도 매우 중요한 자료이다.

KAIST에서 전기 및 전자과 교수로 일하는 김대식은 『베오울프』에 대해 쓰면서 고대영어를 현대영어로 번역한 책 가운데 히니가 번역한 W. W. 뉴튼 앤드 컴퍼니 판(版)을 읽으라고 추천했다. 그가 보기에 『베오울프』는 '오늘 잠에 들면 내일 깨어날지 모르는 세상. 매일 하루가 모험이고, 하루를 살아남는 사람이야말로 진정한 영웅이던 시절'의 이야기다.

김대식은 『베오울프』가 '내용보다는 색깔, 결론보다는 소리, 책의 교훈보다는 피부로 느끼는 전율이 더 중요한 작품이기에, 사실 번역 불가능한 책'이라면서 히니의 번역은 원작의 분위기와 느낌을 가장 잘 살린 작품이라고 평가했다.

베오울프는 에즈데오우의 아들이며 히옐락 왕의 신하로, 기트 족의 영웅이다. 성품은 고귀하고 체격은 거대하며 용사 서른 명을 합친 것과 맞먹는 악력을 자랑했다. 이웃 나라 덴마크에 나타난 괴물 그렌델을 물리쳐 영웅으로 떠오른다. 훗날 왕이 되어서는 왕국을 침략한 화룡(火龍)에 맞서 싸운다.

그는 용을 죽이고 장렬하게 산화한다.

베오울프의 엄청난 힘을 설명하면서 악력을 사례로 든 점이 재미있다. 악력은 인간에게 잘 어울리는 힘이다. 엄지와 그 형제 손가락이 없다면 개념을 세우기 어렵기 때문이다. 악력의 중심(또는 시작되는 지점)은 엄지와 검지, 그 사이일 것이다. 그리고 두 손가락은 새털을 집어들 때처럼 매우 섬세한 움직임이 필요할 때 협력하거나 협업한다.

그리고 우리는 친한 친구에게 알았노라고, 문제없다고 대답하거나 안심시킬 때 엄지와 검지를 맞대 '오케이' 사인을 보낸다. 요즘은 엄지와 검지를 교차시켜 '애교하트'를 발사하기도 한다. 당신이 사랑하는 그녀가 보내는 애교하트는 위력이 두 팔을 머리에 얹어 만드는 대형 하트 못지않다. 심쿵!

이거나 먹어라

2016년 8월 29일 자 영국 BBC의 뉴스 사이트에 재미있는
사진이 실렸다. 지그마어 가브리엘 독일 부총리가 베를린에
서 서쪽으로 약 200㎞ 떨어진 잘츠기터라는 곳에서 열린 사
회민주당의 선거 유세 현장에 나갔다가 극우주의 시위대에
게 오른손 가운데손가락(중지)을 들어 보이는 모습이다. 기사
제목에 '가운데손가락질(middle finger gesture)'이라는 표현이 보
인다.

서양(요즘은 동서양을 가릴 것도 없지만)에서 중지를 들어 올리는 행
동은 아주 '쌍욕'이다. 현장에 있었던 시위대는 물론이고 뉴
스를 본 독일이 조용했을 리 없다. 미디어에서는 '신나치주
의자들을 자극할 수 있는 신중하지 못한 행동이었다'고 지적
했다. 그러나 가브리엘 부총리는 "두 손으로 욕을 했어야 하
는데 그러지 못해 아쉽다(only mistake was not using both hands)"고
한 술 더 떴다. 쌍욕을 쌍으로 즉 '쌍쌍욕'으로 하지 못해 후
회된다는 얘기다.

우리는 중지 들어 보이기를 상당히 가볍게 생각하는 것 같

다. '시크하다'고 생각하는 젊은이도 있다. 때로는 장난스럽게 중지를 들어 보인다. 그러나 유럽이나 미국을 여행하다가 이 행동을 한다면 분노한 현지인들에게 아구통을 얻어맞기 십상이다. 중지 들기는 우리의 '이거나 먹어라'하고는 많이 다르다. 우리는 엄지를 검지와 중지 사이에 끼우고 주먹을 쥐어 보이거나 주먹 쥔 오른팔을 왼손으로 문지르듯 받쳐 올리며 그걸 먹으라고 한다.

중지와 주먹손과 팔은 신문에 그대로 쓰기 다소 거북한 남성 신체의 일부를 표현한다. 하지만 중지는 그렇게 쓰는 법이 아니다. 하나 가르쳐 주겠다. 인터넷에서 찾았으나 저작권이 어디에 있는지는 모르겠다.

먼저, 손을 펴서 손바닥과 손가락을 맞대자. 그런 상태에서 각각의 손가락을 하나씩 떼어 보라. 잘 떨어질 것이다. 자, 다음은 중지를 구부려 첫 번째 마디와 두 번째 마디 사이를 맞댄 채 남은 손가락 끝을 맞대 보라. 그 다음 엄지를 떼어 보라. 잘 떨어진다. 검지를 떼어 보라. 잘 떨어진다. 새끼손가락(소지)을 떼어 보라. 잘 떨어진다. 그런데 무명지(약지)는? 이걸 떼는 사람 많지 않다. 거의 없다.

이 실험을 할 때 우리 손가락에는 각각 의미가 부여된다. 엄지는 부모, 검지는 형제, 중지는 자기 자신, 무명지는 배우자, 소지는 자식이라고 한다. 부모와 형제와 자식과는 언젠가 헤어져야 할 운명이다. 자신과 헤어지려면 죽음을 기다려

야 한다. 배우자와 헤어지기는 스스로 몸을 두 동강 내기만
큼 어렵다. 안 떨어지는 무명지를 억지로 떼려 하면 중지 즉
나 자신을 산산조각 내야 한다. '하느님이 묶은 것을 사람이
풀지 못할 지니라!'. 그래서 반지를 거기에 낀다.

다시 말하거니와 중지는 곧 '나'다. 당신의 몸뚱이 전체를 생
식기라고 생각한다면 모를까, 이걸 갖고 욕하는 데 써서야
되겠는가. 맑은 사람에게는 생식기조차 거룩한 법이니 생명
의 도구요 통로가 아닌가. 불결한 자들은 이것으로 남을 욕
보이고 폭행하며 더럽힌다. 이런 자들에게는 국고를 들여 전
자발찌를 선물할 것이 아니라 거세 서비스를 해줘야 마땅하
다. 물론 처리 비용을 청구하고 '비포(Before)와 '애프터(After)'
또한 꼼꼼히 살펴야 할 것이다.

단지동맹, 혈서입대

1909년 2월 7일, 러시아 그라스키노 근처에 있는 카리에 조선 청년 열두 명이 모였다. 조국의 운명이 바람 앞의 등불인 이때, 청년들은 왼손 무명지를 끊어 피로써 태극기 앞면에 '대한독립(大韓獨立)'이라 썼다. 이들은 "일제 원흉과 친일반역자들을 반드시 처단하겠노라, 만약 3년 이내에 이를 성사시키지 못하면 자살로써 동포에게 속죄하겠노라" 맹세하고 하늘에 제사를 올렸다. 이를 단지동맹(斷指同盟)이라 한다.

같은 해 10월 26일, 하얼빈 역에 총성이 울리고 일본제국주의의 상징과도 같은 이등박문(伊藤博文. '이토 히로부미'라 해야 옳으나 어감을 고려해 우리말 독음을 사용한다)이 차가운 플랫폼에 머리를 떨군다. 조선 청년 하나가 벨기에제 브라우닝 권총의 방아쇠를 당겼으니 곧 의사(義士) 안중근, '동의단지회'라고도 하는 동맹의 취지서를 작성한 인물이다. 그는 "나는 대한의군 참모중장으로서 적장(敵將) 이등박문을 사살했다. 나를 포로로 대우하라"고 요구했다.

안중근은 옥중에서 글을 많이 썼고, 그 가운데 여럿이 남아 있다. '하루라도 책을 읽지 않으면 입안에 가시가 돋는다(一日不讀書 口中生荊棘)'는 유묵은 매우 잘 알려졌다. 유묵에는 공통적으로 '대한국인 안중근 서(大韓國人 安重根 書)"라고 쓴 뒤에 손바닥이 찍혀 있다. 힘차고도 단정한 휘호 아래 무명지 끝마디가 없는 왼손바닥에 먹을 묻혀 도장처럼 눌렀다.

무명지는 약지(藥指)라고도 한다. 로마인들은 무명지에 심장으로 이어지는 신경이 있다고 믿었다. 오늘날에도 병 고치는 손가락으로 알려져 있다. 자주 쓰이지 않아 깨끗한 손가락으로 인식된다(데즈몬드 모리스). 불교에서는 약사여래의 상징이다. 일본 고류사 미륵반가사유상은 약지를 구부려 원을 그리고 나머지 손가락들을 세우고 있다. 카를 야스퍼스는 미륵불을 '인간 존재의 가장 청정하고 원만하며 영원한 모습의 표징'이라고 하였다(주강현).

안중근이 무명지를 끊은 지 30년이 지날 즈음, 『만주일보』의 1939년 3월 1일 자에 반도 청년 하나가 만주군관학교에 입학하기 위해 혈서를 썼다는 기사가 보도되었다. 어느 손가락을 베어 피를 냈는지는 알 수 없다. 조선시대에 나온 『삼강행실도(三綱行狂圖)』의 「석진단지(石珍斷指)」 대목을 보면 효자 석진이 앓는 아버지를 위해 칼로 무명지를 벤다. 대개 진심을 담아 피를 낼 때는 무명지를 택한 듯하다. 반도 청년의 혈서는 무슨 뜻인가.

일제의 패망이 멀지 않은 1943년에 경성의 '오케레코드'에서 음반 한 장을 낸다. 조명암이 노랫말을, 박시춘이 곡을 썼다. 남인수, 박향림, 백년설이 노래를 불렀다. 1절 가사는 이렇다. '무명지(약지) 깨물어서 붉은 피를 흘려서/일장기 그려놓고 성수만세 부르고/한 글자 쓰는 사연 두 글자 쓰는 사연/나라님의 병정 되길 소원합니다.' 이 노래는 광복 후 가사만 바꿔 국군의 군가로 사용되었다. '태극기 그려놓고 천세만세 부르고…'.

이로써 이 나라 골수에 스민 친일의 시원이 참으로 깊고도 넓을 깨닫는다. 혈서를 쓰고 만주군관학교에 기어이 입학한 그 반도의 청년은 이등박문이 죽은 지 70년 뒤 같은 날에 권총에 맞아 세상을 하직한다. 이등박문은 일하러 갔다가 죽었지만 반도 청년은 부하들과 술을 마셨다. 시바스 리갈.

새끼손가락

1962년의 어느 날, 피아니스트 레온 플라이셔는 오른손에
이상을 느꼈다. 처음에는 새끼손가락이 말을 듣지 않았다.
그러더니 마비된 부위가 점점 번졌다. 1952년 열여섯 어린
나이에 미국인으로서는 처음으로 퀸 엘리자베스 콩쿠르를
제패한 천재. 의사는 그에게 더 이상 피아노를 칠 수 없을지
도 모른다고 했다.

1964년이 되자 플라이셔는 오른손을 전혀 쓸 수 없었다. 그
러나 그는 피아노 연주를 포기하지 않았다. 모리스 라벨이
작곡한 「왼손을 위한 협주곡」처럼, 왼손만 가지고 연주하는
곡을 찾아냈다. 라벨과 프란츠 슈미트 등이 제1차 세계대전
에서 오른 팔을 잃은 피아니스트 파울 비트겐슈타인을 위해
쓴, 왼손을 위한 작품이 적지 않았다.

1967년부터 오케스트라를 지휘하고 대학에서 강의를 했다.
그러면서 근육치료 전문가의 도움을 받아 고통스런 재활의
과정을 견뎌냈다. 마침내 1995년, 플라이셔는 두 손을 사용
해 클리블랜드 오케스트라와 모차르트의 「피아노협주곡 A

장조(K414)」를 협연한다. 마비가 완전히 풀리지는 않았다. 그러나 요즘 유행하는 표현을 빌자면 '클래스는 영원했다'.

2004년, 플라이셔는 뱅가드 클래식 레이블로 음반을 녹음한다. 타이틀은 '두 손(Two Hands)'. 바흐와 쇼팽, 드뷔시와 슈베르트의 곡을 연주한 음반의 재킷에 그의 두 손을 클로즈업한 사진이 실렸다. 그는 2006년과 2007년 우리나라에도 와서 연주회를 열었다. 그때 인터뷰에서 "두 손으로 피아노를 칠 수 있게 됐지만 아직 병마에서 벗어나지는 못했다"고 고백했다.

클래식 연주자에게 새끼손가락은 다른 어느 손가락 못지않게 중요하다. 새끼손가락이 지나치게 짧거나 약하면 연주하는 데 큰 어려움을 겪는다. 원래 약한 손가락. 단련을 해야 다른 손가락 못잖게 힘을 낸다. 단지 다른 손가락과 대등한 역할을 하는 데 그치지 않는다. 악기를 연주할 때는 절대적인 역할을 해낸다.

피아노를 칠 때 가장 낮은 음(베이스)을 왼손 새끼손가락이, 가장 높은 음(멜로디를 이루는)을 오른쪽 새끼손가락이 친다. 그래서 두 새끼손가락이 피아노 선율 화음의 90%가량을 좌우한다.(안미현) 바이올린에서 손가락을 가장 많이 벌리는 음역은 '10도', '도'에서 시작해 그 다음 옥타브 '미'까지의 음역이다.(강수진) 새끼손가락이 너무 짧으면 이 음역을 커버하기 어렵다.

바이올린 연주자 강주미는 열두 살이던 1999년 9월 농구를 하다가 왼손 새끼손가락을 다쳤다. 뼈가 부러졌다. 다니엘 바렌보임이 지휘하는 시카고심포니와의 협연을 한 달도 남기지 않았을 때였다. 협연이 문제가 아니었다. 병원에서는 "바이올린을 다시 연주하지 못할 것"이라고 했다. 그는 실망하는 대신 노래를 부르고 복음성가를 작곡했다. 2년이 지나자 기적이 일어났다.

그는 "손가락이 부러진 덕에 세상을 많이 알았다. 만약 손가락을 다치지 않고 바렌보임과 협연했다면 굉장히 건방진 아이가 됐을 것"이라고 했다. 천재성은 끊임없는 영감이 아니라 강인함을 통해 그 소유자를 드러낸다. 들리지 않아도 작곡하거나 연주할 수 있지만 의지를 놓으면 내면의 소리조차 들을 수 없게 된다. 기적은 응답이다. 공짜 기적은 없다.

승리의 V

백년전쟁은 1337년부터 1453년까지 영국과 프랑스가 벌인 전쟁이다. 프랑스의 왕위 계승 문제, 플랑드르 지역의 양모 산업과 관련한 이권 문제가 전쟁의 발단이 되었다. 전쟁 초기에는 선제공격을 한 영국이 우세했다. 그러나 1492년 오를레앙의 성녀 잔 다르크의 헌신에 힘입어 프랑스가 전세를 뒤집었다. 전쟁은 프랑스군이 영국군의 본거지인 보르도를 점령한 1453년에 결판이 났다. 전쟁의 결과 농토가 황폐화하고 기사 세력이 몰락, 봉건시대가 종언을 고하고 절대왕정 시대를 여는 계기가 되었다. 농노가 해방되고 부르주아가 등장했으니 유럽사에 미친 영향이 크다.(정미선)

10년을 거듭한 전쟁이니 어찌 신화와 전설이 없겠는가. 전쟁 초기인 1347년, 영국군의 공격에 맞서 11개월이나 사투를 벌인 프랑스 칼레의 시민들이 항복했다. 영국 왕 에드워드 3세는 칼레 시민들을 몰살시키기로 했다. 칼레 시의 대표는 에드워드 3세에게 자비를 청했다. 왕은 조건을 걸었다. 칼레 시의 유지 여섯 명이 목에 밧줄을 걸고 맨발로 영국군

진영에 가 도시의 열쇠를 건넨 뒤 죽어야 했다. 거부(巨富) 유스타슈 드 생피에르가 가장 먼저 자원했다. 그러자 부유하고 존경받던 시민들이 다투어 나섰다. 모두 일곱이었는데 한 사람이 빠져야 하니 이튿날 아침 가장 늦게 오는 사람을 빼기로 결정했다.

다음 날 여섯 명이 모였으나 생피에르만 나오지 않았다. 그는 이미 이 세상 사람이 아니었다. 죽음을 청한 이들이 용기를 지킬 수 있도록 하기 위해 목숨을 끊은 것이다. 이들이 처형되려는 순간, 에드워드 3세는 임신 소식을 알리며 자비를 베풀라는 왕비의 편지를 받는다. 희생은 생 피에르 한 명으로 족했다. 500년이 훨씬 지난 뒤 조각가 오귀스트 로댕이 역사에 남을 걸작을 남긴다. 1893년 6월 3일에 제막한 <칼레의 시민(Les Bourgeois de Calais)>이다. 1914년 독일의 극작가 게오르크 카이저는 로댕의 <칼레의 시민>을 보고 영감을 얻어, 이 조각상에 담긴 이야기를 희곡으로 발표하였다.

영국이 진 전쟁이지만 초기엔 좋았다. 북프랑스 아쟁쿠르에서 벌어진 전투는 역사에 길이 남을 제스처 하나를 남겼다. 노르망디에 상륙해 칼레로 북상한 영국군 약 6,000명과 프랑스군 2만여 명이 격돌했다. 프랑스군은 기병대가 주력이었고 영국군은 보병 중심이었다. 영국군은 궁노수(弓弩手)들이 프랑스 기병을 쏘아 말에서 떨어뜨리고 보병이 돌격함으로써 승부를 갈랐다. 프랑스군의 전사자와 포로가 7,000명에 이르렀다. 프랑스 기사들은 영국군 궁노수들이 미워 "잡히기만 하면 (화살을 쏘는) 검지와 중지를 잘라 버리겠다"고 이를 갈았다. 그러나 도리어 포로가 된 그들에게 영국군은 두 손가락을 내두르며 조롱했다. "어디 잘라가 봐라. 이 프랑스 돼지들아." 그래서 검지와 중지로 V자를 만든 뒤 손등을 보이는 행동이 '쌍욕'이 됐다고 한다.

2차 세계대전 때 영국의 총리 윈스턴 처칠은 상대에게 손바닥이 보이도록 검지와 중지를 들어 '승리의 V'를 그렸다. 승리의 V는 대영제국의 자존심과 패기, 영국인들의 용기와 단결을 함축한다. 아무튼 손가락 V는 영국이 원조다.

손은 말한다

야콥 브로노브스키는 『인간역사(1972년)』에서 알타미라 동굴 벽에 남은 원시 화가의 손자국에 대해 말한다. 브로노브스키는 거기서 화가의 목소리를 듣는다. "이것은 나의 표지이다. 나는 인간이다!" 손은 말한다. 음성 언어를 사용하지 않는 사람은 수화(手話)로써 뜻을 통한다. 이때 손은 성대와 같은 도구가 된다. 손바닥을 위로 들어 올려 간청하고 안으로 당겨 포용하며 손바닥을 밑으로 해 다독이고 손바닥을 보여 거부의 뜻을 분명히 한다.

우리나라의 '인체언어'는 5000여 개, 그 중 손의 언어가 600개라고 한다.(이규태) 유목민족은 발의 문화, 농경민족은 손의 문화가 발달한다. 우리는 일을 처리할 때 '손을 쓴다', 그만둘 때 '손을 뗀다'고 하고 악행을 그만두면 '손을 씻었다'고 한다. 손짓으로 문장을 구성하지 않아도 손은 이미 말을 하고 있다. 손은 때로 감탄하고 신음하며 부르르 떤다. 분노한 우리는 자신도 모르는 새 두 주먹을 불끈 쥔다. 안타까운 장면 앞에서 어느새 손은 땀에 흥건하게 젖는다.

호주의 이벳 그래디는 저서 『손으로 고른 남성』에 이렇게 썼다. 사각형은 실용적이다. 둥근 형은 성질이 급하고 정열적이다. 긴 형은 심령적 성향을 지닌다. 뼈대형은 학구적이고 지적이다. 달걀형은 창의적이다. 주걱형은 모험심이 강한 불확실성을 지닌다. 반지를 어느 손가락에 끼는가? 자유로움을 상징하는 엄지? 그렇다면 당신은 아직 싱글이다. 우정과 의리를 상징하는 검지? 중지는 안정을 향한 희구와 높은 성취의지를 상징한다. 커플링은 사랑을 약속하는 무명지에 낀다. 변화를 꿈꾸며 새로이 도전할 때 소지를 택한다.

어떤 사람들은 손을 '운명의 지도'라고 생각한다. 사람은 저마다 지도를 쥔 채 태어난다. 손금. 손금이 점성술의 수준에 가 닿으면 수상술(手相術)이다. 16세기 사람 파라셀수스는 손이 소우주인 인간을 상징한다고 보았다. 수상술은 자연을 인격화해 해석하는 친근한 기술이다. 파라셀수스는 인체를 자연화하여 인간의 몸은 나무이며 삶은 나무를 소진시키는 불이라고 하였다. 이 이론은 생기론과 같은 맥락으로서 헨리 무어, 한스 아르프 등 조각가들에게 영향을 주었다.

손은 접촉과 교섭의 수단이다. 손은 살아 있는 몸이며 조직화된 유기체, 즉 범감각적인 것이다. 우리의 삶은 여러 감각기관들의 작용에 의하는데 그 중 손에 의한 육체적 접촉은 교섭의 가장 근원적인 형태이다(데즈먼드 모리스). 손은 여러 감각들의 관계성과 조화를 육화(肉化)한다. 메를로 퐁티 식으로 말하면 손은 함께 작용하고 일하는 존재이다. 손에 의한 촉감은 우리가 외부 세계와 접촉할 수 있는 최고의 감각이다. 손은 우리 의식의 최전선이다.

독자께서 이 글을 읽을 즈음, 나는 옛 도시의 한가운데를 가로지르는 운하 앞에 서 있을 것이다. 거기서 손을 들어 흔들겠다. 사람이 손을 흔들면 이별이거나 반가움이거나 알아봄이거나 알림이다. 애매하다. 그래서 해석이 필요하다. 맥락과 현상을 읽어야 한다. 지도를 갖고 걸어도 우리 삶의 행로는 언제나 어지럽다.

These Arms of Mine

배우 전도연은 이마가 잘생겼다. 머리를 뒤로 묶으면 단정한 얼굴이 돋보인다. 치마저고리를 입고 쪽을 찌면 더 어울리는 사람을 찾기 어려울 것이다. 전도연이 그 반듯한 이마를 반짝이며, 흰 블라우스와 잿빛 정장차림으로 긴 복도를 걷는다. 또박 또박 또박…. 그리고 갑자기 침대장면이 나온다. 나는 이 영화를 비디오(테이프!)로 봤는데, 극장에서 보았다면 충격이 더 컸으리라. 시사회에 참석한 하재봉은 '바늘 하나만 떨어져도 쨍강 소리가 날 만큼 공기가 팽팽해졌다'고 썼다. 그랬을 것이다.

'관객들은 두 사람의 격정적인 정사가 끝나고 나서야 여주인공 보라가 지금 사랑을 나눈 상대 일범은 남편(최민식)이 아닌 다른 남자(주진모)라는 사실을 알게 된다. 이것이 영화 <해피엔드>의 충격적인 오프닝 신이다.'(조원희) 충격은 개인의 경험이다. 나는 <접속>이나 <내 마음의 풍금>에 나온 전도연밖에 몰랐기에 충격을 받았을 것이다. 영화가 시작된 뒤 30분이 지나도록 붕 뜬 느낌이었다. 오티스 레딩의 노래(These

Arms of Mine)가 흐를 때, 겨우 영화의 흐름에 몸을 섞었다. 조
원희는 "두 사람의 사랑을 가장 충실하게 느낄 수 있는 부분
은 두 번째 러브신을 시작하기 전 침대에 누워 천정에 영사
되는 아프리카 얼룩말을 보는 장면"이라고 썼다. 이 때 레딩
의 노래가 나온다.

> "외로운 나의 두 팔이 그대를 갈망해요. 그대를 안을
> 수 있다면 얼마나 좋을까요…."

팔은 안으로 굽는다. 팔이 접혀 가슴을 덮을 때 가장 편안하
다. 사랑하는 사람을 품었을 때 가장 행복하다. 신이 인간을
창조해 두 팔을 달아주고 제 몸을 향해 굽게 한 이유가 있을
것이다. 포옹함으로써 포용하기를 원했을까. 신이 인간에게
내린 "바다의 고기와 공중의 새와 땅 위를 돌아다니는 모든
짐승을 부려라"는 명령은 '포용의 명령'이었으리라고 나는
믿는다. 그러므로 이 명령을 받은 인간은 고기를 먹지 않는
다. 신은 홍수로 세상을 쓸어버린 다음 노아에게 '살아 움직
이는 모든 짐승'을 먹이로 허락한다. 그러자 카인의 후예는
포용을 소유와 독점, 욕망과 잔혹으로 대체했다.
임신과 출산이 징벌이기 이전, 아담과 하와(이브)의 포옹은
오직 사랑과 즐거움뿐이었을 것이다. 그러나 처벌받은 자의
성(性)은 더 이상 밝은 대낮에 아무데서나 드러낼 일이 아니
다. 그러니 불륜남녀는 후미진 모텔에서 몰래 서로를 품을
수밖에. 술탄은 할렘을 지어 여인들을 숨겼고, 중년 재벌의

침소에 초대받은 젊은 배우는 얼굴을 드러내지 않은 채 죽을 때를 기다린다. 팔을 한 번 휘젓고 두 팔에 힘을 줄 때마다 욕망과 탐욕이 먹물덩이 소용돌이를 이룬다.

파라오는 왕홀(王笏)을 움켜쥔 채 두 팔을 접어 가슴 위에 포갠 자세로 관 뚜껑에 허깨비가 되어 누워 있다. 미라가 된 파라오의 팔이 안으로 굽어 욕망과 권력과 죽음이 되었다. 저주로다. 이 저주는 지상에 내려온 신의 아들이 두 팔을 벌린 채 숨을 거둘 때까지 풀릴 기미가 보이지 않는다. 저주가 얼마나 강한지 예수가 죽은 뒤로도 그저 가능성만 슬쩍 보여줄 뿐이다. 그 무엇도 해방을 보증하지 못한다. 하지만 저주와 해방은 팔오금과 팔꿈치처럼 가까운 곳에 있으니, 여기 희망 한 모금이 남았다.

외팔이 드래건

성경에는 장애인이 많이 등장한다. '소경', '귀머거리', '벙어리', '절름발이', '앉은뱅이'…. 기적이 일어나 이들을 눈 뜨게 하고 듣게 하고 말하게 하고 일어나 걷게 한다. 이런 기적은 신약, 특히 '4복음서(마태오, 마르코, 루카, 요한)'에 빈번히 등장한다. 구약의 '이사야'에도 "소경은 눈을 뜨고 귀머거리는 귀가 열리리라. 그때에는 절름발이는 사슴처럼 기뻐 뛰며 벙어리는 혀가 풀려 노래하리라"는 구절이 나온다.

요즘 같았으면 복음서의 저자들이 하루도 편치 못했을 것이다. 복음서에서 장애인을 나타내는 말에 모두 비하의 뜻이 담겼기 때문이다. 아마 장애인 단체에서 메일을 보내거나 전화를 할 것이다. 위에 나온 말들은 '시각장애인', '청각장애인', '언어장애인', '지체장애인', '하반신장애인'으로 써야 한다. '외팔이'도 지체장애인이다.

나는 처음에 장애인 단체 같은 곳에서 비하어로 지정한 낱말이 모조리 순우리말이라는 점을 깨닫고 내심 분개했다. 현대에 이르러 우리말의 지위란 형편없는 지경이 되어 '언문'이나 '암클'의 신세를 면치 못한다. 이제는 금칙어의 나락으로 떨어져 버렸으니 어쩌랴. 그러나 모든 부름은 듣는 이의 감정이 최우선이니 불평하지 말지어다.

장애인을 부름에 이토록 애틋하니 그들을 대하기도 그러해야 하리라. 그러나 서울 시내를 돌아다니매 휠체어 타거나 목발 또는 지팡이를 짚은 이가 안심하고 다닐 곳이 많지 않다. 계단은 가파르고 문턱은 높고 사람들은 스마트폰 액정에 시선을 파묻고 앞을 보지 않는다. 나라면 부르는 말을 바꾸라고 요구하기 전에 문턱을 없애 달라고 할 것 같다.

예수가 길을 가다 시각장애인을 만났다. 제자들이 묻는다. "저 사람이 눈이 먼 것은 누구의 죄입니까?" 당시 유다 사람들은 병이나 장애를 죄의 결과라고 믿었다. 예수는 "자기의 탓도 부모의 탓도 아니다. 저 사람에게서 하느님의 놀라운 일을 드러내기 위해서다"라고 대답한다. 장애인에 대한 인식을 일거에 전복하는 놀라운 말이다.

장애인은 외견상 남다른 존재다. 이 남다름은 곧잘 남다른 능력으로 나타난다. 예술작품 같은 데서 등장인물이 지체장애인(외팔이)이면 대개 보통 사람이 아니다. 비록 몸에는 장애가 있지만 부단한 노력으로 어려움을 극복하고 절륜한 경지에 오르는 사람이 많다.

이소룡이 스크린을 주름잡기 조금 전, 같은 요금으로 영화

두 편을 보여주던 서울 변두리의 재개봉관을* 누빈 내 어린 날의 슈퍼스타가 있다. 왕우(王羽). 그는 1967년에 나온 〈의리의 사나이 외팔이〉로 스타덤에 올랐다. 평론가들은 왕우가 홍콩무협영화에 권법무술을 도입해 훗날 이소룡이 등장하는 토양을 만들었다고 평가한다.

왕우는 〈용호투〉(1970)에서 맨손 결투를 처음으로 연기했다. 홍콩무협영화의 주인공들이 하늘을 붕붕 날던 시절이다. 맨손 결투의 효시로 꼽히는 이 작품은 한국의 남한산성에서 촬영했다. 그 왕우가 2013년 10월 부산국제영화제에 참석해 우리 관객을 만났다. 영화에서 왼손만으로 적을 제압하던 그는 중풍에 걸려 오른손을 쓰지 못했다.

---

* 서울 중랑교 옆에 있던 '새서울극장' 같은.

내 어깨 위 고양이

햇살이 기울어 빛이 그늘을 만나는 경계에 황금빛이 감돈다.
고양이들이 현관 앞 이끼에 뒤덮인 시멘트 계단에 아무렇게
나 널어 둔 솜뭉치처럼 몸을 늘어뜨린 채 이따금 뒤챈다. 내
가 사는 골목에는 고양이가 대여섯 마리 산다. 내 아들이 갖
다 바치는 사료를 주식으로 삼고 가끔 내가 내다 놓는 생선
부스러기를 별미로 즐기며 조용히 성장하거나 늙어가고 있
다. 아들은 소년가장처럼 고양이들을 부양한다. 녀석이 대학
에 나가 강의하고 받은 돈을 가지고 제일 먼저 제 여자 친구
에게 점심을 사주는지, 고양이 먹이를 사는지 나는 모른다.

아들은 고양이를 직접 보기 전에 고양이에 대한 이미지를 간
직했을 것이다. 나는 대학생일 때 잡지와 단행본을 내는 곳
에서 아르바이트를 했다. 동화책을 만들 때 가장 즐거웠다.
책이 나오면 한 권씩 챙겨 집으로 가져왔다. 나중에 아들이
글자를 깨우친 다음 그 책을 거의 외울 정도로 여러 번 읽어
서 나를 기쁘게 했다. 그 중에 번역동화 『장화 신은 고양이』
가 있다. 프랑스의 동화작가 샤를 페로가 1697년에 발표한

작품이다. 아들은 책을 읽어 나가다가 대화 부분이 나오면 등장인물이 되어 실감나게 감정을 넣어 가며 "내 말을 듣지 않으면 혼쭐이 날 줄 아시오!"하고 호통을 쳤다. 방앗간 주인의 세 아들이 재산을 나눠 받는다. 첫째는 방앗간, 둘째는 당나귀, 막내에게는 고양이 한 마리. 형들에게 쫓겨난 막내가 신세를 한탄하자, 고양이는 그에게 "가방과 장화 한 켤레를 주면 부자로 만들어 주겠다"고 약속한다. 막내는 고양이에게 가방과 장화를 주고, 고양이는 약속을 지킨다.

세상이 살 만한 곳인 이유는 동화에서나 있을 법한 일이 현실 속에서 심심찮게 일어나기 때문이다. 제임스 보웬은 런던에 흔한 노숙자다. 부서진 기타 하나를 들고 길거리에서 먹고 자며 마약을 사기 위해서라면 도둑질까지 서슴지 않았다. 그가 2007년 초록색 눈을 반짝이는 길고양이 '밥'을 만난다. 밥에게는 상처가 있었고, 보웬은 없는 돈을 털어 치료해 준다. 그러는 동안 밥과 정이 든 보웬은 고양이를 데리고 다니며 거리연주를 한다. 고양이 덕에 청중은 더 많은 돈을 내놓는다. 보웬은 자신이 아파서 밥을 돌보지 못하고 떠날까봐 걱정한다. 밥에 대한 사랑은 보웬으로 하여금 마약을 끊을 수 있는 힘과 용기를 준다. 보웬은 잡지 『빅이슈』를 판매하며 자립한다. 『내 어깨 위 고양이 밥(A Street Cat Named Bob)』을 출간했다. 책은 놀랍게도 조앤 롤링의 책을 제치고 베스트셀러가 된다. 보웬의 인생이 바뀌었다. 그러나 요즘도 밥을 데리고 거리에 나가 일주일에 두 번씩 기타 연주를 한다.

책의 표지를 장식한 사진 속에서 밥이 보웬의 어깨에 앉아 있다. 뭔가 주문을 걸려는 듯 뚫어지게 이쪽을 바라보는 밥의 눈빛이 신비롭다. 참 편안해 보인다. 누군가의 어깨에 기대 잠들어본 일이 있는가? 파도가 높은 황해를 통통배를 타고 건널 때, 작고 동그란 어깨에 머리를 기댄 채 파도가 높건 비가 오건 세상모르고 잠에 취한 젊은 날의 오후가 나에게는 있었다. 앞으로 몇 번, 밥이 앉아 있는 저 어깨에 대해서 이야기하겠다.

거인의 어깨 위에서

우리는 아이작 뉴턴이 만유인력의 법칙을 발견했음을 안다. 만유인력의 법칙은 질량을 가진 물체 사이의 '중력 끌림'을 설명하는 물리학의 법칙이다. 뉴턴은 1687년에 발표한 논문 「자연철학의 수학적 원리, 혹은 프린키피아(Principia)」에서 처음으로 이 법칙을 소개했다.

그는 우주의 모든 물체들 사이에는 인력이 작용하며 이 인력은 서로의 질량을 곱한 것에 비례하고 거리의 제곱에 반비례한다고 했다. 뉴턴은 이 법칙을 그의 운동의 제2법칙에 적용하여 행성의 가속도를 구했고, 그럼으로써 행성의 궤도가 타원형임을 증명했다. 중력은 행성의 진로 뿐 아니라 달의 세차 운동, 혜성의 운동, 은하수의 생성 및 빛의 굴절 등에도 적용되는 매우 일반적인 힘이라는 사실을 인식하였다. 뉴턴은 만유인력과 세 가지 운동 법칙을 사용해 지구상에서 일어나는 물리적 현상을 대부분 설명해냈다. 뉴턴의 제1 운동법칙은 '관성의 법칙', 제2 운동법칙은 '가속도의 법칙', 제3 운동법칙은 '작용·반작용의 법칙'이다.

천재들은 전공 분야를 초월해 전인적 성취를 실현하곤 한다. 뉴턴도 그러하다. 나는 그의 아포리즘을 통하여 천재의 내면을 엿본다. 그가 생의 막바지에 이런 말을 남겼다. "나는 바닷가에서 노는 소년과 같았다. 가끔씩 보통 것보다 더 매끈한 돌이나 더 예쁜 조개껍데기를 찾고 즐거워하는 소년. 그러는 동안에도 내 앞에는 광대한 진리의 바다가 미지의 상태로 펼쳐져 있었다."

사과 한 알, 조개껍데기 하나로써 세상의 작동원리를 이해했다는 천재의 언어는 '거인의 어깨 위에 앉은 난쟁이'의 비유에서 가장 높은 경지에 이른다. "내가 더 멀리 보았다면 이는 거인들의 어깨 위에 올라서 있었기 때문이다(If I have seen further, it is by standing on the shoulders of giants)". 뉴턴의 위대함과 겸손함을 동시에 드러내는 문장이다. 과학사회학자 로버트 머튼은 『거인의 어깨 위에서』라는 책에서 뉴턴의 비유가 매우 오래된 인용문임을 밝혀 설명한다.

머튼에 따르면 뉴턴은 1651년 조지 허버트가 쓴 문장을 인용했다. "거인의 어깨 위에 올라선 난쟁이는 거인보다 더 멀리 본다". 허버트는 로버트 버튼이 1621년에 쓴 비슷한 문장을, 버튼은 디에고 데 에스텔라를, 에스텔라는 1159년 존 솔즈베리를, 그리고 솔즈베리는 1130년 베르나르 사르트르를 인용했다고 한다. '거인의 어깨'란 뉴턴이 사용할 무렵에는 출처를 밝힐 필요도 없을 만큼 흔한 은유였을지 모른다. 천

재의 아우라가 해묵은 은유에 생명을 불어 넣었으리라. 그러
나 머튼은 "창조의 모든 영역이 광대한 연결 공동체를 이루
므로 누구도 공로를 독점할 수 없다"고 주장한다. 그는 슈퍼
스타가 공적을 독점하는 형상을 '마태오 효과(Matthew effect)'
라고 했다. 마태오복음 25장 29절, "있는 사람은 더 받아 넉
넉해지고 없는 사람은 있는 것마저 빼앗길 것이다".

2016년 겨울의 문턱에서 이 땅의 보통 사람들은 마태오 효
과를 실감한다. 그 실감이 불길한 예감과 응어리를 간직한
채 전혀 다른 음성이 되어 우리의 귓가를 울린다.

헤라클레스가 짊어진 하늘

여름휴가를 10월에야 다녀왔다.* 비스바덴에서 사흘, 골링에서 닷새를 보냈다. 골링은 잘츠부르크에서 자동차로 20분 정도 국도를 달리면 나온다. 알프스 북쪽에 있어 주변에 숲과 호수가 많다. 자전거를 타거나 등반을 해도 좋은 곳이다. 10월 12일. 쾨니히스제라는 호수를 배로 건너 잔트 바르톨로매 순례자 성당 근처에서 점심을 먹었다. 호수에서 잡은 송어와 호밀빵. 그리고 잠시 옛 주인의 영지를 둘러보다가 헤라클레스상(像)을 발견했다. 등신대(等身大)의 헤라클레스가 올리브 몽둥이로 카쿠스의 머리를 박살내기 직전이다.

카쿠스는 헤라클레스의 소떼를 훔쳤다가 다진 고기 꼴이 된다. 소떼는 헤라클레스가 수행한 12과업 중 하나로, 메두사의 손자 게리온에게서 훔친 것이다. 헤라클레스의 업적은 대개 살육과 도둑질이다. 12과업도 그렇다. 제우스의 아내 헤라가 남편이 바람 피워 낳은 아들 헤라클레스의 신세를 버려놓을 작정으로 내린 것이다. 헤라클레스가 카쿠스 죽이는 장

* 2016년

면을 여러 예술가들이 작품으로 남겼다. 유명하기로는 피렌체의 피아차 델라 시뇨리아에 있는 바르톨로메오 반디넬리의 조각이 손꼽힌다.

헤라클레스는 유럽 어디에 가든 있다. 한마디로 슈퍼스타다. (사실 진짜 스타는 제우스다. 여신들은 물론 인간 중에서도 괜찮다는 처자는 모조리 유혹해서 줄줄이 자식을 낳지 않았는가. '올림포스의 돈 조반니'. 그 후손들이 이리저리 사랑해서 자손을 퍼뜨리는 통에 신과 인간 세계의 혈통이 뒤죽박죽됐다. 현대의 인간 세상이 이토록 엉망인 데는 다 이유가 있다) 몽둥이를 든 헤라클레스의 오른쪽 어깨 근육이 부풀어 터질 듯하다. 그는 근섬유가 생생히 살아 있는 그 어깨에 하늘(곧 우주)을 올려놓은 적도 있다.

헤라클레스는 12과업의 하나로 '헤스페리데스의 사과'를 따야 했다. 사과는 요정 헤스페리데스와 머리가 100개나 되는 뱀 라돈이 지켰다. 헤라클레스는 코카서스 바위산에 묶인 프로메테우스를 풀어주고 그로부터 아틀라스에게 부탁하라는 조언을 듣는다. 아틀라스는 거인 족이 제우스와 싸울 때 거인 족 편을 든 죄로 하늘을 양어깨로 짊어지는 형벌을 받았다. 헤라클레스는 하늘을 대신 짊어지고 아틀라스에게 사과를 따오게 했다. 아틀라스는 사과를 가져왔으나 헤라클레스를 만나자 생각이 달라졌다. "계속 짊어지고 있게." 헤라클레스는 알았다고 했다. 대신 자세를 바로잡게 딱 한 번만 더 들어 달라고 했다. 아틀라스가 깜빡 속아 하늘을 넘겨받자 헤라클레스는 그 길로 사과를 챙겨 미케네로 줄행랑쳤다. 그 뒤 아틀라스 대신 누군가 하늘을 짊어졌다는 소문은 들리지 않는다.

한두 영웅이 하늘을 떠받친다고 믿은 고대인들은 참으로 순수했다. 아니면 정말 그런 시대였을까. 순수의 시대는 갔다. 그런데도 아직 혼자 힘으로 세상을 떠받친다고 믿는 천치가 있다. 아니, 그럴 수 없음을 알면서도 그런 척 속인다. 내장에 들러붙은 굳기름을 있지도 않은 자식에게 대물림하려는 자들처럼 미련하다. 들어라. 시대를 짊어지고 한 걸음 앞으로 나아가게 하는 힘은 저 웅크린 어깨, 그 품이 지켜내는 촛불과 같이 꺼지지 않는 정의와 휴머니즘, 곧 하늘의 '마음'이다.

산티아고 데 콤포스텔라

"저는 지금 제 아들과 파리에 와 있습니다. 사춘기이기 때문인지 공부에 너무 지쳐 있어서 큰 마음먹고 35일 동안 스페인 산티아고 길을 함께 걷기로 했어요. 이제 더 크면 기회도 없을 것 같고 해서요. 피레네 산맥을 넘어서 800㎞를 같이 걷기로 했어요. 갑자기 결정된 일이기는 하지만 나쁘지 않은 선택인 것 같습니다. 한국에서 하던 모든 일들 허겁지겁 마무리하고, 잘 안된 건 싸들고 오고, 그래도 안 되는 건 그냥 팽개치고 왔습니다. 그러고 나니 속이 후련하네요. 길을 걷다가 근거리 무선망 잘 되는 곳이 있으면 또 인사드리겠습니다. 파리는 새벽이에요."

10월 22일이었다.[*] 대학교 후배가 '카카오톡'으로 보낸 메시지에서 한동안 눈을 떼지 못했다. 카미노 데 산티아고(Camino de Santiago). 9세기에 산티아고 데 콤포스텔라에서 성 야고보의 유해가 발견되었다고 알려져 유럽 전역에서 많은 순례객들이 오가기 시작한 길이다. 스페인이 성 야고보를 수호성인

---

* 2016년

으로 모시면서 오늘날의 순례길이 생겼다. 후배가 아들과 함께 걸으려는 길은 프랑스 남부 국경에서 시작해 피레네 산맥을 넘어 산티아고 데 콤포스텔라에 이르는 긴 여정이다. 프랑스 사람들이, 프랑스에서 오는 길이라는 뜻이라고 한다. 하루에 20여km씩 한 달여를 꼬박 걸어야 한다. '연금술사'를 쓴 파울로 코엘료가 걸은 뒤 더욱 유명해졌다.

후배는 시인이 되려는 마음으로 대학에 진학했다. 오랫동안 시를 쓰다가 그만두고 공부를 시작해 지금은 모교에서 교수로 일하고 있다. 후배가 시를 쓸 때 작품을 자주 가져와서 함께 읽었다. 아주 여린 감성이 뒤범벅된, 그러나 몹시 아름다운 작품을 썼다. 후배가 시를 그만두고 학자의 길에 들어선 이유는 알지 못한다. 다만 아주 잘한 일이라고 생각했다. 그의 예민한 정서는 자신이 쓴 글이 만들어내는 진동조차 견디기 어려웠을 것이다. 영혼이 깃든 글은 스스로 숨을 쉬며 가끔은 자신을 창조한 예술가마저 해치려 든다. 그래서 후배가 쓰는 글은, 아니 그의 글쓰기는 그 자체로서 자해가 되기 십상이었다.

예사롭지 않은 결심을 한 후배의 어릴 적 얼굴을 떠올리며 오래 옛 생각을 했다. 오랫동안 눌러 두었던 감정, '사랑'이 무거운 것을 들고 일어나 출렁거렸다. 나는 정말 이 아이를 좋아했다. 후배와 그의 아들을 위해 기도하겠다고 다짐했다. 오래전 스페인에 갔을 때 나도 산티아고를 향하여 짧은 길을 걸었다. 비가 쏟아지던 1992년 5월, 대서양을 내려다보는 서쪽 도시 비고에서 출발해 북쪽으로 하염없이. 하몽을 끼운 딱딱한 빵이 도시락이었다. 마침내 산티아고대성당의 첨탑이 보일 즈음 비가 걷히고 황금빛 태양이 오래된 돌길 위를 비추었다. 그때 나는 집을 떠난 지 오래여서 불현듯 내 집과 가족을 떠올렸다.

후배는 첫 메시지를 보낸 뒤 다음 소식을 보내 주지 않았다. 산티아고로 가는 길에는 와이파이가 되는 곳이 없는 모양이다. 아들과 무슨 이야기를 할까. 나라면 아들과 무슨 이야기를 할까. 아버지에게 아들과 함께 보내는 시간은 특별하다. 모든 아버지가 아들과 함께 목욕탕에 가고 싶어 하지 않는가. 아들이 어릴 때 나는 어깨에 무동 태우기를 좋아했다. 아들이 무동 타기보다 제 발로 걷기를 더 좋아하게 되었을 때, 그때 이미 한 인격이 자기의 삶을 살아가기 시작했다는 사실을 깨달아야 했다. 어쩌면 아버지의 어깨에서 내려왔을 때 진정한 아들이 되는지도 모른다.

팔랑크스

팔랑크스(Phalanx)는 아테네 사람이다. 전쟁의 역사나 군사학을 공부할 때 반드시 등장하는 이름이다. 그리스 신화에 따르면 아테나 여신으로부터 전쟁기술을 배워 아테네인들에게 전했다고 한다. 고대 그리스의 시민들은 전쟁이 터지면 스스로 무장을 준비해 참전했다. 그러므로 그리스군은 훈련된 병사가 아니라 무장을 한 시민들이었다. 이들은 오른손에 사리사(sarissa)라는 2.5m 가량의 긴 창을 들고 왼팔로는 커다란 방패로 자신의 몸과 왼쪽에 선 병사의 몸 일부를 가려주는 형태로 바짝 다가서 밀집 진형을 짰다. 양쪽 날개부분은 소수의 기병들이 보호했다. 이 밀집전투대형(密集戰鬪隊形)을 '팔랑크스'라고 한다.

그리스의 도시국가(폴리스) 사이에 전투가 벌어지면 팔랑크스가 맞붙어 먼저 대열이 깨지는 쪽이 지곤 했다. 팔랑크스는 제대로 대열을 갖추지 않은 외적(外敵)의 보병부대와 싸울 때 위력을 발휘했다. 그리스 군이 페르시아와 전투를 할 때 지상군의 수가 대등할 경우 페르시아군은 그리스군의 팔랑크스를 깨뜨리지 못했다. 페르시아의 왕 크세르크세스가 30만 대군을 휘몰아 그리스를 침공한 제3차 페르시아전쟁에서 레오니다스가 이끄는 스파르타의 정예병력 300명이 소수의 동맹군과 테르모필라이에서 페르시아 군을 가로막을 수 있었던 것도 대군이 통과하기 어려운 좁은 지형을 활용한 팔랑크스의 방어능력 덕분이었다.

마케도니아의 필리포스 2세와 알렉산드로스는 그리스식 팔랑크스를 다듬고 발전시켜 왕국의 전성기를 연다. 마케도니아의 팔랑크스는 6.5m미터 가량의 매우 긴 창을 들고 더 촘촘한 밀집대형을 이루어 방어력을 높였다. 이들은 기병대와 경장보병(輕裝步兵)을 함께 이용해 팔랑크스를 주전력으로 활용하고 경장보병은 팔랑크스의 측면을 방어하였다. 기병대는 적의 후방과 측면을 공격하였다. '망치와 모루'로 표현하는 이 전술은 알렉산드로스가 죽은 뒤에도 오랫동안 효과적인 전술로 사용되었다. 훗날 로마를 공포에 떨게 만든 한니발의 전술도 이 망치와 모루 전술을 발전시킨 포위섬멸작전이다.

시민들이 어깨를 맞대 서로를 지지해주는 진형에 개인의 생명과 도시국가의 흥망성쇠를 맡겨야 했기에 그리스에서 민주주의가 싹텄다는 주장도 있다. 계급을 나누고 앞뒤와 위아래를 가려서는 팔랑크스를 온전히 유지할 수 없었을 것이다. 그리스군은 시민의 군대였고, 팔랑크스는 시민이 어깨와 어깨를 나란히 맞대고 한 몸을 이루는 진형이다. 어깨와 어깨가 단단히 결합할수록 병사들은 안전하고 더욱 가공할 전투력을 발휘한다. 그러나 이 대형이 흐트러지면 궤멸적 피해를 각오해야 한다. 뭉치면 살고 흩어지면 죽는다.

오늘* 우리는 광화문 광장을 뒤덮은 저 촛불, 어깨와 어깨를 맞댄 시민들의 장엄한 행렬에서 21세기 대한민국의 팔랑크스를 본다. 그들이 밝힌 불빛은 시대의 어둠을 꿰뚫고 하늘 끝까지 뻗어나간다. 어깨와 어깨가 철석같은 신뢰와 용기로 결합하는 한 그들은 안전하며 사랑과 자유와 용기로 충만한 이 민주주의의 군대를 이길 적은 세상 어느 곳에도 없다. "가자, 가자, 이 어둠을 뚫고. 우리 것 우리가 찾으러".

* 2016년 12월.

아테네 학당

로마에 있는 시스티나 성당은 1481년에 완공되었다. 관광객들에게 인기 있는 장소다. 가톨릭 신자라면 이곳에서 새 교황을 뽑는 추기경들의 비밀회의(콘클라베)가 열린다는 사실을 잘 알 것이다. 흰 연기와 검은 연기에 대해서도. 그러나 그들도 시스티나 성당에 가면 미켈란젤로 부오나로티가 그린 벽화 〈최후의 심판〉과 천장화 〈천지창조〉를 보지 않고 떠나지는 않을 것이다.

미켈란젤로는 천지창조를 1512년에 완성했다. 그가 이 그림을 그릴 때, 바티칸 사도 궁전의 다른 방에서 젊은 천재 한 사람이 역사에 남을 대작에 혼을 쏟고 있었다. 청년의 이름은 라파엘로 산치오 다 우르비노(Raffaello Sanzio da Urbino), 그림을 그리기 시작할 때 나이는 스물다섯 살이었다. 온화한 성격에 의지는 굳고 눈빛은 꿈을 꾸는 듯했다. 그가 그린 그림은 〈아테네 학당〉이다.

라파엘로는 교황 율리우스 2세의 주문을 받아 교황의 개인 서재인 '서명의 방'에 이 그림을 그렸다. 서명의 방은 네 벽면을 각각 철학, 신학, 법, 예술을 주제로 한 벽화로 장식했다. 〈아테네 학당〉은 철학을 상징하는 그림이다. 라파엘로는 철학자 쉰네 명을 그려 넣었다. 고대 철학자들이 한 자리에 모였다. 어디까지나 상상의 산물이다. 소크라테스가 죽을 때 아리스토텔레스는 태어나지도 않았는데 그림 속에 함께 있다.

대학자들 가운데 중심인물은 플라톤과 아리스토텔레스다. 그림 한복판에 있다. 플라톤은 왼쪽 옆구리에 『티마이오스 (우주에 대한 그의 대화편)』를 끼고 오른손 검지로 하늘을 가리킨다. 아리스토텔레스는 『니코마코스 윤리학』이란 책을 들고 오른손바닥을 땅으로 향했다. 플라톤은 이상에 대해, 아리스토텔레스는 현실에 대해 말하고 있다. 라파엘로는 플라톤을 레오나르도 다 빈치의 모습으로, 아리스토텔레스를 미켈란젤로의 모습으로 그렸다고 한다.

쉰네 명 가운데 한 사람을 뽑아 현재로 날아오는 타임머신에 태운다면 누구를 선택하겠는가? 나라면 그림 속에 등장하는 유일한 여성, 히파티아를 선택하겠다. 뛰어난 철학자이자 수학자로서 지성과 미모를 겸비한 4세기 알렉산드리아의 수전 손택. 그러나 정신이 제대로 박힌 사람이라면 길게 고민할 것도 없이 플라톤의 이름을 적지 않을까. 그의 철학은 현대에 이르러도 낡지 않으며, 외계인을 상대로 토론을 해도 새로울 것이다.

우민(愚民) 정치를 경계하고 철인(哲人) 정치를 권한 플라톤은 광장에서 촛불이 일렁거리는 2016년 12월의 대한민국을 바라보며 어떤 진단과 처방을 내릴까. "저 개와 돼지들에게 당장 물대포를 직사하라"고 일갈할까. 내기를 해도 좋다. 플라톤의 정신이 맑다면, 그러니까 양주를 과음하거나 향정신성 약물을 사용하지 않았다면 절대 그럴 리 없다. 저 촛불의 이성과 용기를 발견할 테니. 어쩌면 촛불을 들고 광장에 뛰어들지 모른다.

플라톤. 철학자 중의 철학자. 2,400년 전 아테네에서 우주를 내다본 그의 원래 이름은 아리스토클레스다. 플라톤은 소싯적에 레슬링을 했는데 어찌나 어깨가 넓었는지 그를 가르친 코치가 '어깨가 넓은 사람'이라는 뜻으로 플라톤이라는 별명을 지어 주었다고 한다.

크리스토포로스

시리아에서 태어난 이교도(異敎徒)라고 하고 가나안에서 태어났다고도, 아라비아에서 태어났다고도 한다. 그는 거인이었고 원래 이름은 레프로부스였다. 기독교로 개종하여 안티오키아(현재의 안타키아)의 주교 바빌라스에게 세례를 받았다. 전하기로는 리키아 지방에서 선교하다 데키우스 황제의 박해 때 사모스라는 마을에서 순교하였다. 가톨릭 14성인(聖人) 가운데 한 사람으로서 여행자 · 산악인 · 운동선수 · 운전수 · 짐꾼의 수호성인이다.

전설에 의하면 레프로부스는 사람들을 어깨에 태워 강을 건네주는 일로 호구하였다. 다른 이야기도 있다. 그는 세상에서 가장 힘센 사람을 섬기고 싶어 했다고 한다. 한 왕을 섬겼으나 그 왕은 악마를 두려워했다. 악마를 찾아가니 십자가를 피했다. 그래서 레프로부스는 악마보다 큰 권능을 지닌 누군가가 있음을 알았다. 어느 날 한 은수자(隱修者)가 레프로부스에게 예수의 권능에 대해 설교했다. 감화된 레프로부스는 '가난한 사람들을 섬기는 일이 곧 그리스도를 섬기는 일'이라는 은수자의 가르침에 따라 강가에 머물며 가난한 여행자들을 건네주었다는 것이다.

어느 날 한 어린이가 그에게 강을 건너게 해달라고 했다. 레프로부스는 어린이를 어깨에 메고 강에 들어갔다. 그런데 강을 건너는 동안 어린이가 점점 무거워졌다. 레프로부스는 '세계 전체를 짊어지고 있는 듯한 느낌'을 받았다. 그는 강 반대편 기슭으로 지팡이를 뻗어 겨우 버텨냈다. 그때 어린이가 "너는 지금 전 세계를 옮기고 있다. 나는 네가 찾던 왕, 예수 그리스도이다"라며 자신을 드러냈다. 그 순간 물에 닿은 지팡이에서 푸른 잎이 돋고 땅에 뿌리를 내려 종려나무가 되었다.

이 일로 레프로부스는 '크리스토포로스'(Christophoros)가 되었다. '그리스도를 어깨에 지고 간다'는 뜻이다. 그러나 이 이름은 그리스도를 어깨에 짊어진다는 신체행위가 아니라 영성적으로 '그리스도를 가슴에 간직한 사람'이라는 의미로 알아들어야 쉬우리라. 그러니 어깨는 가슴, 곧 '심장'과 영혼의 피를 공유한다. 우리는 무거운 책임을 느낄 때 '어깨가 무겁다'고 하고 그 원인이 우리의 피붙이일 때 가슴 한가운데가 벅차고 뭉클해 옴을 감지한다.

저마다 자신만의 우주를 지고 다닌다. 삶과 죽음, 행복과 불행, 기쁨과 슬픔. 무신론자들은 묻는다. "종말? 내세? 그런 게 어디 있어?" 내세의 유무에 대해, 나도 말 못하겠다. 죽음을 앞둔 시인 구상 선생은 "겨울처럼 닥쳐올 내세가 두렵고 당황스럽다"고 고백하였다. 성녀 테레사 수녀조차 고백하기를 "외로우며 신과 분리돼 있다고 느낀다"고 하지 않았던가. 그러나 오, 종말이여. 탄생의 그 순간부터 저마다의 종말을 짊어졌음을, 나도 당신도 알고 있느니.

서기 450년 에울라리우스 주교는 칼케도니아(오늘날의 칼케돈)에 성 크리스토포로스를 기념하는 성당을 세웠다. 당신이 유럽을 여행하는 길에 들어간 성당에서 어린아이를 어깨에 짊어진 사나이를 그린 성화를 보았다면 그가 곧 크리스토포로스, 당신이다. 당신의 어깨에 당신의 고단한 하루하루와 당신의 가족과 이웃, 당신의 온 생애와 당신의 우주가 깃들었다. 그러니 당신의 두 어깨는 고귀하다.

카잔차키스의 묘비명

고향인 화순에 틀어박혀 사립문에 피객패(避客牌)를 걸고 글만 쓰는 소설가 정찬주가 그리스에 다녀왔다.* 희수를 맞은 은사를 봉양코자 출발했으니 사무치는 인연의 동행이라. 소설가도 좋았던 모양이다. 그는 은사와 함께한 10박 11일을 '시간은 광속처럼 빠르게 흘렀고 그 순간순간은 광휘처럼 눈부셨다'고 했다. 소설가는 니코스 카잔차키스(Nikos Kazantzakis)의 묘에 이르자 감회를 주체하지 못한다. 그리스어로 쓰인 묘비명을 보는 순간에는 전율한다.

> '나는 아무것도 원치 않는다. 나는 아무것도 두려워하지 않는다. 나는 자유다.'

그는 묘비명을 인간 생명의 존중 선언으로, 부처가 남긴 말씀으로 듣는다. 거대한 불교역사소설을 써내려온 작가의 본능이리라. 그러나 묘비명은 카잔차키스가 쓴 소설『토다 라바』에 등장하며, 이는 힌두교의 우화에서 빌린 것이다. 『토

---

* 2016년의 일이다.

다 라바』는 카잔차키스가 러시아 여행에서 얻은 경험을 광범위하게 기록한 소설이다. 카잔차키스는 1929년에 보헤미아의 보지 다르에서 프랑스어로 이 소설을 썼다.

소설에는 '가능성과 혼돈에 가득 찬 혁명 직후의 러시아'에 모인 일곱 명이 등장한다. 이들은 작가의 내면 의식을 여러 단면으로 상징하며, 각각의 관점으로 러시아를 바라본다. 카잔차키스를 가장 잘 드러내는 인물이 게라노스다. 게라노스가 손가락을 들어 허공에 이렇게 쓴다.

"배를 타고 가던 한 힌두교도가 큰 폭포 쪽으로 그 배를 밀어내는 물살을 거스르기 위해 오랜 시간 싸웠다. 그 위대한 투사는 모든 노력이 소용없다는 것을 깨닫자, 노를 걸쳐 놓고 노래를 부르기 시작했다. 아! 내 인생이 이 노래처럼 되게 하자. '나는 아무것도 바라지 않는다. 나는 아무것도 두려워하지 않는다. 나는 자유다!'"

카잔차키스는 이 대목을 힌두 우화에서 빌렸다. 힌두교의 경전은 베다와 우파니샤드이니 우화의 정신은 경전의 가르침으로부터 왔을 것이다. 힌두교는 인도의 토착 종교이므로 부처가 되기 전에 고타마 싯다르타도 들었을지는 모르겠다. 그러나 부처가 이토록 매혹적인 언어를 남겼다면 불경 어딘가에 남았을 터인데 나는 아직 출전을 찾지 못했다.

주목할 곳은 출전이 아니다. 저 힌두교도의 '내려놓음'을 보

라. 식빵처럼 부풀어 오른 그의 어깨, 그 터질 듯한 근육이 비로소 안식을 얻어 차분히 가라앉는다. 인생과 운명은 가끔 우리에게 선택할 기회를 준다. 그러나 결코 제 갈 길을 벗어나지는 않는다. 우리는 '어깨 힘을 빼라'는 말을 귀가 아프도록 들었다. 장타를 치기 위해서가 아니라, '오비'를 내지 않기 위해 그래야 한다고.

우리에게도 최후의 시간은 예비되어 있다. 종말은 필연이다. 그 날에 이르러 카잔차키스처럼 목 놓아 외치지 않아도 우리는 어차피 자유 앞에 서 있을 것이다. 자유가 진리인 이유는 선택의 기준점 위에 놓이지 않았기 때문이다. 우리는 자유를 거부할 수 없다. 자유는 신이 (신을 믿지 않는 사람에게라면 섭리가) 인간에게 부여한 사명이다. 에덴의 사과는 저 힌두교도가 붙들고 휘저어대던 황망한 나무토막, 일상의 나날들일지 모른다.

우리 어깨에 내리는 별빛

어깨를 뼈와 근육의 차원에서 살펴보면 단련을 해서 강하게 만들기 어려운 곳이다. 그래서 어깨를 수술한 프로야구 투수의 재기는 어렵다. 태어날 때부터 어깨가 좁은 남성이 보디빌딩 챔피언이 되기도 어렵다. 그러니 어깨가 '책임'을 상징한다면 리더십과 지도자의 근기는 타고난다고 보아 무리가 아니다.

어깨는 매우 남성적인 신체부위이다. 『메이드맨닷컴(mademan. com)』은 여성이 매력을 느끼는 남성의 특성 여덟 가지를 꼽았다. 경제능력, 굵고 낮은 목소리, 큰 키, 넓은 어깨와 역삼각형 몸매, 유머 감각, 체취, 자신감, 그리고 설문에 응한 여성의 취향. 어깨는 좁은데 가슴이 지나치게 발달하고 팔뚝이 너무 굵은 체형은 그다지 인기가 없다고 한다. '알통'이 너무 커서 팔이 다 접히지 않는 사람도 자주 봤다.

여성의 어깨 역시 매력적이지만 남성의 어깨가 풍기는 강인한 이미지와는 거리가 있다. 어깨를 드러낸 서양식 드레스는 여성미를 강조한다. 이때 여성미는 어깨뿐 아니라 가슴과 허리로 이어지는 곡선과 어우러져 예술의 경지로 고양된다. 그러기에 고래로 수많은 예술가들이 성장(盛裝)한 숙녀를 화폭에 담아 왔을 것이다. 어깨가 드러난 드레스를 입은 숙녀의 초상화는 19세기 중반부터 자주 등장한다.

모름지기 여성의 어깨는 그녀의 매력이 집약된 장소 가운데 하나이다. 그러므로 남성이 사랑하는 여성의 어깨를 감싸 안는 뜻은 각별하다. 매우 강한 끌림을 고백하는 행위이자 독점하고자 하는 욕구의 표현이리라. 거리나 탁 트인 공간에서라면 '소유권'의 주장과 과시일 수 있다.

네발 동물에게도 어깨라 할 만한 곳이 없지 않다. 그러나 어깨는 인간에게만 유의미하다. 인간만큼 시각적 뉘앙스가 풍부하고 그 기능과 의미가 다양할 수는 없다. 진화를 주장하는 자연과학자들은 인간이 직립한 뒤에 비로소 손을 사용해 도구를 만들면서 지능이 발달됐다고 주장한다. 독립적인 팔과 손을 사용하면서 어깨가 벌어져 독립성과 확장성을 보장하였다.

신은 인간을 창조하되 네 발로 걸으며 흙냄새를 맡도록 하지 않았다. 그 허리를 펴고 고개를 들어 하늘의 뭇별을 보게 하였다. 거룩한 뜻이 반드시 있으리라. 에리히 캐스트너(Erich Kaestner)가 쓴 청소년소설, 『하늘을 나는 교실(Das Fliegende Klassenzimmer)』의 마지막 장면. 은사의 도움으로 고향에 돌아가 성탄을 보내는 소년 마르틴은 부모와 함께 저녁 거리를 산책하다 문득 멈추어 하늘을 본다. 그가 말한다.

"우리는 몇 천 년 전의 별빛을 보고 있어요. 저 빛이 우리에게 닿기까지 그만큼 시간이 필요하죠. 지금 보이는 별은 대개 예수님이 태어나기도 전에 사라졌을 거예요. 하지만 그 빛은 아직도 여행을 하고 있어요. 그리고 지금 우리에게 빛을 주고 있어요. 오래전에 식었거나 어두워졌을 텐데요."

이 겨울밤, 별빛이 우리 어깨에 소낙비처럼 내린다. 빛의 소나기가 신이 인간에게 부여한 무한한 사랑과 신뢰, 그리고 인간이 마땅히 지고 가야 할 사람다움에 대해 일깨운다. 내일도 이 땅의 저녁 거리에 별빛 무성하게 피어날 것이다. 그곳에 축복 있으라.

그리움 또는 북방의 대지

'등(背)'은 '몸의 뒷부분으로 몸통을 지탱하는 근골격축의 신체 부위'이다. 등의 뼈대는 척추뼈, 갈비뼈의 몸 쪽 끝, 골반뼈의 윗면, 머리뼈의 뒷바닥이다. 근육이 척추뼈와 갈비뼈, 골반과 척추뼈, 머리뼈와 척추뼈를 연결한다. 척수와 척수신경의 몸 쪽 부위가 자리 잡고 있다. 척추뼈 서른세 개와 주변 근육, 척수관과 척수신경이 등을 이룬다.

등은 등의 뼈대와 근육을 지탱하고 힘을 골반을 통해 다리로 전달하여 떠받치는 역할을 한다. 또한 머리를 떠받치고 가누게 하며 팔을 몸통에 매달고 그 움직임을 돕는다. 등에는 얕은 무리와 중간 무리로 구성된 외인근(Extrinsic muscles)과 깊은 무리로 구성된 내재근(Intrinsic muscles)이 있다. (서울대학교병원 신체기관정보)

외인근은 팔과 갈비뼈를 움직이고, 대체로 척수신경 앞가지 (운동신경)의 지배를 받는다. 외인근의 얕은 층은 팔과, 중간층은 가슴과 연결된다. 내재근은 자세를 유지하고 척추를 움직이며 굽히고 펴거나 돌림 운동을 한다. 척수신경 뒷가지(감각신경)의 지배를 받는다. 보디빌더의 우람한 가슴과 초콜릿 복근은 감탄을 불러일으킨다. 그러나 많은 운동전문가들은 "등이 강해야 힘을 쓴다"고 한다.

등은 우리 몸의 일부일 뿐 아니라 오랜 역사를 거슬러 상징의 세계를 여는 출입구이다. 소처럼 일해 가족을 부양하는 사나이에게도 '비빌 언덕'은 있어야 하거니, 어디를 비비는가. 곧 그 등이다. 사장은 나의 등을 두드려 격려한다. 총탄이 난무하는 활극영화에서 단짝 주인공은 중과부적이 되면 서로 등을 맞대고 최후의 항전을 준비한다. 총알이 열 발도 들어 있지 않은 권총 한 자루로 수십 명을 저세상으로 보낸다.

등은 따뜻하다. 어머니는 나를 등에 업어 키웠다. 나의 아들과 딸 또한 제 어머니와 할머니의 등에서 자랐다. 당신은 세상을 만난 지 얼마 되지 않아 모성의 등에 훗날 당신의 어린 날, 그 그리움으로 향하고야 말 지도를 새겼다. 그리고 우리는 저마다 제 등을 지고 다니며 세상의 무게를 느낀다. 홀로임을 깨달을 때 우리는 등이 시린 경험을 한다. 그럴 때 우리는 문득 고독해지며, 뭔지 모를 슬픔에 사로잡힌다.

아, 말해 무엇 하리오. 무엇보다 등은 따뜻함이요 그리움인 것을! 북방(北方)에서 나고 자란 사나이, 내 아버지가 고향을 떠나 유학길에 오를 때 전주 김씨 내 할머니는 오래도록 아들의 등 뒤에서 손을 흔들었으리. 공부 마친 아들은 어찌 귀향하지 않고 남녘의 도시 부산에 깃들였는가. 그래서 서울에서 나고 자란 나는 '아버지의 도시' 부산을 마치 고향인양 그리워하며 이따금 아내를 달래 남행열차에 몸을 싣는다.

1940년대의 부산은 추웠다더라. 겨울날 바닷바람은 골목골목을 거슬러 올라가 고단한 시민들의 창을 쉬지도 않고 두드렸다 한다. 그래서 달빛 아래 파도 반짝이는 밤이면 그토록 잠들기 어려웠으리. 말(馬)의 무리가 갈기를 날리며 휘몰아가는 북방, 그 너른 대지의 등허리가 그토록 그립더라는 아버지의 혼자 하신 말씀을 아들은 현재인 양 미간에 새기는 것이다.

두 아버지의 등

"나요."

"아, 예. 아이가 또 아픕니까?"

저녁 잘 먹고 잠들었는데 갑자기 열이 치솟곤 했다. 아버지 나이 마흔, 어머니 나이 서른여섯에 낳은 외아들이었다. 나는 늦게 낳은 아이라서 허약하다는 말을 많이 들었다. 아버지는 불덩어리를 업고 밤길을 걸었다. 시내로 들어가는 큰길이 시작되는 곳에 아버지의 친구가 운영하는 병원이 있었다. 성이 '전'씨였다. 그 아저씨가 손을 쓰면 이내 열이 내렸다.

돌아오는 길에 아버지의 등을, 거기서 풍기는 체취를 느꼈다. 약간 비릿하면서 축축한 남성의 체취. 한밤인데다 통행금지가 있던 시절이다. 가끔 경찰을 만났다. 그들은 아버지를 잘 알았다. 어찌 모르겠는가. 키가 190㎝를 훌쩍 넘는 사나이가 한밤에 아이를 업고 밤길을 걸은 것이다. 1970년대에는 그렇게 키가 큰 사람이 많지 않았다. 나의 부계는 대대로 체격이 컸다고 한다. 아버지의 손아래 동생이 가장 작다고 했다. 그분도 180㎝는 됐다. 아버지는 친구들에게 자주

"이 아이가 얼굴은 나를 많이 닮았지만 외탁해서 왜소하다"
고 하였다. 어린 시절, 아버지의 등은 참으로 높은 곳이었다.
그러니 내 유년의 밤하늘, 그 별빛에 조금 더 가까웠으리.

아버지는 건설업을 했다. 서울의 신설동에 사무실이 있었다.
건설경기가 좋던 시절이었다. 아버지는 회사일과는 별개로
당신 손으로 집짓기를 좋아했다. 설계를 하고 기술자를 고용
해 시공했다. 기발한 아이디어를 적용해 재미있는 건물을 많
이 지었다. 모든 방을 계단으로 연결한 3층 주택, 난방을 공
급하는 건물을 따로 둔 (당시는 온돌이 일반적이었다) 콘크리트 양
옥. 아버지가 집을 지을 때는 기술자를 따로 구해 썼다. 몰타
르를 비벼 벽을 마감하는 일을 하는 분이 있었는데 성이 '변'
씨였다. 전라남도에서 왔다는 그에게는 연년생 아들이 셋 있
었다. 모두 수재였다. 시멘트벽을 발라 아들 셋을 먹이고 학
교 보내기가 쉽지 않았으리라. 변 씨는 자주 아버지에게 돈
을 빌렸다. 목돈을 빌려 잔돈으로 갚았지만 틀림은 없었다.

변 씨가 돈을 다 갚은 날 아버지는 반드시 선물을 했다. 고기,
설탕 아니면 카스텔라 같은 간식. 어느 날, 변 씨가 밤늦게 찾
아와 돈 봉투를 내놓았다. 어머니가 저녁상을 냈다. 변 씨가
돌아갈 때 아버지가 나를 불렀다. 창고 문을 열라는 것이다.
쌀가마니를 쌓아둔 곳이다. 쌀 한 가마니는 80kg. 변씨는 160
cm나 될까 싶은 단구에 깡마른 사람이었다. 나는 어디서 리어
카를 빌려야 한다고 생각했다. 그러나 변 씨는 아무 말 없이

창고에 들어가 가마니를 지고 나왔다. 그리고는 마당에 서서 한참 동안 인사를 한 다음 대문을 나갔다. 골목을 걸어 큰길 쪽으로 사라졌다. 걸음이 조금도 흐트러지지 않았다.

나는 오래도록 변 씨의 뒷모습을 기억했다. 그의 괴력이 어디서 나왔을지 한참 뒤에야 짐작했다. 아버지가 세상을 떠나고, 내가 아버지가 된 다음이다. 그렇다, 오롯이 '아버지의 등'이었기에 가능했으리라. 세상의 자식들은 어머니의 젖을 물고 목숨을 부지한다. 그 등에 오줌을 싸며 자란다. 그러나 아버지의 등은 기억하지 못한다. 그들의 눈에 아버지의 등이 들어올 때 아버지는 이미 늙고 무력해졌다. 그들 자신의 등마저 굽어갈 때다. 아버지의 등에는 파토스(pathos)가 있다.

심우도 尋牛圖

「심우도」는 불가(佛家)의 그림이다. 수행자가 인간의 본성을 찾아 깨달음에 이르는 과정을 목동이 소를 찾는 데 비유했다. 시우도(十牛圖), 목우도(牧牛圖)라고도 한다. 소와 동자가 등장한다. 소는 인간의 본성, 동자는 수행자다. 동자 대신 스님이 나오기도 한다. 모두 열 장면이다. 마음 닦는 일을 소 치는 데 빗댄 역사는 길다. 「아함경」에 '목우12법(牧牛十二法)'이, 「지도론」에 '십일사(十一事)'가 있다.

절에 가면 법당에서 심우도를 볼 수 있다. 말하자면 벽화다. 아무것도 모른 채 심우도와 마주치면 그 고졸함에 지루해질 뿐이다. 그러나 알고 보면 치열한 수행의 세계. 천주교 사제 강길웅이 심우도를 해설한 글이 있다. 그는 천주교 기도인 '십자가의 길'을 걷듯 심우도를 읽어 나간다. 기독교의 수행자가 읽어주는 심우도.

① 심우(尋牛) = 동자가 고삐를 들고 나서지만 헤맬 뿐이다. 수행자가 발심(發心)하는 단계.
② 견적(見跡) = 소 발자국을 발견한다. 본성을 짐작하는 단계.

③ 견우(見牛) = 소 꼬리가 보이네! 견성(見性)이 멀지 않다. 강 신부는 "십자가를 붙들고 간절히 기도하니 하느님 뜻이 설핏 보이는 단계"라고 했다.

④ 득우(得牛) = 소 꼬리를 잡아 고삐를 건다. 소는 사납다. 곧 탐내고 화내고 어리석은 삼독(三毒)에 매인 거친 마음이다. 본성은 아직 다듬지 않은 금강석. 신부는 '로마서' 7장을 인용한다. '마음은 선하려 하나 몸이 악으로 기운다.'

⑤ 목우(牧牛) = 동자가 소를 길들이며 끌고 간다. 삼독을 지우는 단계.

⑥ 기우귀가(騎牛歸家) = 소 등에 올라 피리를 불며 집으로 돌아간다. 강 신부는 외친다. "이제 십자가가 나를 짊어지고 가요!"

⑦ 망우존인(忘牛存人) = 집에 돌아왔건만 소는 사라지고 홀로 남았다. 소는 방편이었을 뿐이니 강을 건너면 뗏목을 버릴 일. "하느님의 집에 들면 십자가가 필요 없다."

⑧ 인우구망(人牛俱忘) = 동그라미 하나뿐, 소도 동자도 없다. 주관과 객관이 분리되기 전 본래 마음의 상태. 비로소 완전히 깨달았구나.

⑨ 반본환원(返本還源) = 강은 잔잔하고 꽃은 붉게 피었다. 산은 산, 물은 물! 자연 그대로의 모습을 꿰뚫어 볼 수 있는 지혜를 터득한 경지다.

⑩ 입전수수(入廛垂手) = 지팡이를 든 행각승이 중생을 거두고자 세상에 나선다. 모든 종교는 궁극으로 인간 구원에 뜻을 둔다.

중생이야 '목우'면 성인의 지경이요 '기우귀가'는 꿈에서나 가능할 일이다. 사나운 소를 길들여 그 등에 올랐으니 본능마저 길들이지 않았는가. 미국의 놀이인 '로데오' 경기를 보아도 목숨을 걸고서야 소 잔등에 오름을 알 수 있다. 등을 내주는 일은 가없는 신뢰, 온전한 교감의 결과다. 그러므로 사나이들이여, 사랑하는 여인에게 등을 내주어라. 종로에서 흥인지문까지 그녀를 업고 걸어 보라. 비틀거린들 어떠랴. 그대의 등에, 그 마음에 애틋함이 있으리라. 등을 내줄 무렵에는 금수(禽獸)의 내면조차 오직 사랑으로 충만하다. 하물며 사람이랴!

> "톱밥 속에 어미 개가/강아지를 낳은 겨울 아침/이쪽으로 쓰러지려 하면/저쪽으로 핥는 어미 개의/등허리에 서리가 반짝였다/아, 서리에서 김이 나고 있다"(박형준, 「겨울 아침」 일부)

열복과 청복

다산 정약용이 병조참판 오대익의 71세 생일을 축하한다. 오대익은 다산의 벗으로서 「단양 산수기(丹陽 山水記)」, 「유수 종사기(遊水鍾寺記)」 등에 등장한다. 다산은 1799년에 쓴 축하 글에서 선비가 누리는 복을 두 가지로 나눠 말한다. '열복(熱福)'과 '청복(淸福)'. 관직에 나아가 생활하는 자의 복과 은거하여 누리는 복이다.

"대장군의 깃발을 세우고 관인(官印)을 허리에 두르고 온갖 음악을 즐기며 아름다운 여인들을 끼고 논다. 그러나 한양으로 발령받아 내직에 근무할 때는 비단옷을 입고, 높은 수레를 타고 출퇴근하며, 대궐문에 드나들며 묘당(廟堂)에 앉아서 사방의 정책을 듣는다. 이를 열복이라 한다.

깊은 산중에 살며 삼베옷에 짚신을 신고 맑은 샘물에 발을 씻고, 소나무에 기대 휘파람을 분다. 소박한 살림이지만 집에는 악기와 바둑판을 갖추고 책도 가득하다. 마당에는 백학(白鶴) 한 쌍이 노닐고 신기한 꽃과 나무, 장수에 도움 되는 약초를 심는다. 때로 스님이나 신선 같은 이

들과 왕래하며 즐기다 보면 세월이 오감을 모르고, 정치가
잘되는지 엉망인지도 모른다. 이를 청복이라 한다.
　　　　이 두 가지 복은 성품에 따라 달리 취할 수 있지만
하늘은 청복을 몹시 아낀다. 그래서 열복을 누리는 이는 많
아도 청복을 얻는 이는 몇 되지 않는다. 어떤 사람이 '열복
과 청복을 모두 얻어 누리겠다'고 하면 모두 비웃을 것이
요, 하늘도 그 오만과 망령됨을 미워하리라."(정약용, 『다산시
문집』 13)

송혜진은 「선비들의 음악 공간」이라는 글에서 "열복의 음악
은 풍악(風樂)이며 청복의 음악은 금가(琴歌)"라고 했다. 선비
의 음악이란 청복을 추구하며 마음을 바르게 다스려 사특한
생각에 휘둘리지 않게 해주는 음악이었다는 것이다. '마음을
바뤄 사특함을 물리침'은 곧 선비의 삶이요 기쁨이라.

영어 단어 'Back'은 오묘하다. 사람의 등이며 동전의 저편이
며 책의 표지이다. 서양인들에게는 지켜야 할 가치를 간직
한 곳이라. 한때 유행한 '님비(Nimby)'란 "내 뒷마당에는 안된
다"는 뜻이다. Not in my back yard. 열복은 나아감이 있
는 곳에, 청복은 물러남이 있는 곳에 깃들인다. 열복은 front
yard의 호화로움이요 청복은 back yard에서 누리는 안온함
이다.

내가 대학에 진학하던 해, 스승께서는 입학식도 하지 않은
제자들을 이끌고 분주히 답사를 하시었다. 첫 답사는 용인에

있는 무애 선생의 묘소, 두 번째는 다산의 고택이었다. 고택이 능내에 있어 흔히 두물머리라 한다. 두 강물이 머리를 맞대듯이 만나 하나의 강으로 흐르는 곳. 북한강과 남한강이 만나 마침내 한강을 이루는 지점이다.

다산은 1783년부터 1799년까지 한양에서 나랏일을 하고 이후 19년을 유배 생활에 바친다. 유배를 마치던 1818년에 『목민심서』를 내니 세상을 향한 푸른 눈빛을 알겠다. 그가 죽기 전 자녀들에게 당부하였다. "한양을 벗어나는 순간 기회는 사라지니 무슨 일이 있어도 한양에서 버티라." 그의 열복은 어디에 있으며 청복은 언제였는가.

사랑의 심포지엄

심포지엄(symposium)은 그리스 말 심포시온(symposion)을 옮긴 라틴어이다. '여럿이 모여 술을 마신다'는 심포시아(symposia)에서 왔으리라. 번역을 하면 향연(饗宴)이니 손님을 융숭하게 대접하는 잔치이다. 오늘날에는 공중토론(公衆討論)의 한 형식을 이른다. 생활이나 학술상의 중요한 문제를 공동의 장소에서 철저하게 토론하는 일이다.

플라톤이 쓴 『향연』은 심포지엄의 형식과 정신을 아울러 보여준다. 플라톤은 이 책에서 달콤하기 이를 데 없는 필치로 '에로스(Eros)', 곧 사랑에 대하여 말한다. "'사랑'은 '아름다움'에 대해 육체미를 초월한 정신미(精神美)로 향하는 심정이지만, 이윽고 이론미(理論美:眞)로 향하고, 마침내 행동미(行動美:善)를 지향한다."(두산백과)

소크라테스를 비롯해 일곱 사람이 사랑을 말한다. 가장 매력적인 대목은 아리스토파네스가 장식한다. "아주 오래 전 인간은 남녀 한몸이었다. 몸은 공 모양이고 둥근 기둥 같은 목에다 꼭 닮은 얼굴이 서로 반대편을 바라보았다. 이들이 신에게 반항하자 신은 그들을 반으로 잘라냈다. 그 후 인간은 잘려나간 자신의 반쪽을 평생 그리워하며 살아간다." 오호라, 그렇다면 사랑은 우리의 본성일 수밖에 없다.

얼마 전 인터넷에서 재미난 글을 읽었다. 제목은 「부부의 잠자는 모습이 알려준 사랑의 온도」이다. 아홉 가지 잠자는 모습이 그림으로 나온다. '외면형', '게 자세', '지붕 자세', '대화형', '할리우드형', '매듭형', '스푼 자세', '역 스푼 자세', '의지형'…. 이중 외면형과 의지형은 부부가 등을 진 자세다. 금세 구분하기 어렵다. 잘 보니 의지형은 등을 맞대고 있는데, 글쓴이는 이 자세를 매우 바람직하게 본다.

"등을 완전히 밀착한 상태로 수면에 빠진 부부만큼 이상적인 관계도 없다. 서로를 기댄 수면자세처럼 관계에서도 서로 많이 의지하고 있는 부부 사이라고 할 수 있다. 이들의 가장 큰 장점은 모든 면에서 적당함을 유지하고 있다는 것이다. 다투고, 서운해 하고, 가끔은 상대의 잘못으로 눈물을 흘리기도 하지만 많은 일들을 함께 겪었기에 서로에 대해 잘 알고 누구보다 이해할 수 있는 관계다."

당연한 일이다. 신이 인간을 세로로 동강내기 전의 모습과 가장 닮아 있으니. 자랄 때나 처녀 총각 시절에는 잘 모르겠지만 나이가 들어 배가 나오면 '몸은 공 모양'이었다는 말이 무슨 뜻인 줄을 알게 되리라. 그러나 먼저 알아야 할 일이 있다. 시인 정호승이 가르쳐준다. "사랑은 잃어버린 반쪽을 찾는 일뿐만이 아니라 마음이 하나가 되는 고통을 감내해야 하는 과제가 있다."

'반쪽 사랑이 어느 날 자기 반쪽을 찾아가 문을 두드린다. "누구세요?" "나야 나!" 반쪽은 대꾸도 없고, 문은 열리지 않는다. 다음날 또 찾아가 문을 두드린다. "나야 나, 나라니까!" 이번에도 대답 없다. 반쪽 사랑은 고민한다. 며칠 뒤 다시 찾아가 문을 두드린다. "너야 너. 네가 왔어!" 마침내 문이 스르르 열린다.' … 동화작가 정채봉이「생각하는 동화-향기자국」에 담은 이야기다.

외워 두자. 사랑은 '나'가 아니라 '너'다.

노트르담 드 파리

'교수형을 당해 죽은 사람들을 묻는 묘지에서 두 사람의 유골이 발견되었다. 하나는 여자의 유골이었고 하나는 등뼈가 구부러진 남자의 유골이었다. 남자는 추골이 안 부러져 있으므로 교수형을 당해 죽지 않고 거기 가서 죽었음이 분명했다. 남자의 유골은 여자의 유골을 꼭 껴안고 있었다. 떼어내려 하자 유골은 먼지가 되어 버렸다.'

빅토르 위고가 쓴 소설 『노트르담 드 파리(Notre Dame de Paris)』를 읽기 전에 영화를 먼저 보았다. 장 들라누아가 감독해 1957년 6월15일에 개봉한 영화 〈노틀담의 꼽추〉. 지나 롤로브리지다가 가장 아름다울 무렵 에스메랄다 역을 맡았다. 절묘한 분장은 앤서니 퀸을 더할 것도 뺄 것도 없는 콰지모도로 둔갑시켰다.

배우는 연극이나 영화에서 맡은 배역에 자신만의 숨결을 불어넣어 원작자가 예상하지 못한 결과를 만들어내곤 한다. 로렌스 올리비에는 영화사에 길이 남을 대배우지만 내 기억 속에는 '햄릿'으로 남아 있다. 어떤 배우는 자신이 맡은 캐릭터에 사로잡히기도 한다. 퀸은 1964년에 〈그리스인 조르바〉를 찍은 다음 정말 조르바의 영혼에 동화되었다고 한다.

알렉시스 조르바. '여자의 음모로 베개를 만들 정도로 농탕한 사내', '살아 있는 가슴과 커다랗고 푸짐한 언어를 쏟아내는 입과 위대한 야성의 영혼을 가진 사나이'. 그러나 퀸에게는 미안하지만, 그는 나에게 '노트르담의 꼽추'이며 〈길〉에 나오는 잠파노다.

내가 이 글을 쓰는* 2월 16일은 천주교 사제 김수환 추기경이 세상을 떠난 날이다. 2009년이었는데, 조문하려는 신자들의 행렬이 명동성당을 몇 겹으로 감아 장관을 이루었다. 김 추기경이 서울교구장으로 일할 때 명동성당은 진정한 의미에서 성지(聖地)였다. 1987년 시민혁명의 불꽃을 지킨 곳이다.

1987년 6월 시위대는 진압경찰에 쫓기다 명동성당으로 피신했다. 그들을 잡으러 온 경찰을 막아선 김 추기경은 "맨 앞에 내가 있을 것이고 그 뒤에 신부와 수녀들이 있을 것이다. 우리를 다 넘어뜨려야 학생들을 만날 수 있을 것"이라고 했다. 30년이 지난 지금 한국 천주교회에 추기경은 두 명으로 늘었다. 그리고 명동성당은 경찰들이 지키는 곳이 되었다.

지난 1일, '희망원전국대책위'가 성당 앞에서 기자회견을 열었다. 이들은 천주교에서 운영하는 노숙인 수용시설인 대구

---

* 2017년.

시립희망원에서 벌어진 인권유린과 횡령에 항의하기 위해 명동을 찾았다. 경찰 100여 명이 출동해 입구를 막았다. 성당에서 시설보호 요청을 했다고 한다. 경찰은 이 단체에 '염수정 추기경에게 면담 요청서를 전달하려는 계획을 취소하라'고 했다.

명동성당 옆에 계성여고가 있었다. 김수환 추기경이 성당 앞에 나타나면 학생들이 우르르 달려가 팔에 매달렸다고 한다. 몇몇 맹랑한 학생들 사이에서 김 추기경의 별명은 '노트르담의 꼽추'였다. '꼽추의 불거진 등허리에는/무엇이 들어 있을까/X-레이 필름 속의 어둠은/그저 짧고 싸늘하게/구부러진 척추와 어깨뼈뿐이라고/대답한다, 그러나/불룩한 살집 속에/탐스러운 깃털에 싸인/날개를 숨겼다는 사람도 있다.' (졸시 「X-레이 필름 속의 어둠」 중)

두 개의 작은 별

『등뼈를 위한 변명』은 김강태(1951~2003)가 1995년에 낸 시집이다. 고려원에서 찍었다. 표제작의 마지막 연은 이렇다. '놀라워라 어둠과 빛을 꿰어 날으는 3번 뼈/이 질풍 같은 시간을 낚을 수만 있다면/까짓 뼈/12번까지 발라내도 아무렇지 않아라/남은 핏방울은 선연하고/뒤틀린 살을 만나 거친 숨 나누리/저것 봐/흙으로 빚고 갈비뼈로 지은 여자를/질벅질벅 몸 섞으려 내게 오고 있잖아.'

문학평론가 김영철은 김강태의 시에서 '불꽃의 투혼', '불꽃처럼 자기를 태우는 창조적 에너지, 그 순간적 폭발력을 존재에 들어붓고자 하는 실존적 몸부림'을 본다. 또한 그는 김강태의 시에서 보이는 해체주의적 포즈에서 1990년대에 현신한 이상(李箱)의 자화상을 발견한다. 김영철은 썼다. "이상의 시가 1930년대의 반역이라면, 김강태의 시는 1990년대의 저항이다."

김강태의 시세계는 다채롭다. 위에 인용한 시는 그 단편만을 보여준다. 김강태는 뛰어난 시인이었을 뿐 아니라 아름다운 사람이었다. 주변에는 언제나 친구와 선후배가 들끓었다. 그의 따뜻한 가슴을 느끼게 해주는 시집이 1987년에 펴낸 『혼자 흔들리는 그네』이다. 그가 2003년 5월 28일 세상을 떠났을 때 충격과 슬픔에 사로잡힌 곳은 시단이나 문단만이 아니었다.

나는 김강태가 떠난 다음 여러 달이 지났을 때 그의 대학 후배인 소설가 이용범이 『월간 현대시』에 실은 글을 읽었다. 「아름답고도 슬픈, 동행」. 거기 이런 대목이 있다. "대학 1학년 때는 생계를 해결하기 위해 노랫말을 지은 일도 있다. (중략) 번안 곡인 〈두 개의 작은 별〉을 작사했다. 아직도 많은 사람들의 귀에 익은 '저 별은 나의 별 저 별은 너의 별 …'이 바로 그의 손을 거쳐 히트한 곡이다."

지금 〈두 개의 작은 별〉 윤형주가 작사한 곡으로 돼 있다. 원래 독일 노래(Zwei kleine Sterne)다. 이런 내용. "창공에 뜬 두 별, 나와 함께 저 멀리 가리. 작은 두 별은 나의 마지막 인사이니 나 떠난 뒤 기억해 주오 …." 이용범은 쓰기를 김강태는 죽을 때까지 자신이 대학시절에 쓴 노랫말이 어떻게 가수 윤형주의 노래가 되었는지 알 수 없었으며 아르바이트로 한 일이지만 한 푼도 받지 못했다고 했다.[*] 그는 곧 아르바이트

---

[*] 아시아경제 2017년 2월 24일 자에 이 내용이 실렸다. 그 뒤 윤형주의 팬이라고 자신을 소개한 분이 메일을 써서, '두 개의 작은 별'은 이미 여러 사람의 증언을 통하여 윤형주 작품임이 증명이 되었으며 내가 쓴 글은 사실을 크게 왜곡하거나 오해를 살 수 있다고 지적했다. 나는 나의 글이 소설가 이용범의 글을 인용한 것이며 윤형주의 명예를 훼손하기 위해 쓰지 않았다고 해명했다. 메일을 쓴 분의 주장이 부당하다고 생각하지 않는다. 아무튼 김강태에게는 김강태를 위한 증

를 그만두었다고 한다.

시집 『등뼈를 위한 변명』은 「돌아오는 길」이라는 서시(序詩)
로 시작된다. '… 춥지만, 우리/이제/절망을 희망으로 색칠
하기/한참을 돌아오는 길에는/채소 파는 아줌마에게/이렇게
물어보기//희망 한 단에 얼마예요.' 장사익이 이 시를 노래로
만들었다. 그런데 제목을 〈희망 한 단〉으로 바꾸었다. 노래
가 실린 음반(사람이 그리워서)이 나왔을 때 김강태는 천국에 있
었으니 시인의 허락을 받았을 리 없다.

장사익이 김강태에게 물었다면 "그러라"고 했으리라. 나중
에 알았더라도 별말 없었을 것이다. 어느 날 그를 인터뷰했
다. "내가 머무는 곳의 삶은 당신의 삶과 직결돼 있다. 당신
의 꿈, 당신의 사랑과 소망, 당신의 행복은 곧 우리 차원의
현실이 된다. 비가 내리는 어느 밤에 문득 그리움의 저편에
서 뭐라 설명 못할 행복감이 밀려온다면 내 기도의 기척이라
고 생각해도 좋다." 그는 그런 사람이었다.

언도 있다.

야쿠자의 달

여러 해 전의 일이다. 지방에서 열린 스포츠 경기를 취재하러 며칠 묵는 일정으로 출장을 갔다. 새벽에 목욕탕에 갔다가 기겁을 했다. 아무도 없는 열기욕실에 들어갔는데, 이윽고 거한(巨漢) 둘이 문을 열고 들어온 것이다. 목욕탕엔 그렇게 셋뿐. 나는 그들의 등을 울긋불긋 뒤덮은 문신을 보고 가슴이 철렁했다.

그들은 땀을 씻지 않고 냉탕에 들어가거나 바닥에 침을 뱉지 않았다. 탕 안에서 몰래 오줌을 누지도 않았을 것이다. 그런데도 나는 그들의 등을 보는 순간 얼른 목욕탕에서 나가고 싶었다. 목욕예절만 보면 틀림없이 신사인 그들을, 아니 그들의 등을 가득 메운 문신을 보고 나는 왜 그렇게 마음이 불편했을까?

몸에, 특히 등허리를 중심으로 문신을 잔뜩 한 사나이를 보면 대번에 '야쿠자'를 떠올린다. 영국의 탐사저널리스트인 데이비드 사우스웰은 2006년에 『조폭연대기(The History of Organized Crime)』에서 야쿠자의 문신에 대해 설명한다. 지난

2008년 추미란의 번역으로 우리나라에도 출간된 책이다.

"문신은 야쿠자들에게 조직의 역사와 위업 그리고 사고방식을 보여주는 창이다" "어떤 부분은 이력서 역할을 한다. 조직과 서열 뿐 아니라 그가 처단한 적들과 자신의 두목을 위해 해낸 행위들을 구체적으로 보여준다. 경찰이 모은 증거자료보다 더 구체적으로 행적을 기록할 수 있다."

야쿠자의 등허리를 온갖 색으로 채우는 문신에도 분명 곡절은 있으리라. 통과의례일까. 사실 문신은 조폭의 전유물이 아니다. 그 역사도 유구하다. 1991년에 오스트리아와 이탈리아 사이에 있는 알프스 산에서 고대의 사냥꾼이 냉동 미라로 발견됐다. 기원전 3300년쯤 죽었을 그의 몸에는 문신이 쉰여덟 개나 있다.

조현설은 『문신의 역사』에서 문신이 주술적 기능, 종족표지기능, 신분표지기능, 심미적 기능을 한다고 썼다. 그밖에 혈연을 확인하기 위해, 또는 서약의 뜻으로 문신을 한다면서, 이 가운데 서약을 위한 문신은 폭력적 기능을 수행할 수 있다고 경계하였다. 그러나 야쿠자의 문신이 보호색 같은 것은 아닐까?

텐도 쇼코가 쓴 『야쿠자의 달(Yakuza Moon)』에도 문신 이야기가 나온다. 쇼코는 야쿠자 보스의 딸로 태어나 유복하게 자랐다. 여섯 살 때 아버지가 감옥에 간 뒤 그의 삶은 엉망이 된다. 학교 친구들은 '야쿠자의 자식'이라며 따돌렸고 선생들도 차별했다. 쇼코는 비뚤어진 아이가 되어 열다섯 살이 되자 징역을 선고받는가 하면 어머니가 죽자 자살을 시도한다.

쇼코는 목에서 발끝까지 문신을 하면서 인생의 전환점을 맞는다. 야쿠자의 딸로 태어나 겪은 차별과 혼란과 비행의 기억으로부터 자신을 구출하고자 하는 의지와 힘을 문신에서 얻었다고 한다. 보통 야쿠자가 되기 위해 문신을 새기지만, 쇼코는 야쿠자와 관련된 모든 인연과 절연하기 위해 온몸을 바쳤다. 새 삶을 결정하던 날 밤 둥실 떠오른 밝은 달이 책의 제목이 되었다.

그녀의 등 한복판에 단도를 입에 문 에도 시대 게이샤의 얼굴이 보인다. 나는 코브라의 등을 떠올렸다. 검고 큰 눈을 부릅뜬 얼굴 같은. 코브라 등의 얼굴 무늬는 '나는 아주 강하고 무서우니 건드리지 말라'는 신호다. 속으로는 벌벌 떨고 있겠지만.

영화 〈친구〉

아홉 번째 '등' 이야기다. 끝나간다. 다음에 어디로 갈지 모르겠다. 목이나 허리, 가슴이나 배가 되리라. 등 이야기를 마친 다음 결정하겠다. 혹시 독자께서 의견을 주시면 반영하겠다. 아무튼 등에서 멀지 않은 몸의 어떤 부분에 대해 쓸 생각이다. 하지만 아직은 등에서 눈을 떼지 말자.

2001년에 나온 영화 〈친구〉는 내 또래들에게 영향을 크게 주었다. 내가 졸업한 고등학교 동기들의 인터넷 카페는 곽경택 감독의 영화가 성공한 다음 문을 열었다. 거기서 숱한 친구를 다시 만났다. 고등학교를 졸업하고도 한참이 지난 뒤에. 우리는 술을 마시고 영화에 나오는 노래(Bad Case of Loving You)를 부르며 옛날 생각을 했다.

1978년에 나온 이 노래는 원래 영국 가수 로버트 파머가 불렀다. 그러나 우리는 배철수 · 구창모가 속한 그룹 '송골매'에서 건반악기를 다루던 이봉환의 목소리로 더 자주 들었다. 송골매는 KBS의 '젊음의 행진', MBC의 '영 일레븐'에 출연해 이 노래를 불렀다. 파머의 노래는 유오성과 장동건 등이

교복을 입고 책가방을 겨드랑이에 낀 채 시장골목을 달리는 장면과 매우 잘 어울렸다.

영화는 친구의 우정을 다루지만 잔인한 장면이 지나치게 많이 나와서 가족과 함께 보기에는 적당하지 않다. 칼부림, 선혈, 비명과 신음, 마약 같은 강한 소재와 동기들이 쉴 새 없이 등장한다. 미남배우 장동건도 이 영화에서는 태연히 남의 힘줄을 끊는 폭력배다. 유오성이 성공(?)을 해서 새 부하들을 맞아 교육할 때 이런 얘기를 한다. 말하자면 칼부림 기술을 가르치는 장면이다.

> "얇은 칼은 뼈 때문에 부러지기 쉽다. 그래서 회칼을 쓴다. 칼 길이는 15㎝면 충분하다. 칼이 폐를 관통하면, 허파에 바람이 나면 90% '확실하게' 절명한다. 몸속에 칼이 들어왔다는 것, 칼 맞았다는 걸 느끼게 해줘야 한다. 진짜 칼잡이는 가슴보다는 뒤에서 폐를 노린다."

살벌하다. 그리고 다시 한 번 야쿠자들이 왜 등에 문신을 새기는지 짐작한다. 그들의 등에 눈을 부릅뜬 사람 얼굴을 새겼다면 가장 어울릴 것 같다. 생각해보니 사람의 등은 참으로 약하구나. 심하게 다치면 팔다리를 못 쓰게 되는 척추신경은 인간의 가슴보다 등에서 가깝다. 그리고 인간의 등에는 늘 공포와 불안이 그늘을 드리우고 있다. 양아치들이 선량한 사람을 겁줄 때 괜히 "집에 갈 때 뒤를 조심하라"고 하겠는가.

누군가 뒤를 밟고 있음을 깨닫는 순간 우리는 머리털이 쭈뼛 선다. 미행은 그래서 폭력이다. 불편한 누군가를 마주쳤을 때, 우리는 그의 뒤에 누가 도사렸는지 알고자 노력한다. 탐정과 수사관은 용의자의 '배후'를 캐려 한다. 사람의 등 뒤에는 때때로 비밀과 음모가 숨어 있다. 거대한 음모의 뒤에는 거대한 권력이 아나콘다처럼 똬리를 틀고 있다. 저주받은 등이여!

그러나 또한 그곳이 하염없이 약함에 인간의, 아니 모든 생명의 아이러니가 있느니. 거북의 연한 살을 등껍질이 덮고 있지 않은가. 가장 약한 곳을 강한 것으로 덮으니 이 또한 순리여라. 거북의 등껍질은 몹시 단단해 흠을 내기 어렵다. 그래서 은허(殷墟)의 갑문(甲文)은 대개 거북의 배껍질에 새겼다. 은인(殷人)은 점을 쳤으나 요행이 아니라 순리를 구하였다. 인간이 순리를 따름은 곧 지성의 작동이다.

옛집 국수

사내는 사기를 당해 재산을 모두 날렸다. 아내까지 떠나버렸다. 그를 바라보는 주위의 시선은 싸늘했다. 사내는 견디다 못해 집에서 뛰쳐나갔다. 용산역 주변을 배회하며 시간을 보냈다. 늘 배가 고팠고, 세상을 증오했다. 그러던 어느 날. 그날도 배가 고팠고, 주머니는 텅 비었다. 사내는 용산역에서 길 따라 난 식당 어디든 들어가 밥을 빌어 보려 했다. 하지만 어느 식당이 사내를 들였겠는가. 한눈에 손님이 아닌 줄 알 수 있는데. 거듭 박대를 당한 사내의 가슴 속에 분노가 차올랐다. 이 놈의 집구석들 모조리 휘발유를 붓고 불질러버릴까 생각했다. 응어리가 치밀어 목구멍뿐 아니라 숨통까지 틀어막았다.

사내의 걸음이 삼각지에 이르렀다. 골목 안에 움튼 작은 국수집 하나가 눈에 들어왔다. 주인인 듯한 할머니가 부지런히 국수 그릇을 날랐다. 사나이는 눈치를 보아가며 구석 자리를 찾아가 앉았다. 좀 전의 분노와 배포는 간곳없이 사라졌다. 국수가 나왔다. 허겁지겁 한 그릇 다 먹으니 할머니가 그릇을 거둬갔다. 국수와 국물을 한가득 다시 내왔다. 다 먹었다.
이제 큰일 났다. 사내는 몰래 달아날 궁리를 했다. 주인이 천
천히 등을 돌려 주방으로 향했다. 이때다! 사내는 구르듯이
국수집 문을 빠져나왔다. 주인이 황급히 따라 나와 뭐라고
소리쳤다. 무슨 말인들 귀에 들어왔겠는가. 용산역까지 달음
질쳤다. 휴~ 살았다. 그런데 참 이상했다. 가쁜 숨이 잦아들
자 아까 등으로 들은 할머니의 고함, 그 다급한 목소리가 사
나이의 머리에 비로소 도달했다.

"뛰지 마! 다쳐!"

눈물이 쏟아졌다. 신음이 터져 나왔다. 사내는 하염없이 울
었다. 그러는 사이 세상과 자신을 향한 분노와 연민이 모두
눈물에 용해되어 빠져나갔다. 몇 시간을 울었을까. 눈물마저
말라버리자 사내는 자리를 털고 일어섰다. 그 길로 집에 돌
아갔다. 가족의 냉대는 이제 두렵지 않았다. 몸과 마음을 추
스른 그는 얼마 뒤 파라과이로 가서 장사를 시작했다. 사업
이 성공해 재산을 꽤 많이 모았다고 한다.

서울 삼각지 뒷골목에 있는 '옛집'이 이 이야기의 무대다.
2006년에 신문기사를 읽었으니 11년 전이다. 당시 국수 값
은 2000원, 지금은 3000원. 텔레비전에 여러 번 소개되어
꽤 유명한 집이 되었다. 하지만 국수집의 맛과 인심은 지금
도 크게 달라지지 않았다. 오래 잊었던 이 이야기를 나는 지

난주 일요일* 서울 세검정 성당에서 열린 사순절 특강 때 들었다. 그리고 어린 날 등 뒤로 듣던 어머니의 목소리를 떠올렸다. 아아, 어머니는 왜 무심한 듯 지나치는 듯 골이 난 아들의 등에 목소리를 새기셨을까. "얘야 …" 오래도록, 어쩌면 내가 삶을 마칠 때까지 지울 수 없는 그 음성, 음성의 지문, 음성으로 새긴 지도(地圖)! 고집덩어리 아들은 얼마나 자주 눈물을 삼켰던가. 그때 왜 일른 돌아서서 그 품에 뛰어들지 못했던가. 어머니는 지금 다른 세계에 계시고, 나는 이따금 어머니가 내 등에 새긴 사랑의 흔적을 찾아 오래오래 눈을 감고 시간여행을 한다. 죄송하게도 힘들 때면 더욱 절실하게.

등 뒤에서 울리는 그 분의 음성은 그래서 거룩하나니, 살아계시거든 뜻을 받들 일이요 이미 떠나셨거든 잊지 말지어다.

* 2017년 3월 11일.

낙화

나는 사회관계망서비스(SNS)를 통하여 먼 데 사는 현학(顯學)
이며 예술가들과 소통한다. 그들의 '페이스북'과 '인스타그
램' 같은 SNS 계정에는 어느 사이 봄꽃이 흐드러졌다. 춘신
(春信)은 거침없이 북상하고 있다.

전라도 화순에 사는 소설가 정찬주가 지난 4일에* 홍매 향을
가득 담아 '카톡'으로 보내자 경기도 안산에서 후학을 가르
치는 시인 윤제림이 13일에 수양매화 한 떨기를 사진 찍어
화답하였다. 소설가는 안 되겠다 싶었던지 나흘 뒤 광양 매
화꽃 비를 냅다 흩뿌려 '춘신보도경쟁'에 종지부를 찍었다.
사진 속 광양의 꽃비는 장하기 그지없어, 상춘객들이 우산으
로 꽃 세례를 가까스로 감당할 지경이었다.

무릇 꽃이란 그 생애의 모든 국면에서 우리에게 행복과 상념
을 동시에 안겨준다. 가지에 물이 올라 기어코 싹을 틔울 때
우리는 생명의 힘과 인내를 실감한다. 꽃이 피어 여린 잎이

---

* 2017년 3월.

바람에 흔들리다 이내 만개하여 지천에 봄을 외치니 마침내 기운생동(氣韻生動). 그러나 절정은 그 마지막에 있으매 낙화(落花), 곧 작별의 의식이다.

마당 한편 고고한 목련이 생채기 하나 없는 순결한 몸을 대지 위에 던질 때이거나 벚꽃 소나기 아래에 섰을 때 우리는 설레는 마음 저 뒤에서 밀려드는 비애를 감지한다. 그래서 뭇 시인이 그 장렬함을 노래했거니와 나는 우리말로 시를 지은 무리 중에 으뜸을 다투기로 이형기와 지훈 조동탁을 꼽아 마땅하리라 본다. 두 시인이 모두 시제를 '낙화'라 하였다.

꽃이 지기로소니/바람을 탓하랴//주렴 밖에 성긴 별이/하나 둘 스러지고//귀촉도 울음 뒤에/머언 산이 다가서다//촛불을 꺼야 하리/꽃이 지는데/꽃 지는 그림자/뜰에 어리어//하이얀 미닫이가/우련 붉어라//묻혀서 사는 이의/고운 마음을/아는 이 있을까/저어하노니//꽃이 지는 아침은/울고 싶어라 (조지훈)

가야 할 때가 언제인가를/분명히 알고 가는 이의/뒷모습은 얼마나 아름다운가//봄 한철/격정을 인내한/나의 사랑은 지고 있다//분분한 낙화/결별이 이룩하는 축복에 싸여/지금은 가야 할 때//무성한 녹음과 그리고/머지않아 열매 맺는/가을을 향하여/나의 청춘은 꽃답게 죽는다//헤어지자/섬세한 손길을 흔들며/하롱하롱 꽃잎이 지는 어느 날//나의 사랑, 나의 결별/샘터에 물 고이듯 성숙하는/내 영혼의 슬픈 눈. (이형기)

지훈은 내면의 창을 슬쩍 열어 뜨락에 물든 계절의 징후를 진찰한다. 그의 내면은 공명하거니와 은은한 빛은 미닫이를 넘어 마음 속 깊은 자리를 물들이지 않는가. 은둔한 선비의 올곧음, 그 굳센 단절이 잠시 서글프다. 이형기는 결별을 감내하고 있다. '나'는 '그'의 등 뒤에 서서 멀어져가는 뒷모습을 바라본다. 오래 오래. 그는 멀어져 한 뼘, 한 점 크기로 지워져간다. 이윽고 나는 걸음을 돌이켜 제 길을 걷는다.

등은 작별의 언어다. 마지막 한 모금 사랑을 머금었다가 왈칵 눈물 한 방울, 흐느낌 한 호흡으로 삶의 절정을 환기한다. 아직 서울에 꽃소식이 없으나 서둘러 낙화를 이야기하는 까닭이 무엇인가. 우리는 등에 너무 오래 매달려 있었다.

문경지교 刎頸之交

상(商)나라 사람들은 거북의 배 껍질이나 짐승의 어깨뼈를 사용해 점을 쳤다. 그 결과를 새긴 글자가 갑골문(甲骨文)이다. 복사(卜辭)라고도 한다. 창힐이 새와 짐승의 발자국을 참고해 한자를 발명했다지만, 갑골문을 한자의 기원으로 보는 학자가 많다.

상나라는 실재가 확인된 최초의 중국 왕조인데 그 역사는 기원전 1600년경에 시작돼 기원전 1046년경에 막을 내린다. 마지막 도읍이 은(殷)이어서 은나라라고도 한다. 상나라에는 온갖 제사가 많았다. 제사를 지낼 때 점을 쳐서 과정을 확인하고 신탁과 은혜를 청하였다.

그들은 갑골문에 수많은 제사의 기록을 새겼다. 이를 통해 제사 때 사용한 제물, 곧 당대의 작물과 가축 등을 짐작해볼 수 있다. 사람을 제물로 바쳤다는 사실도 확인할 수 있다. 순장과 같은 인신공양은 고대 세계에서 흔한 일로, 세계 곳곳에서 흔적이 발견된다.

'벌십강(伐十羌)'을 새긴 갑골이 있다. '강족(羌族) 사람 열 명의 목을 베다'라는 뜻이다. 강족은 고대 중국의 서북부에 터를 잡은 민족이다. '피부가 흰 강족 사람 세 명을 제물로 삼으리까(唯用三白羌于丁)'라는 글귀가 남아 백인(白人)으로 추정하는 학설도 있다.

'伐十羌'의 '伐'은 오늘날 '칠 벌'로 사용하지만 본디 '목을 자르다'라는 뜻이다. 글자의 모양은 창(戈)을 들어 사람(人)의 목을 막 베려는 순간을 표현했다. 인신을 바치는 행위는 고대 세계 어느 곳에서든 가장 신성한 제의에 속했다. 상에서는 강족 사람의 목을 벰으로써 제의를 완성했다.

목(neck)은 머리와 가슴을 잇는 신체부위다. 좁은 통로와 같은 이곳을 후두, 기도, 식도, 갑상샘, 주요 혈관, 신경, 림프 조직이 머물거나 지나간다. 이곳을 벰은 곧 생명을 거둔다는 뜻이다. 그래서 목은 '생명'의 동의어다. '내 목을 걸겠다'는 말이 얼마나 엄청난 뜻을 담았는지 우리는 안다.

전국시대 조(趙)나라의 장군 염파는 혜문왕이 환관의 집 식객에 불과하던 인상여를 중용하자 불만을 품었다. 인상여를 만나면 단단히 망신을 주리라 공언했다. 인상여가 염파의 뜻을 알고 마주치치 않으려 피해 다녔다. 아랫사람이 왜 그토록 염파를 두려워하느냐고 물었다.

"진(秦)나라가 우리를 공격하지 못하는 이유는 나와 염장군이 있기 때문이다. 우리가 다투면 나라가 위태로워진다."

염파가 그 말을 전해 듣고 크게 뉘우쳤다. 옷을 벗고 형구(荊具)를 짊어진 채 인상여를 찾아가 섬돌 아래 꿇어앉아 빌었다. 사마천은 『열전』에 기록하기를 이 일로 두 사람이 문경지교(刎頸之交)를 나누었다고 하였다. 목이라도 베어 바칠 정도로 막역한 사이라는 뜻이다.

스스로 목을 바침은 상대를 가장 소중한 것을 바쳐 지켜야 할 지고한 가치로 받아들이는 행위다. 조선의 첫 천주교 사제 김대건은 참수(斬首)를 당했다. 교회는 그의 죽음을 순교(殉敎)로 규정한다. 목은 고사하고 터럭 한 올 바칠 데 없는 시대는 불행하다. 가치가 실종된 시대이기 때문이다.

앞으로 몇 회에 걸쳐 목 이야기를 하겠다. 참혹하고도 매혹적인 인간 역사, 고귀함과 비루함이 올림픽 메달처럼 주렁주렁 매달린 그곳.

기요틴

옆구리에
대한
궁금증

미셸 푸코는 1975년에 『감시와 처벌(Surveiller et punir)』을 썼다. 그는 이 책에서 중세에서 현대에 이르는 감옥의 역사를 통해 권력을 파헤친다. 그럼으로써 권력이 어떻게 개인의 신체를 조종하려 하는지 설명한다.

책은 1757년 프랑스 국왕 루이 15세 시역죄로 체포된 로베르 프랑수아 다미앵을 처형하는 장면으로 시작한다. 읽기 거북하다. 죄인의 몸을 베고, 끓는 기름을 붓고, 말(馬) 네 마리를 부려 거열(車裂)한 다음 시신을 불태우고 …. 사형집행인이 판결문대로 집행하고 나니 늦은 밤이 되었다고 한다.

그 시대의 신체형은 이토록 가혹했다. 여기에는 정치적 의미가 있다. 상처받은 권력을 회복시키는 의식(儀式). 신체형은 권력의 본질적 우월성을 과시한다. 그 내용이 범죄자의 신체에 대한 흉포한 공격으로 표현된다. 푸코는 "신체형이란 공포 본위의 정치학으로 권력을 강화하는 작용을 한다"고 썼다.

하지만 잔혹한 처형엔 부작용이 따른다. 사형수는 억울함과 사회에 대한 불만을 대중에 토로했다. 대중은 그를 동정하거나 주장에 공감했다. 대중의 이러한 경험은 폭동과 혁명에 에너지로 작용할 수 있었다. 신체에 대한 처벌이 한계를 드러낼 때 감옥이 등장한다. 감옥의 목적은 격리와 개조(개심)다. 개조의 목적은 권력에 이익이 되는 존재로 바꾸는 데 있다. 푸코가 보기에 "감옥의 작용 방식은 완전한 교육의 강제"다.

프랑스 혁명이 시작될 무렵, 의사 조제프 기요틴이 처형 제도의 개혁을 주장한다. 그의 제안 중에는 야만적인 처형 방식을 대체할 수단도 포함됐다. 국민공회는 기요틴의 제안을 수용해 위원회를 소집한다. 우두머리는 앙투안 루이였다. 위원회가 채택한 '단두기(斷頭機)'는 결코 새로운 장치가 아니었다. 중세부터 사용된 목 베는 기계의 칼날이 지면과 수평을 이룬 데 비해 새 기계는 삼각 날을 채용한 점이 달랐다.

단두기는 혁명의 극단주의를 상징했다. 루이 16세는 1793년 1월 21일에 처형되었다. 마리 앙투아네트와 혁명가 조르주 자크 당통, 막시밀리앙 로베스피에르도 단두기를 피하지 못했다. 기요틴이 기록했다. "기계장치는 천둥처럼 떨어진다. 목이 날아가고 피가 튀면 사람이 더 이상 살아 있지 않은 것이다."

떨어진 목은 다시 붙지 않는다. 인간의 뇌는 목을 베는 순간 즉사한다. 물론 목 잘려 죽은 사람은 많아도 죽어본 사람은 없으니 단언하기 어렵다. 오르한 파묵은『내 이름은 빨강』에서 하산이 올리브를 목 베는 장면을 이렇게 썼다. "나의 머리가 잘려나갔다는 것을, 가련한 내 몸이 (중략) 바닥으로 쓰러지는 것을 보고 알았다. (중략) 풍경이 내 머릿속을 가득 채웠다."

그러나 목을 베는 행위야말로 최종적이고 불가역적인 결정이다. 혁명은 썩은 권력을 절제함으로써 성공을 기약한다. 500년쯤 뒤에 후손들은 우리 시대의 혁명에 대해 배울 것이다. 우리의 혁명은 불의한 권력을 단두기로 보낸 적이 없다. 친일도 부역도 청산되지 않았다. 모순과 불의가 재생산되는 근원이 여기 있다. 참혹한 처형이나 기요틴의 시대는 지났거니와, 감옥이라도 제 구실을 하면 좋으련만.

묵화 墨畵

대학생일 때, 문학잡지사에서 아르바이트를 했다. 편집실은 잡지를 만드는 곳일 뿐 아니라 문인들의 사랑방 역할도 했다. 인사동 골목에 문학잡지와 일반잡지 편집실이 몇 곳 있었다. 나는 책상에 엎드려 시인·소설가들의 작품을 교정보면서 드나드는 문사들을 훔쳐보곤 했다. 김동리, 조병화, 홍윤숙 선생을 뵙고 가슴이 뭉클했다. 천상병 선생이 자주 들렀는데, 주스든 뭐든 드리면 무조건 '원샷'을 했다.

문인들이 모이면 신명나게 이야기꽃을 피웠다. 어느 날 원로 시인들이 주고받은 대화가 생각난다. 주제는 김경린 선생의 시 「태양이 직각으로 떨어지는 서울」이었다. 시는 이렇게 시작된다.

> 태양이
> 직각으로 떨어지는
> 서울의 거리는
> 플라타너스가 하도 푸르러서
> 나의 심장마저 염색될까 두려운데

외로운
나의 투영(投影)을 깔고
질주하는 트럭은
과연 나에게 무엇을 가져왔나
(후략)

어르신 시인 한 분이 일갈했다. "망할 자식! 그럼 태양이 직각으로 떨어지지, 평행으로 떨어진다는 말이냐?" 이때 나는 불현듯 '대각선'을 떠올렸다. 좋아하는 단어. 무언가 가로지르는 느낌, 대륙을 떠올리게 해서 좋았다.

원로 문인들은 서로 별명으로 부르기를 좋아했다. 대부분 짓궂게 부르는 말이어서 옮겨 담기는 거북하다. 하지만 내가 듣자마자 누구인지 알고, 말씀이 오갈 때마다 귀를 쫑긋 세워 듣곤 하던 별명은 말할 수 있다. '도깝이'. 곧 시인 김종삼 선생이다. 대학에서 시를 공부한 나는 한동안 그의 시를 좋아해서 여러 편 외웠다. 사실 김종삼, 김영태와 같은 분들의 시는 흉내를 내기도 어렵고 함부로 썼다가는 형편없다고 흉을 보이기 십상이다.

장석주는 『20세기 한국 문학의 탐험』이라는 책에서 1960년대를 대표하는 문학가로 김종삼 선생을 꼽는다. 그는 김종삼 선생의 시 세계를 "전후 한국 시의 새로운 흐름으로 떠오른 김춘수의 해탈의 시학과 김수영의 풍자의 시학 사이에 있다. 그의 시는 내용 면에서는 해탈의 시학에 접근해 있으면서도 형식면에서는 이를 배반한다"고 썼다.

문인들의 입담은 어찌나 센지 당해내기가 어렵다. 김종삼 선생은 1963년 동아방송에 입사해 1976년 정년퇴임할 때까지 음향효과를 맡았다. 방송국을 통틀어도 그만큼 고전음악에 해박한 사람은 없었다고 한다. 내 대학 선배이기도 한 문학평론가 한 분이 말했다.

"도깝이가 클래식에 얼마나 귀신이었냐 하면… 음반을 딱 잡잖아? 그 소리 골을 손끝으로 감지해서 교향곡이라면 교향곡의 몇 악장 어느 부분을 지나가는지 맞췄다니까?"

나도 클래식을 좋아하므로 그 선배가 뭘 말하려는지 알았다. 그러나 과장이 섞였다고 본다. 그 무렵 편집실에 김종삼 선생이 썼다는 원고 조각이 굴러다녔으나 이내 사라졌다. 누가 가져갔는지 모른다. 내가 집어넣을 걸 그랬다. 김종삼 선생은 절편(節篇)을 수없이 남겼다. 그러나 몸을 더듬어가며 써가는 지금 '목'을 지나가고 있으니 그의 시에서는 이 한 편을 골라잡을 수밖에 없다. 「묵화(墨畵)」.

> 물먹는 소 목덜미에
> 할머니 손이 얹혀졌다.
> 이 하루도
> 함께 지났다고.
> 서로 발잔등이 부었다고.
> 서로 적막하다고.

공룡의 침묵

〈쥐라기 공원(Jurassic Park)〉은 1993년에 나온 미국 영화다. 마이클 크라이튼이 쓴 소설이 원작이다. 코스타리카 서해안에 있는 어느 섬에 최신 기술로 복원한 공룡들을 풀어놓은 테마파크가 들어선다. 공룡학자를 비롯한 전문가들이 일반 공개를 앞두고 정밀 점검에 나선다. 최첨단 시스템이 작동을 멈추자 공룡들이 통제를 벗어나 날뛰고, 전문가 일행은 공룡에 쫓겨 생명이 위태로워진다.

공룡은 멸종해버린 동물이다. 약 2억5000만 년 전에서 6500만 년 전까지를 전성기로 본다. 인류의 기원을 약 250만 년 전에 살았을 오스트랄로피테쿠스로 보아도 인간과 공룡이 마주칠 일은 전혀 없었다. 현생 인류의 직접적인 조상이라는 호모 사피엔스 사피엔스는 20만 년 전에야 나타났으니 말해 무엇 하리. 그러나 다른 주장도 있다.

'창조과학'이란 성경의 창조론을 과학적 사실로 믿고 진화론을 부정하는 기독교 신앙운동이다. 크게 세 가지다. 첫째 '젊은 지구 창조론'. 성경(창세기)을 근거로 우주가 6000년 전에서 1만 년 전 사이에 엿새에 걸쳐 창조됐다고 한다. 둘째 '오랜 지구 창조론'. 신이 긴 시간에 걸쳐 생명체들을 창조했다는 주장이다. 창세기의 '하루'는 24시간이 아니라 지질학적 연대기라는 것이다. 셋째 '지적설계론'. 우주와 생물을 '지적 존재'가 설계·제작했다는 주장이다.

창조과학의 관점에서 보면 인류가 공룡과 함께 살았을 수 있다. 창조과학자들은 성경(욥기 40장 16~18절)에서 공룡을 본다. "저 억센 허리를 보아라. 뱃가죽에서 뻗치는 저 힘을 보아라. 송백처럼 뻗은 저 꼬리, 힘줄이 얽혀 터질 듯한 저 굵은 다리를 보아라. 청동관 같은 뼈대, 무쇠 빗장 같은 저 갈비뼈를 보아라." 성경에 '베헤못'으로 나오는 이 풀 뜯어 먹는 동물이 공룡이라는 것이다.

이 주장은 원형심리나 집단무의식 차원에서 공룡을 용(龍)의 원형으로 보는 견해와 통한다. 용은 동서양을 불문하고 강력한 존재로서 두려움의 대상이다. 동양에서는 존엄하고 상서로운 존재인 반면 서양에서는 악의 결정체로서 타도 대상이라는 점만 다르다. 공룡과 함께 지내며 생명을 위협받은 고대 인류의 공포가 현대로 이어져 용의 이미지로 형상화되었다는 것이다.

나는 쥐라기 공원에서 공룡들이 포효하는 장면을 재미있게 보았다. 정말 그랬을지는 모른다. 공룡은 파충류로서 뱀이나 도마뱀, 악어, 거북 따위가 그 떨거지다. 이들 가운데 어떤 놈도 고함치거나 울부짖지 않는다. 나는 공룡의 멸종 원인이 화산폭발이나 행성충돌로 인한 지구환경의 변화가 아니라 그들의 침묵일지 모른다고 생각한다. 소통의 부재, 이해의 단절은 곧 고립과 개개의 소멸로 이어진다. 침묵이 진실로 금(金)인 경우는 많지 않다.

우리는 '목'에 대해 이야기하고 있다. 목은 생명이 지나가는 길목이다. 혈관, 숨관, 식도, 신경 등이 통과한다. 뇌에서 보내는 신호도 목을 거쳐 온몸으로 전달된다. 그러나 나는 인간을 인간답게 만드는 신체기관은 목울대라고 생각한다. 이곳을 울려 만든 소리로 생각을 신호(언어)로 전환해 무리에 전함으로써 지적 동물로서 신이 베푼 자연을 지배하는 존재가 되었기 때문이다.

눈 먼 시계공

척수와 혈관이 목을 지난다. 중요한 기관이다. 기요틴이 작동해서 두 기관을 절단하면 곧바로 죽음이다. 나의 대학선배인 소설가 신상성은 젊을 때 베트남 전쟁에 파병되어 정글에서 백병전을 했는데, "베트콩이 내 목을 베어 머리가 달아나려는 것을 간신히 붙들어 꾹 눌렀더니 고대로 붙더라. 죽을 것을 살았다"고 침을 튀겼다. 오르한 파묵 못잖은 입심이지만 그 거짓말을 누가 믿으랴.

신경과 혈관의 중요성이야 모를 바 아니다. 허나 생명유지를 위한 노동은 사실 식도와 기도가 한다. 숨을 쉬고 음식을 먹어야 생명을 부지한다. 식도와 기도가 하는 일이 엄연히 다른데, 가끔 헷갈려서 사고가 나기도 한다. 약하게 나면 사례가 들리고 심하게 나면 기도가 막혀 생명이 위태로워진다. 생물학을 연구하는 과학자 최재천은 2012년에 낸 『다윈지능』에서 이렇게 설명했다.

그 옛날 우리가 물고기였을 때는 물속에서 아가미 호흡을 했다. 물고기가 포유류로 진화하면서 숨을 쉬기 위해 생긴 콧

구멍은 배보다 등에 있어야 유리했다. 우리는 이때 엇갈린 두 관의 위치를 바꾸지 못하고 대대로 물려받았다. 그래서 코로 들이마신 공기는 목 앞쪽에 있는 기도를, 입으로 들어온 음식은 기도 뒤에 있는 식도를 통과하는 교차 구조가 되었다.

이런 교차 구조를 보완하기 위해 음식물을 삼킬 때 기도를 막아주고 숨을 들이마실 때 열어주는 '후두개'가 생겼다. 급히 음식물을 삼킬 때 등 실수로 후두개가 기도를 막아주지 못하면 말썽이 생긴다. 이러한 불완전성을 영국의 동물행동학자이자 진화생물학자인 리처드 도킨스는 눈먼 시계공(The Blind Watchmaker)에 비유했다.

윌리엄 페일리는 『자연신학』에서 복잡한 물건은 반드시 설계자가 있게 마련이라며 시계공을 예로 들었다. 페일리는 영국 성공회 신부로서 공리주의 철학자였다. 그는 『자연신학』을 통해 신의 존재에 대한 목적론적 논쟁을 해설했다. 도킨스는 페일리의 예를 꼬투리 잡아 '진화 과정에 설계자가 존재한다면 그는 틀림없이 눈이 먼 시계공일 것'이라고 꼬집었다.

도킨스가 보기에 자연선택의 결과로 태어난 오늘날의 생명체들은 마치 숙련된 시계공이 설계하고 수리한 결과처럼 보이지만, 실제로는 앞을 보지 못하는 시계공이 나름대로 고쳐보려 애쓰는 과정에서 실패를 거듭하다 가끔 요행으로 재깍거리며 작동할 뿐이다. '예수쟁이'인 나로서는 아주 집중을 해서 읽어야 할 내용이 아닐 수 없다.

나는 가끔 세상이 복잡한 데 비해 세상을 구성하는 물질이 이상할 정도로 적다든가 태양계와 은하계의 구조가 핵의 주위를 전자가 회전하는 구조와 다름없음을 보면서 "아, 신은 세상을 창조하는 데 그다지 많은 재료를 사용하지 않았구나. 역시 신이야"라고 생각해왔다. 인간과 원숭이의 유전자가 대부분 일치한다는 신비는 사실 구더기와도 유전자를 공유한다는 사실에 비춰보면 아무것도 아니다.

그러니 어찌 허풍을 치랴. 고개 숙여 세상을 만나고 섭리를 섬겨 차분히 살아갈 뿐. 인간은 섭리를 이해하고 겸손을 실천할 때 비로소 위대해진다. "모래야 나는 얼마큼 적으냐/바람아 먼지야 풀아 나는 얼마큼 적으냐/정말 얼마큼 적으냐……"(김수영, 「어느 날 고궁을 나오면서」)

밥값

목은 목숨이다. 목이 달아났다면 곧 죽었다는 뜻이다. 그 말
을 상징으로 했다면 살아도 산목숨이 아니라는 뜻이고. 왜
안 그렇겠는가. 목이 곧 숨길이요 밥길인데. 그리하여 살아
있는 한 목구멍이 포도청이 아니겠는가. 인간으로서 형편이
곤궁하여 살아도 사는 것이 아닐 때 '목구멍으로 밥이 넘어
가느냐'고 하지 않던가.

밥이란 정성 가득한 음식으로서 인간의 영혼을 응축한 에너
지원이다. 벼를 키우는 일이 얼마나 고통스러운지 우리는 안
다. 이어령은 우리 벼 기르기를 말하되 이렇게 하였다. "서양
에서는 곡식을 두 배로 수확하고자 할 때 경작지를 두 배로
늘린다. 우리는 벼를 두 배로 걷기를 구하며 같은 논에 정성
을 두 배 들일 작정을 한다."

새 대통령이 나왔다. 자리가 비어 있었기에 당선이 확정된
날 바로 일을 시작하였다. 대통령이 바뀌었다고 해서 대한민
국이 단숨에 바뀔 리는 없다. 갑자기 일자리가 폭발적으로
늘고 부패를 일삼는 무리들이 알아서 손을 들고 투항하지는

않는다. 기득권이란 그 뿌리가 깊어 단숨에 뽑아내기 어렵다. 기괴할 정도로 재생·복원력이 강해 일부분을 다쳐도 쉬 죽지 않는다. 오히려 저항이 더욱 거셀지도 모른다. 천생 선비라는 새 대통령이 어찌 손을 쓸지 걱정스럽게 지켜보는 눈길이 적지 않다. 그렇기에 투표하던 날 촌로에게서 들은 말이 귀에 박혔다.

"밥값이야 하지 않겠는가?"

'밥값' 이야기가 나왔으니 말이지만, 이런 표현이 외국에도 있는지 모르겠다. 우리의 '밥'은 서양의 빵과 같지 않다. '밥'을 소재로 삼아 쓴 수많은 시들이 그 남다름을 증언한다. 밥이 남다른 만큼 시도 남다른지는 모르겠다. 시인이 밥에 대해 쓸 때, '나중에 똥이 될 것을 번연히 알면서 이런 식으로 쓰나' 싶은 것도 적지 않다. 그러나 우리가 밥에 대해 말하고자 할 때, 그곳에 재주가 부족함은 있을지언정 거짓은 없을 것이라고 믿는다. 갸륵한 정성을 모두 기울이어, 불가의 수행자들은 이렇게 비나리한다.

> 한 방울의 물에도
> 천지의 은혜가 스며 있고
> 한 톨의 곡식에도
> 만인의 땀과 정성과 무한한
> 노고의 공덕이 담겨 있습니다.
> 은혜로운 이 음식으로

이 몸 길러
몸과 마음 바로 하여
바르게 살겠습니다.
공양을 베푸신 임들께 감사드리며
주는 기쁨 누리는 삶이기를 서원하며
감사히 이 공양을 들겠습니다.

모름지기 쌀 한 톨에 삶의 이치가 깃들이며 솥을 데우는 것은 장작이 아니라 체온이다. 그러기에 고은은 썼다. "절하고 싶다/저녁 연기 피어오르는 먼 마을."(『저녁 무렵』) 한때 승려였던 시인이 지나가며 바라본 먼 마을에 파릇파릇 피어오르는 저 연기는 필시 밥을 짓는 연기일 터이다. 상상하라. 아궁이 앞에 앉은 아낙의 혼신과, 한결같은 마음으로 밥상머리에 둘러앉은 얼굴들. 그러기에 가족이 아니라 거룩한 '식구'이니라. 밥의 우주가 이러하건대, 어찌 '밥값'이 쉬우랴.

옆구리에
대한
궁금증

마주본다는 운명

「나르메르 왕의 팔레트」는 이집트 초기 왕조시대(기원전 2925~2575년)의 미술품이다. 나르메르 왕이 적들을 제압하는 장면을 묘사했다. 역사학자들은 이 장면이 이집트의 통일을 상징한다고 본다. 미술사적으로는 개별 장면을 선명하게 처리하고 왕을 신성한 존재로 표현하는 등 고대 이집트 미술의 전통적인 인물표현양식을 보여준 작품으로 평가한다. 부조로 표현한 왕의 머리는 옆모습이지만 눈은 정면을 향하고 있다. 어깨와 가슴이 정면을 향한 반면 다리는 다시 옆모습으로 그려 동적인 느낌을 더해준다.

예술가는 눈에 보이지 않는 사건을 이야기하되 한정된 공간에 많은 정보를 담으려고 함축적이고 암시적인 표현을 했다. 이 선택을 당대의 양식이 이론으로써 뒷받침했을 것이다. 가장 중요한 인물을 가운데 배치함으로써 작품공간에 형식적 통일성을 주고 인물의 크기를 다르게 표현해 신분의 차이를 알려준다. 「나르메르 왕의 팔레트」는 이집트 회화의 특징을 잘 보여준다.

사람의 몸 전체를 표현할 때 머리는 항상 측면, 어깨와 몸통은 정면이다. 허리 아래는 다시 측면으로 표현한다. 고대 이집트의 미술작품들에는 밀랍으로 봉인한 시간의 일부를 들여다보듯 숨을 멈추게 하는 마성이 있다. 정면, 즉 내 쪽을 바라보는 시선과 관능적인 상반신은 순간적으로 아찔한 속도감과 두려움을 함께 느끼게 한다. 정면의 매혹 또는 공포.

내게 '정면'은 강박관념이다. 나는 청소년기를 문학소년 흉내를 내며 보냈다. 시와 소설을 열심히 읽고 잡지도 사서 읽었다. 거기 실린 시인이나 소설가의 사진이 참 이상하다고 생각했다. 왜 하나같이 카메라를 외면한 채 심란한 표정을 짓고 있을까? 물론 창작의 고통 내지 고뇌 때문이겠지만. 나는 그러지 않겠다고 다짐했다. 똑바로 바라보리라. 당신도, 세상도.

마침내 기회가 왔을 때, 나는 카메라 렌즈와 눈싸움을 했다. 20대 청년이었으므로 고집스러웠다. 사진작가가 불편해 했다. 그는 내 시선을 담은 사진을 여러 컷 찍었다. 강렬한 눈빛일 거라고 기대했는데 착각이었다. 잡지에도 시집에도 그런 사진은 실리지 않았다. 하지만 나는 잡지나 책에 들어갈 '필자사진'을 찍을 때 지금까지 한 번도 카메라 밖을 바라보지 않았다. 늘 렌즈를, 그럼으로써 미지의 독자를 바라보고 눈을 맞추었다. 정면집착증.

정면을 바라보는 행위는 진지하게 무엇인가를 대한다는 뜻이다. 누군가 나에게 신호를 보내면 나는 우선 흘끗 그쪽을 돌아본다. 그 신호가 범상치 않은 곳에서 왔거나 그냥 지나가기 어려운 일을 지시한다면 몸을 돌려 정면으로 바라본다. 제대로 된 대화가 비로소 시작된다.

젊은 연인이 가장 아름답게 보일 때는 그들이 마주 서서 시선을 맞바꿀 때다. 오랫동안 헤어져 지낸 남녀가 긴 시간을 각기 다른 곳에서 보내고 운명의 이끎에 따라 기어이 한 곳에서 마주친다. 그들은 먼저 시선을 돌려 확인하고 그 다음 마주본다. 장만옥과 여명이 출연한 영화 〈첨밀밀〉의 마지막 장면. 무릇 운명이란 그토록 마주치는 일이 아니던가. 등려군이 노래한다. '월량대표아적심(月亮代表我的心)'.

앞으로 몇 주 동안 '가슴'에 대해 쓰겠다. 심장, 곧 '마음'이 머무르는 그곳.

가슴 아프게

옆구리에
대한
궁금증

"전축을 사면 제일 먼저 남진이 부른 〈가슴 아프게〉를 들어
야지."

소설가 정찬주가 말했다. 1987년 5월 30일이거나 그 뒤 며
칠 사이 일이다. 권투선수 마이크 타이슨이 핑클론 토머스란
선수를 KO로 이기고 헤비급 타이틀을 방어할 무렵이므로.
당시 소설가는 '샘터'라는 출판사에서 일했다. 지금 그는 대
표적인 불교작가이자 기행문학의 대가로서 명성이 높지만
당시에는 눈부신 단편을 잇달아 발표해 문단의 주목을 받는
젊은 소설가였다.

정찬주는 출판 · 편집인으로도 명성이 높았다. 그가 편집장
을 맡은 월간 『불교사상』은 1980년대에 보기 드물 정도로
세련된 매체였다. 샘터에서는 출판부장을 맡아 감각적인 편
집을 해보였다. 물건을 고를 때 까다롭고 원두커피와 작설
차를 즐기는 그가 '트로트'를 듣겠다고 해서 의아했다. 그는
"남진이 〈가슴 아프게〉 하나는 완벽하게 불러 버린다"고 전
라도 억양으로 말하며 짓궂게 웃었다.

"당신과 나 사이에 저 바다가 없었다면 쓰라린 이별만은 없었을 것을. 해 저문 부두에서 떠나가는 연락선을 가슴 아프게 가슴 아프게 바라보지 않았으리 ….."

사랑하는 사람과의 이별을 인지하는 신체기관은 나의 눈이고 나의 귀며 그녀를 놓쳐버린 나의 손이다. 그리고 나는 뇌를 사용해서 이별이라는 정보를 확인하고 사실로 받아들인다. 그런데 왜 가슴이 아플까?

『나의 친구 마키아벨리』를 쓴 시오노 나나미는 산탄드레아인 페르쿠시나에 있는 산장에서 마키아벨리의 흔적을 더듬는다. 거기서 세상과 권력의 중심으로부터 떨어져나간 마키아벨리의 불운을 동정한다. 그런데 그녀는 저 멀리 피렌체 대성당의 둥근 지붕이 눈에 들어오는 순간 '가슴이 예리한 칼날 같은 것에 콱 찔리는 듯한 육체적 아픔'을 느꼈다고 적었다.

영혼의 서식지는 오랫동안 심장이었다. 특히 서양에서는 심장을 중요시하는 아리스토텔레스적 전통이 뇌를 영혼의 서식처로 본 플라톤적 전통을 압도했다.(칼 지머, 『영혼의 해부』) 이집트에서 파라오를 미라로 만들 때 뇌를 제거하고 심장을 보존했다. 그런데, 과학이 정신을 해부하는 세기에도 심장은 살아남는다. 그래서 남진은 연락선을 타고 떠나는 '당신'을 바라보며 머리가 아니라 가슴이 아프다.

심장은 어떻게 가슴, 곧 감정의 질그릇이 되었을까. 토머스 윌리스는 '모든 것을 이해하지만 자기 자신은 이해하지 못하는' 뇌의 아이러니에 대해 말했다. 뇌가 품은 가능성의 크기를 인간은 모른다. 현대 과학이 많은 부분을 밝혔지만 미지의 영역이 더 많다. 알파고는 이세돌과 커제를 이겼다. 하지만 알파고가 돌을 거두면서 쾌감을 느끼는지는 모르겠다. 인간의 희로애락을 어떻게 알파고에 업로드할까.

가슴은 정서를 전염시키는 강력한 숙주다. 공감은 가슴에서 비롯되기에 위대한 일치를 가능하게 한다. 또한 인간은 그의 정서를 확대하여 사물에 감정을 이입하는 재주를 피우기도 한다. 그래서 '갈매기도 내 마음 같이 목메어 운다.' 500년 시간을 거슬러와 시오노 나나미의 가슴을 찌른다.

화순에 있는 소설가의 집에는 명품 오디오가 있다. 지난번에 갔을 때 남진의 음반이 있는지 확인하지 못했다.

HELP!

심리학자 칼 융(Carl Gustav Jung)은 인간의 마음을 의식과 무의식으로 나누고, 무의식은 개인적 무의식(the personal unconscious)과 집단적 무의식(the collective unconscious)으로 구분했다. 개인적 무의식은 태어난 이후 살아가는 동안 이루어진 무의식의 층, 집단 무의식은 태어날 때부터 마음의 토대를 이루는 원초적이고 보편적인 무의식의 심층이다.

집단적 무의식은 종족적으로 유전된 것이며 개인적 경험을 초월해 누구에게나 공통되는 일반적인 내용을 담고 있다. '옛 조상이 경험했던 의식이 쌓인 것으로서 모든 사람들에게 공통된 정신의 바탕이며 경향'이다. 아주 간단히 말하자면 뱀에 대한 혐오, 태양에 대한 숭배 의식 등은 집단적 무의식이 작동하는 현상이다. 심장에 대한 인식과 정서도 집단 무의식의 영역에 속한다.

심장은 곧 생명이요 영혼이다. 고대 이집트 신화에 등장하는 아누비스는 자칼 머리에 몸은 인간이다. 아누비스는 죽은 이의 심장을 저울에 달아 생전에 지은 죄의 무게를 측정하였다. 이집트인들은 미라를 만들 때 뇌와 장기를 모두 꺼냈지만 심장만은 가슴 속에 고이 남겨 두었다. 여러 민족들이 하늘에 제사를 지낼 때 인간의 심장을 제물로 바쳤다. 심장은 가장 신성한 장기였다.

호세 데 아코스타는 1520년경 페루와 멕시코 지역에서 선교사로 활동했다. 그는 아스텍 사람들의 인간 제물 풍습을 기록했다. 아코스타는 아즈텍 사람들이 태양신에게 바칠 제물을 얻기 위해 전쟁을 했고, 포로의 배를 갈라 그 심장을 바쳤다고 썼다. 멜 깁슨이 만든 영화 〈아포칼립토〉에 이 과정이 길게 나온다. 학자들은 여러 자료를 모아 1년에 약 2만 명이 포로로 잡혀 제물이 되었다고 분석했다.

비틀즈가 출연한 영화 〈HELP!〉(1965년)에서는 드럼을 치는 링고 스타가 자칫 심장을 빼앗길 처지가 되어 한바탕 난장이 벌어진다. 동양의 한 나라에서 피와 암흑의 여왕 '카일리'에게 살아있는 인간의 심장을 제물로 바친다. 제물이 되는 사람은 그 표시로 반지를 끼고 있다. 하필 링고가 이 반지를 손에 넣어 끼고 있다가 반지를 찾아 영국까지 간 제사장에게 쫓기는 몸이 된다.

비틀즈의 영화는 흥행에 실패했다. 그러나 비틀즈가 발매한 동명 앨범은 큰 성공을 거두었다. 9주 동안이나 빌보드 앨범차트 1위를 지켰다. 이 앨범에 '예스터데이(Yesterday)'가 들어 있다. 한국의 중년 남성들이 노래방에 가서 폼 잡고 부르는 노래 중에 '마이 웨이(My Way)'와 쌍벽을 이루는 애창곡이다. 영화에는 나오지 않는다. 'Why she had to go I don't know she wouldn't say(그녀가 왜 떠났는지 모르겠습니다, 아무 말 없이)'라는 대목에서 가슴이 탁 막힌다.

그러니 심장은 또한 사랑이기도 하다. 그리스 신화에 등장하는 에로스가 사람의 심장에 황금 화살을 쏘면 이내 사랑에 빠져든다. 그러나 납 화살을 맞으면 사랑을 거부한다. 하트 (♡)를 화살이 꿰뚫은 디자인은 사랑의 상징이다. 영국의 의사 윌리엄 하비가 1628년 '동물의 심장과 혈액의 운동에 관한 해부학적 연구'라는 논문에서 심장이 혈액을 순환시키는 펌프라는 사실을 밝혔지만 우리는 여전히 심장의 지배를 받는다.

카스텔로 디 롬바르디아

명치는 양쪽 가슴뼈 사이에 ㅅ자 모양으로 움푹 들어간 곳이다. 급소여서 이곳을 잘못 맞으면 숨이 턱 막히고 사지에 기운이 빠져 심한 고통을 겪게 된다. 굳이 따지면 가슴과 배의 경계인데 적지 않은 사람이 가슴 한복판으로 인식한다. '화병(火病)'의 중심도 아마 이곳이리라.

화병은 '억울한 일을 당했거나 한스런 일을 겪으며 쌓인 화를 삭이지 못해 생긴 몸과 마음의 여러 가지 고통에 대하여 우리나라 민간에서 사용해온 병의 이름'이다. '가슴이 답답하고 숨이 막힐 듯하며, 뛰쳐나가고 싶고, 뜨거운 뭉치가 뱃속에서 치밀어 올라오는 증세와 불안, 절망, 우울, 분노가 함께 일어난다'(『한국민족문화대백과사전』, 한국학중앙연구원)고 한다.

1997년 8월 31일, 일요일이었다. 나는 이탈리아의 시칠리아 섬에 있었다. 그날 오후 2인승 피아트에 시동을 걸고 카타니아에 있는 호텔을 떠나 아그리젠토를 향해 달렸다. 카타니아에서 아그리젠토로 가는 가장 빠른 길은 19번 고속도로다. 팔레르모까지 연결되는 이 고속도로를 타고 빌라로사 방향으로 달리다가 11번 지방도로로 빠지면 엔나(Enna)가 나온다.

엔나는 시칠리아 섬 복판, 해발 900m쯤 되는 고지대에 있다. 인구는 2012년 현재 2만7914명이다. 여름 휴양지이자 농업 중심지이며, 근처에서 유황이 난다고 한다. 이 도시를 상징하는 건물은 카스텔로 디 롬바르디아(롬바르디아 성)다. 총면적 2만5000㎡, 성 아래는 로마의 여신 케레스를 위한 신전이 있다. 케레스는 농업과 곡물의 여신으로 그리스 신화의 데메테르 여신과 같다.

시칠리아를 여행할 무렵 나는 10년째 특별한 병을 앓았다. 나의 20대와 30대를 온전히 지배해버린 그 병을 혼자만 앓았다고 생각하지 않는다. 나는 대학생 때 시인이 되었지만 이 기간에 작품을 발표하지 않았다. 통증을 지우기 위해 일만 했다. 동료와 경쟁하고 다퉜다. 다툴 때는 정도 이상으로 감정을 폭발시켰다. 10년차 기자가 되어 시칠리아에 갔을 때는 몸도 마음도 엉망이 된 상태였다.

성당의 종소리가 울려 퍼지던 그 일요일. 아주 가까이서 인생과 죽음을 보고 배웠다. 검은 옷을 입은 노인들이 퇴락한 고원도시를 한 방향으로 걸었다. 성벽 북쪽 난간에 서서 올리브빛 대지를 내려다볼 때, 명치를 틀어막은 뜨거운 무엇인가가 식도를 역류해 터져 나왔다. 눈을 감고 오래 서 있었다. 나는 내 인생에서 몹시 중요한 순간이 고원에 부는 세찬 바람과 함께 나를 스쳐가고 있음을 알았다.

성 아래 절벽에 굴을 파서 지은 중국 음식점이 있다. 주인에게 이백(李白)의 글을 써주었다. 붓을 적신 먹물은 가슴 저 아래 맺힌 응어리를 풀어낸 듯 고요히 번져 나갔다. 맨 아래 한글과 알파벳으로 이름을 적으며 명치 부근에서 피어오르는 박하 향을 느꼈다. 주인은 고맙다며 시큼한 두부가 들어간 수프 한 공기를 더 내왔다. 그의 고향은 상하이라고 했다. 내 글씨는 아직 그 집에 있을까.

그곳을 떠나면서 두 가지 기원을 했다. 주인과 그 가족이 행복하기를, 아픔 없이 다시 올 수 있기를. 인간의 육신이 대지와 닿아 있다면 나의 인연은 엔나-카스텔로 디 롬바르디아의 북쪽 성벽, 그 난간에 튀어나온 뾰족한 돌쩌귀에 가 있다고 나는 믿는다. 명치끝.

다섯 사람 중에 두 사람

천주교 신자들은 매주 일요일 성당에 간다. 피치 못할 사정이 있으면 모를까, 미사에 참례하지 않으면 지옥에 간다고 한다. 나도 지옥에 가기 싫다.

미사는 '말씀의 전례'와 '성찬의 전례'로 이루어진다. 말씀의 전례는 '하느님의 말씀'을 듣고 새기는 과정이다. 성찬의 전례는 예수의 마지막 만찬을 재현하며 감사의 제사를 올리는 부분이다. 성찬 예절 때 사용하는 빵(이라기보다는 밀가루를 납작하게 눌러 동전 만하게 만든 조각)을 '성체'라고 한다. 사제가 성체를 주면 받아서 혀 위에 얹은 다음 은근히 녹인다. 성체가 녹는 동안 사람마다 깊은 생각에 빠지거나 기도를 하며 더러는 존다.

나는 기도를 한다. 세상을 떠난 사람들과 살아있는 사람들을 위해 빈다. 세상을 떠난 사람 가운데 특별히 다섯 사람과 세월호 희생자를 기억한다. 다섯 사람 중에 둘은 대학 동기이다. 한 녀석은 시를 썼는데 병을 얻어 아까운 재주를 펴 보이지 못하고 요절했다. 다른 녀석은 아내와 대학생 딸, 늦둥이 아들을 남기고 죽었다.

총각으로 죽은 녀석은 K대학병원에서 입원생활을 했다. 녀석은 창백한 얼굴로 자주 "배가 고프다"고 했다. 그래서 의사가 '금식' 팻말을 떼며 "아이스크림과 우유는 괜찮다"고 했을 때 단숨에 달려가 우유 몇 팩과 큰 통에 든 아이스크림을 사다 주었다. 녀석은 멋쩍게 웃었다. 영결할 때 녀석의 어머니는 아들이 저승에서도 배가 고프면 어떡하냐며 우셨다.

다른 동기는 졸업 후 만난 적이 없다. 내가 모교의 문예창작학과에서 강의할 때 수강학생 가운데 녀석의 맏딸이 있었다. 그 아이가 "아무개의 딸입니다"하고 인사해서 알았다. 동기 녀석은 사고로 세상을 떠났다. 유가족은 시신을 어디 안치했는지 몰라 헤맸다고 한다. 맏이가 신문사에 다니는 선생은 금방 알아낼까 싶어 연락을 했다. 다행히 병원을 찾았다. 장례식은 절에서 했다.

두 녀석은 왜 그리도 오래 내 가슴에 머무를까. 아마도 짧은 기억이 인연으로 남았기 때문이리라. 총각 녀석을 벽제에서 화장한 뒤 유골을 수습할 때 내가 입회했다. 동기들 모두 아직 젊을 때라 예식을 잘 알지 못했다. 내가 어쩌다 불려 들어가 '노자'를 바치고 지켜보았다. 나와 동기들은 유골함을 들고 경기도 김포에 있는 대곳에 가서 바다로 떠나보냈다.

사고를 당한 친구는 입관을 지켜보았다. 부검을 했기에 모습이 많이 상했는데, 젊은 상조회사 직원이 "가족이 고인의 모습을 보면 충격이 클 것"이라고 걱정했다. 그는 내게 "친구분이 들어오시죠"하고 권했다. 오전이었는데 마침 장례식장에 가족 말고는 나밖에 없었다. 마지막으로 본 내 동기는 세상모르고 잠든 어린애 같은 얼굴로 눈을 감고 있었다.

나는 동기들에게 모두 '잘 가라'고 마지막 인사를 했다. 녀석들이 도착한 그곳이 어떤 곳인지 알지 못한다. 정말로 아픔 없는 곳, 편안히 쉴 수 있는 곳인지 모르겠다. 다만 어떤 염원이 깃든, 그런 곳이리라 짐작할 뿐이다. 인간의 어떠한 죽음도 혼미하지 않으니까. 죽음은 늘 분명함으로 우리에게 말하지 않던가. 하지만, 하지만, 하지만….

녀석들을 떠올릴 때마다 나는 왜 이토록 가슴이 아픈가. 가슴은 무덤인가.

엄마가 휴가를 나온다면

터질 듯한, 아찔한 …. 언제부터인가 우리는 여성의 가슴을
생식기나 성희의 도구로 착각하기 시작했다.

가슴의 아름다움이 여성미의 일부라는 데는 의심의 여지가
없다. 빌렌도르프의 비너스(Venus of Willendorf)는 1909년 오스
트리아의 빌렌도르프에서 출토되었는데 젖가슴과 엉덩이가
강조되어 있다. 둥글둥글 풍만하다. 나는 비너스를 조각한
구석기시대의 예술가가 당대의 미적 요소를 집약한 결과라
고 본다. 날씬하다 못해 마른 여성이 미인으로 대접받은 시
기는 그리 오래 되지 않았다.

지난 세기 초에 촬영한 서양의 사진을 보라. '거리의 여인'이
나 '밤의 꽃'들 가운데 말라깽이를 찾기 어렵다. 르누아르나
로트렉의 그림에 등장하는 여인들도 대개 몸매가 원만하다.
르네상스 시대의 천재 미켈란젤로가 그린 여성들을 보라. 풍
만함을 지나 우람할 지경이어서 남자 몸에 여성의 성징(性徵)
만 덧그린 듯하지 않은가. 〈밀로의 비너스(Aphrodite of Melos)〉
를 만드는 데 모델이 된 처녀가 요즘 태어났다면 다이어트에

열을 올렸을 것이다.

당시의 예술가들이 대개 남성이었고, 소비자 또한 그랬기에 작품들도 당대 남성들의 취향과 미의식을 반영하지 않았을까. 1960년대 모델 트위기(Twiggy)의 등장이 충격이었던 이유는 미의식의 전복 또는 혁명 때문이었으리라. 헌데 세상이 달라져도 가슴의 위력은 변함없다. 건강한 아름다움을 추구하며 근육을 키우는 피트니스 선수들도 큰 가슴을 간직하기 위해 노력한다. 의학의 도움을 얻어서라도 가슴을 돋보이게 만드는 데 시간과 비용을 아끼지 않는다.

그리고 나는 이 노력 속에 잠복한 원초적 미의식과 갈망을 넘어 우리가 오래도록 간직해온 사랑과 그리움을 짐작한다. 어머니. 동화작가 정채봉은 훌륭한 시도 많이 썼는데 「엄마가 휴가를 나온다면」에서 이렇게 노래했다.

하늘나라에 가 계시는 엄마가
하루 휴가를 얻어 오신다면
아니 아니 아니 아니
반나절 반 시간도 안 된다면
단 5분 그래, 5분만 온대도 나는
원이 없겠다

얼른 엄마 품속에 들어가
엄마와 눈 맞춤을 하고

젖가슴을 만지고
그리고 한 번만이라도
엄마! 하고 소리 내어 불러보고
숨겨놓은 세상사 중
딱 한 가지 억울했던 그 일을 일러바치고
엉엉 울겠다

정채봉이 죽은 어머니와 재회하는 5분은 찰나와 같지 않겠는가. 그토록 벅찬 그리움과 원망을 모조리 담았으리니. 아들은 섬광과도 같은 그 시간에 빛과 빛이 마주치듯, 눈길을 마주치고자 한다. 그리고 숨을 거두는 그 순간까지 결코 잊지 않았을 그 감촉, 어머니의 가슴을 갈망한다. 정채봉의 '젖가슴'은 아들이 간직한 그리움, 때 이른 사별이 남긴 서러움과 더불어 어머니의 사랑, 아니 모성(母性)의 객관적 상관물(Objective correlative)이 된다.

그러니 아름다움이란 무엇인가. 빌렌도르프의 비너스처럼 원만구족한 모습. 새로운 생명을 낳아 기르고 사랑한, 그래서 가장 창조주를 닮은 숭고한 원천. 신인합작(神人合作)에 의한 우주촌 최고의 걸작. 나의 어머니, 당신의 어머니, 우리 어머니 곧 세상의 어머니들은 여성이 지닌 아름다움의 완성이라고 나는 믿는다.

문병[*]

"드세요."

나는 조금 멈칫했다. 뼈만 남은 손. 죽음을 앞둔 사람의 손끝에서 전해져 오는 싸늘한 느낌. 멈칫거리는 내 모습에서 기척을 느꼈을까. 손 선생이 피식 웃었다. "괜찮아요. 전염병이 아닌걸요." 얼굴이 후끈했다. 나는 곧 손을 뻗어 손 선생이 건넨 사탕 두 알을 받았다. 그리고 입안에 털어 넣은 뒤 천천히 녹여 먹었다.

벼르고 벼르고 벼러서 간 문병이었다. 칼크 기독교 병원. 405호 병실은 정적에 잠겨 있었다. 낮게 가라앉은 쾰른의 하늘 아래 멀리까지 안개가 번져갔다. 병원에 도착했을 때 시간은 오전 11시. 손 선생은 상상했던 것보다 훨씬 야위고 늙은 모습이었다. 선뜻 부르지 못했다. 고적한 시간이 흘렀다.

기척을 느꼈을까. 손 선생이 눈을 떴다. 눈길이 마주치자 몸을 일으키려 했다. 그러나 그럴 힘이 없었다.

---

[*] 2005년 1월 31일.

"아, 이거 죄송합니다."

그는 다시 눈을 감았다. 시간이 더 흘렀다. 열두 시. 손 선생이 눈을 번쩍 떴다. 나에게 일으켜 달라고 했다. 아무 힘도 없는 어른의 몸을 침대에서 일으켜 앉히기는 매우 어려웠다.

"열두 시가 됐지요?"
"예, 맞습니다. 어떻게 아세요?"
"느낌으로요. 밝기가 이 정도 되면 느낌으로 알아요."

어디선가 종이 울렸다. 멀리까지 퍼지는 아련한 음색. 슬픈 전갈 같기도 했다. 고개를 드니 멀리 쾰른성당의 첨탑이 보였다. 병실의 창문 아래로부터 그곳까지 높고 낮은 잿빛 지붕들이 오래된 타일처럼 정연하게 깔려 있었다. 구름 속에 몸을 숨긴 채 오후로 넘어가는 희미한 광선을 받아 물에 젖은 짚더미처럼 불길한 죽음의 냄새를 간직한 듯했다. 나는 무슨 말이든 해야 할 것 같았다.

"조금만 힘이 붙으면 걷기도 하실 텐데 ….."

오후 1시 30분쯤, 손 선생의 부인이 왔다. 얼굴이 핼쑥했다. 의사들이 손 선생의 콧구멍을 통해 목에 튜브를 끼울 때 부인이 나를 대기실로 불렀다. 그날은 손 선생이 마지막으로 정신이 온전한 날이었다. 그리고 그 온전한 정신은 내가 만나본 뒤, 그러니까 부인의 손에 이끌려 병실에서 나올 즈음 다시 컴컴한 수렁 속으로 빠져들었다.

손 선생은 "언젠가 강원도 산골에 있는 고향에 돌아가 정착하겠다"던 꿈과 함께 뮐하임에 있는 공동묘지에 묻혔다. 그곳은 검붉은 담장에 둘러싸인 적막한 장소. 늘 사람을 좋아한 그가 그곳에서 누군가를 기다리고 있을 상상을 하면 마음이 아프다.

손 선생은 내가 오래전에 독일에서 생활할 때 가족처럼 돌봐주었다. 따뜻하고 너그러웠다. 내 어머니는 생전에 "지나가던 이가 내 아이의 코를 한 번만 닦아 주어도 평생 갚을 수 없는 은혜를 받은 것"이라고 가르쳤다. 내게는 손 선생이 그런 사람이었다.

선생의 마지막을 생각할 때마다 뼈만 남은 그의 가슴을 떠올린다. 이상이 도쿄에 가기 전에 마지막으로 만난 친구 김유정의 그 가슴. '유정의 젖가슴은 초롱보다도 앙상하다. 그 앙상한 가슴이 부풀었다 구겼다 하면서 단말마의 호흡이 서글프다 ….(「失花」)'

손 선생의 초롱은 작았지만 그 안은 믿을 수 없을 만큼 넓었다. 그리고 그곳은 언제나 사랑으로 충만했다.

품

정민 한양대 교수가 2014년에 펴낸 『새 문화사전』(글항아리)
은 새와 관련한 옛 문헌과 회화, 고전문학을 망라한 인문서
적이다. 정 교수는 새 서른여섯 종을 관찰하고 조류학적, 문
학적 의미를 짚어 인문학적 함의를 풀어냈다. 새를 소재로
글을 쓴다면 이렇게 해야겠구나 싶은, 교과서와 같은 책이
다. 뻐꾸기도 등장한다. 울음소리를 소재로 풀어내려간 대목
이 재미있다.

새 울음은 듣기에 따라 달리 들리는데 옛 사람들에게도 마
찬가지였던가. 그들은 '떡국 떡국', '풀국 풀국', '박국 박국'
으로 들었다. 농부에게 씨를 뿌리라 재촉하는 소리로도 들었
다. '법금 법금(法禁 法禁)'이라 하여 법으로 금한다는 소리로
도, 망국의 시대에는 나라를 찾자는 '복국 복국(復國 復國)'으로
도 들었다.

요즘 뻐꾸기는 미운털이 단단히 박혔다. 제가 낳은 알을 품
지 않고 얌체처럼 남의 둥지에 낳아 다른 새로 하여금 품어
기르게 하는 탁란(托卵)을 하기 때문이다. 최근 여러 방송에

서 초고화질 화면으로 자연 다큐멘터리 프로그램을 내보내면서 자주 뻐꾸기의 생태를 관찰하여 방영하였다. 이를 본 시청자들은 대개 이 새를 밉살스럽게 생각한다. 특히 알에서 먼저 깬 뻐꾸기 새끼가 둥지 안에 있는 알들을 모조리 밖으로 밀어내고 오목눈이 같은 어미 새가 물어오는 먹이를 독차지하는 장면을 보고 기겁한다. 이런 생태는 제 자리가 아닌 곳, 제 몫이 아닌 일을 독차지하고 부당한 이득을 취하는 우리 현실 속의 부조리를 떠올리게 하기에 시청자가 감정이입할 것이다.

나는 뻐꾸기가 언젠가 멸종하거나 멸종위기종이 되리라고 생각한다. 고등동물이 우세한 종이 되려면 '스킨십'이 반드시 필요하다고 믿기 때문이다. 적당한 곳에 알을 낳고 환경이 제공하는 에너지를 빌어 부화하는 난생동물은 우세한 종이 되기 어렵다.

생물의 자기 보존 방식은 자손을 많이 낳아 생존확률을 높이거나 적게 낳되 공을 들이는 방식으로 나뉜다. 전자를 r전략, 후자를 K전략이라고 한다. r전략의 극단적인 사례는 바이러스나 박테리아이고 K전략의 최고봉은 인간이다. 이러한 전략은 사람이 만든 조직에도 적용할 수 있다. 기업이나 단체를 관찰하면 사람이 도구요 소모품인 곳과 사람을 가장 큰 자산으로 여기는 곳으로 구분된다. 전자가 경쟁을 통해 엘리트를 가려내는 능률적인 조직처럼 보이지만 이런 기업이나 단체는 오래 가지 않는다.

새가 알을 품는 행위를 포란(抱卵)이라고 한다. '품다'는 '(사람이나 짐승이 사물을) 품속이나 가슴에 대어 안다', '(사람이 생각이나 느낌 따위를)마음속에 가지다'라는 뜻이다. 무엇보다도 사랑을 나누고 확인하는 행위다. 그렇기에 뛰어난 사랑꾼 마르크 샤갈은 그토록 절절한 포옹의 순간을 그려 사랑하는 아내 벨라 로센펠트를 가슴 속에 영원히 품었을 것이다.

2012년에 나온 책『아들에게 보내는 갈채』(책숲)에 박경태 성공회대 교수가 쓴 글이 있다. "다른 사람의 문제를 이해하고 품는다는 것은 그 사람의 아픔을 품는다는 것이겠고, 아픔을 품는다는 것은 아마도 그 아픔을 함께 느낀다는 것을 말하겠지. 아픔을 함께 느끼는 사람, 공감하는 사람, 그래서 함께 눈물을 흘릴 수 있는 사람. 그래, 바로 그것인가보다, 함께 비를 맞고 함께 눈물을 흘릴 수 있는 사람!"

동탁의 배

한국인문고전연구소에서 낸『중국인물사전』은 동탁(董卓)을 일컬어 '사리사욕을 위해 수단과 방법을 가리지 않았던 동한(東漢) 말기의 권신(權臣)'이라고 했다. 나관중이 쓴『삼국지연의』에서 의붓아들 여포와 초선이라는 미녀를 놓고 서로 다투고, 사람을 마구 죽이는 악인으로 묘사되어 있는데 이러한 형상은 역사 기록 속의 동탁과 크게 다르지 않다는 것이다.

진수는 정사(正史)라고 할『삼국지』에서 "탐욕스럽고 모질고 잔인하여 … 글자로 나타낸 뒤로 이러한 자는 없었을 것"이라고 평하였다. 동탁이 관리들을 모이게 한 뒤 북지군(北地郡)의 항복한 포로 수백 명을 끌어다 혀와 손발을 자르고 눈을 뽑아 큰 가마솥에 삶게 했는데 모든 사람들이 두려움에 떠는 가운데 태연하게 술과 밥을 먹었다는 기록도 있다.

동탁은 한창 때 권세가 하늘 높은 줄 몰랐다. 조정을 장악해 소제를 폐위시키고 헌제를 옹립한 뒤에 상국(相國)이 되어 전횡했다. 황제를 만날 때는 칼을 차고 신을 신은 채 궁에 들어갔다. 그는 192년 여포에게 목숨을 빼앗겼다. 여포는 왕윤,

사손서 등과 함께 암살을 모의하여, 동탁이 헌제를 만나기
위해 미앙전(未央殿)에 갔을 때 이숙 등을 시켜 살해했다.

이문열이 쓴 『삼국지』에 이런 대목이 보인다. "동탁은 원래
살찌고 기름진 몸이었다. 비록 목이 잘린 시체가 되었으나
몸의 기름기까지 빠져나갈 리 없었다. 시체를 지키던 군사
하나가 심지를 배꼽에 박아 불을 켜니 그 기름기가 흘러내려
땅을 적실 정도였다." 고우영이 만화로 그린 『삼국지』에는
"인간 촛불은 50일 동안이나 꺼지지 않았다"고 나온다.

삼국지의 기록이나 표현을 근거로 동탁이 당뇨, 혈압, 고지
혈증 등 각종 성인병을 앓았을 것이며 살해되지 않았다면 뇌
경색이나 뇌졸중, 심장질환 등으로 사망했으리라고 주장하
는 의사도 있다. 동탁이 죽었을 때 쉰세 살이었으니 각종 성인
병이 발병할 가능성이 큰 나이다. 배에 들어앉은 지방은 피
하지방 아니면 내장지방(가능성이 크다)인데 어느 쪽이든 건강
에는 이롭지 않다.

내과의사 조홍근은 「알기 쉬운 건강이야기」라는 칼럼에서
당뇨병을 일컬어 '뱃살과 허벅지의 전쟁'이라고 했다. 그는
"배가 많이 나왔는데도 당뇨병에 걸리지 않은 사람들을 보면
대부분 허벅지가 굵다. 허벅지가 건재하다면 당뇨병을 피해
갈 수 있다. 그러나 시간문제다. 나이가 들수록 근육은 빠지
고 뱃살은 불기 때문에 결국엔 뱃살이 이긴다"고 경고했다.

조홍근은 2형당뇨병(인슐린의 기능이 떨어져 혈당이 높아지는 경우로 주로 40세 이후에 나타나고 비만한 사람에게 많이 나타난다)의 유형을 ▶ 뱃살이 많고 허벅지는 가는 사람 ▶ 뱃살은 없지만 허벅지가 가는 사람 ▶ 허벅지가 굵지만 뱃살이 더 많아 허벅지가 뱃살에 패배한 사람으로 정리했다. 이런 이야기를 들으면 한 걸음이라도 더 걸어야 위험으로부터 멀어질 수 있겠다는 생각이 든다.

내가 어릴 때만 해도 남성의 불룩한 배는 '나잇살'이요 '인격'이었다. 남성다운 '뱃심'을 상징했다. 홀쭉한 배는 볼품없는 배, 초라한 배였다. 배는 언제부터 천덕꾸러기, 반드시 청산해야 할 핸디캡이 되었을까. 앞으로 몇 주, 배에 대해 이야기하겠다.

세상의 배꼽

델포이(Delphoe)는 그리스 중부의 포키스 지방, 코파르나소스 산 중턱에 있다. 고대 그리스인들은 이곳이 세계의 중심이라고 생각했다. 제우스가 독수리 두 마리를 동쪽과 서쪽에 풀어 세상의 중심을 향해 날게 하니 델포이에서 만났다고 한다. 그곳에 돌멩이로 표시를 하고 신전을 지었다. 돌멩이를 가로되 '옴팔로스(Omphalos)'라고 했다. 그리스어로 '배꼽'이다.

옴팔로스에는 전설이 따로 있다. 제우스의 아버지 크로노스는 아들이 권좌를 빼앗으리라는 예언을 듣는다. 그는 운명을 피하고자 아내 레아가 아이를 낳는 족족 삼켜버린다. 레아는 여섯 번째 아이 곧 제우스를 낳자 돌덩이를 강보에 싸서 남편에게 건넸다. 그 돌덩이의 이름이 옴팔로스다. 돌을 삼키고 속이 거북해진 크로노스는 이미 삼킨 제우스의 형과 누이들을 토해냈다. 모두 갓난아이 꼴로 세상 빛을 다시 봤다. 그래서 가장 늦게 태어난 제우스가 맏이가 된다.

세상과 탯줄로 이어진 곳이어서일까. 델포이 신전의 신탁은 영험하기로 소문났다. 카이레폰은 이곳에서 "아테네에서 가장 현명한 사람이 누구입니까?"하고 물어 "소크라테스는 모든 사람 중에서 가장 현명하다"는 대답을 듣는다. 코린토스 왕의 양자로 자란 오이디푸스가 "너는 아버지를 죽이고 어머니를 범할 것이다"라는 신탁을 들은 곳도 델포이의 신전이다.

소크라테스나 오이디푸스의 운명은 기구했다. 제명에 못 죽거나 사람다운 삶을 버렸다. 무릇 세상의 중심이란 곳은 모진 소용돌이가 쳐서 무엇이든 남아나지 못하게 한다. 그러나 사람은 늘 제가 중심이고자 하며 제 사는 곳을 세상의 중심이라 우기니 이 또한 운명이라. 세상의 중심에 풍파와 죽음뿐이라면 아무도 그곳에 가려 하지 않을 것이다. 비바람을 몰고 다니는 영웅은 그 뜻이 아무리 웅혼해도 주군으로 모시기에 적당하지 않다. 함께 목이 떨어지면서 후회해도 소용없고, 때로는 그 주군이 죽음의 사신일 수도 있다.

'꿈 많은 열일곱 소녀 아키는 불치병을 앓고 있다. 그는 첫사랑 사쿠에게 부탁한다. 호주 원주민들이 세상의 중심이라고 하는 울룰루에서 죽고 싶으니 데려가 달라고. 두 사람은 어른들의 눈을 피해 병원에서 빠져나와 공항에 간다. 하지만 거기까지. 아키는 죽었고, 17년이 지났다. 첫사랑의 죽음에서 벗어나지 못한 사쿠는 아키의 유골을 지니고 있다….'

가타야마 교이치의 소설을 원작으로 유키사다 이사오 감독이 만들어 2004년에 개봉한 일본영화 〈세상의 중심에서 사랑을 외치다〉의 줄거리다. 울룰루는 원주민 말로 '그늘이 지나간 자리'다. 일본의 젊은 연인들에게 가고 싶은 곳을 물으면 이곳이 앞자리를 다툰다고 한다. 영화는 사쿠가 약혼녀와 함께 울룰루로 가는 장면에서 절정에 이른다. 사쿠의 여행은 아키와의 이별을 받아들이는 영결의 의식이자 새 사랑의 시작을 알리는 신탁을 향해 가는 길이다.

구투(舊套)로 범벅이 된 영화지만 혼란과 죽음에 뒤덮인 세상의 중심을 사랑으로 정화하기에, 그래서 그곳에 사랑이 깃들었기에 참을 수 있다. 장맛비 추적거리는 여름밤에 식구들과 함께 보면 좋을 영화. 리메이크한 우리 영화는 권하지 않는다.

고복격양

심홍도가 그린 풍속화에 사람들이 밥을 먹는 장면이 더러 나온다. 〈주막〉이나 〈점심〉 같은 그림이다. 놀라운 부분이 있다. 밥그릇이 엄청나게 크다. '밥통'이라고 불러야 어울릴 정도다. 〈점심〉에 나오는 한 사나이는 자기 머리만한 밥그릇을 왼손에 들고 젓가락을 든 오른손으로 반찬을 집고 있다. 김홍도의 그림에 나오는 밥그릇의 크기는 조선시대 말기 서양 선교사들이 찍은 사진으로도 확인할 수 있다. 우리 조상들은 실로 엄청나게 드셨나보다. 서양인들은 그 식사량에 놀랐다.

"조선인들은 일본인보다 두 배를 먹는다."(선교사 그리피스 존)
"보통 3, 4인분을 먹어 치운다. 서너 명이 앉으면 복숭아와 참외가 스무 개 이상 사라진다."(여행가 이사벨라 버드 비숍)

프랑스인 신부 다블뤼 안토니오 주교는 꽤 자세히 기록을 남겼다. 그는 「조선순교자비망록」에 기록하기를 "많이 먹는 것이 명예로운 일이며 질보다 양을 중시한다. 식사하는 동안 말을 하지 않아 시간이 걸리지 않는다. 노동자의 식사량은 쌀밥 1ℓ인데 아주 큰 사발을 꽉 채운다. 천주교인 장정 한 사람은 어떤 내기에서 7인분까지 먹었는데, 그가 마신 막걸리 사발의 수는 계산하지 않은 것이다. 65세가 다 된 어떤 사람은 식욕이 없다면서도 다섯 사발을 비웠다"라고 했다.

대식(大食)은 여러 문화권에서 허물이 아니다. 오히려 많이 먹음으로써 남다름을 드러내기도 했다.『삼국지연의』에 등장하는 촉한의 장수 황충은 제갈공명이 나이가 많다는 이유로 그의 출정을 꺼리자 일갈한다. "염파는 나이 여든이 넘었어도 한 말 밥에 고기 열 근을 먹었습니다. 이런 그의 먹성을 보고 여러 제후들은 두려워하여 조나라를 침범하지 못했습니다. 지금 황충은 아직 일흔이 되지 못했습니다." 염파(廉頗)는 전국시대 조(趙)의 명장이다. 노년에도 젊은 장수 못지않은 완력과 무공을 발휘해 황충과 함께 노익장의 상징으로 꼽힌다.

우리 어른들은 흔히 "밥을 든든히 먹어라. 사람은 밥심으로 버티느니라. 사나이가 큰일을 하려면 뱃심이 있어야 하는데 그러려면 잘 먹어야 한다"고 했다. 무릇 일을 시작하려면 배부터 채워야 했다. 배는 에너지 저장소인 동시에 공급지이기도 했다. 또한 본능의 중심으로서 이곳을 채워야 비로소 행복감을 느낄 수 있었다. 그래서 고복격양(鼓腹擊壤)의 고사가 생겼다. 중국의 요임금 때, 한 노인이 배를 두드리고 땅을 침으로써 요임금의 덕을 찬양하고 태평성대를 즐겼다는 일에서 나온 말이다.(국립국어원)

지난겨울* 촛불이 서울 광화문 광장을 밝힐 때 일부 지식인들이 우려했다. 시민들의 정치에 대한 관심이 지나치며 그런 사회는 행복한 사회가 아니라고 했다. 대통령이 누구인지 몰라도 충분히 배부르고 행복하다며 21세기판 고복격양가를 부를 수는 없겠느냐는 것이다. 글쎄. 고복격양의 시대는 참으로 행복한 시대일까. 21세기에도 고복격양은 참행복인가. 배가 부를 대로 부른 바둑이가 복날 말뚝에 묶여 널브러진 채 제 발등을 핥을 때, 저놈은 행복한가. "나는 아직도 배가 고프다"라는 공복감과 포만감 사이 어디엔가 행복으로 가는 길이 놓이지는 않았는가.

* 2017년 7월 28일 시점.

젊은 마르크스의 시

옆구리에
대한
궁금증

서기 234년 봄, 제갈공명이 출사표를 내고 위나라 정벌에 나선다. 공명의 다섯 번째 북벌. 위의 대장군 사마중달이 나와 막는다. 공명은 속전속결을 원하나 중달은 40만 대군을 거느리고도 회전(會戰)을 피한다. 전선은 지지부진, 사자만 하릴없이 오간다. 하루는 중달이 촉의 사자에게 묻는다. "공명은 어찌 지내는고?" 사자가 대답한다. "아침 일찍 일어나 밤늦도록 일하십니다. 곤장 스무 대를 칠 죄인도 친히 다스리며 식사는 하루에 서너 홉만 하십니다." 중달은 생각한다. "일은 많고 먹는 것은 적으니 어찌 오래 가겠는가." 과연 공명은 그해 8월 오장원(우장위안·五丈原)에서 숨을 거둔다.

린위탕(林語堂)은 『생활의 발견』에 이렇게 썼다. "중국 사람은 그 현묘한 창자로 생각한다. 중국의 학자들은 '만복의 사상' '만복의 학식' '만강의 애상' '만강의 분노' '만강의 회한' '만강의 분만' 혹은 '만강의 사모'를 품고 있는 사람이라는 말을 듣고 있다. (중략) 중국인에게는 과학적 증명이 소용없다. 중국인은 그저 배로써 느끼는 것이다. (중략) 중국의 학자가 논문이나 연설을 위하여 자기 사상을 정리하여 그것을 아직 지상에 발표하기 전에는 '복안이 되어 있다'는 말을 쓴다. 그 사상은 즉 뱃속에 정리했다는 말이다."

린위탕은 중국 푸젠성(福建省)의 기독교 집안에서 태어나 상하이 성요한대학에서 언어학을 공부했다. 미국 하버드대학에서 석사학위를 받고 독일 예나대학과 라이프치히대학에서 언어학을 전공해 철학박사 학위를 받았다. 북경대학 교수로 초빙되어 문학비평과 음운학을 가르치면서 왕성한 집필 활동을 시작했다. 1930년대부터 중국어 외에도 영어로 글을 쓰고 발표했다. 영어로는 중국문화를 옹호하고 중국어로는 모국의 속물성(俗物性)을 풍자했다. 1968년, 1970년 서울을 다녀가기도 했다.(『해외저자사전』, 교보문고)

우리는 선비의 식탐을 곱게 보지 않는다. 음식을 탐하는 태도 자체를 점잖지 못하다고 본다. 위가 비어야 머리에 글자가 들어온다는 속설도 있다. 칼 마르크스도 그렇게 생각했을지 모른다. 마르크스는 청년 시절에 시를 쓰기도 했는데, 오래전에 우리나라에도 번역되어 나왔다. 시집의 제목은 『젊은 마르크스의 시』다. 시집을 낸 출판사는 '풍경'이다. 소설가 정찬주가 고향인 화순으로 귀향하기 전에 운영하던 곳이다. 소설가가 하루는 "좋은 원고를 구했다. 청년 마르크스가 쓴 시야. 자네도 한번 읽어봐"라고 권해 책이 나오기 전에 읽어 보았다.

정찬주는 "그중에 이런 것도 있어"라며 외워둔 시를 읊어준 다음 '낄낄' 웃었다. 그가 이렇게 웃은 경우는 딱 두 번이다. 한번은 헨리 데이비드 소로의 『월든』을 번역한 책을 읽은 다음이다. '야생오리의 야성적인 울음소리'라는 대목을 읽고 그렇게 웃었다. 어이가 없어서였으리라. S출판사에서 제목을 바꿔 낸 이 책은 역대 『월든』 번역 가운데 최악으로 분류된다. 마르크스의 시를 읽은 다음에 웃은 웃음은 야생오리 때와는 달랐다. 정찬주의 말을 듣자마자 나도 웃고 말았다. 결코 가벼운 '낄낄'은 아니었다.

> 저녁식사를 너무 많이 하는 자는
> 밤중에 꿈으로 신음하게 된다.
>
> — 의학생의 심리학

무탕탕, 생주칭래!

우리나라 사람들은 술을 좋아하는 정도를 지나쳐 욕심을 낼 지경이다. 흔히 '밥 배가 따로 있고 술배가 따로 있다'고 하며 '술을 지고는 못 가도 먹고는 간다'고 한다. 나의 주변에는 두주불사하는 주호(酒豪)가 널렸으니 그들과 자리를 하면 몸조심을 각별히 해야 한다. 우리 민족은 대체로 술을 마시는 데 너그러워 이러저러한 기록을 살피면 술이 흔하게 등장한다. 술을 못하는 사람은 놀림거리가 되기 일쑤요, 주량을 자랑삼기가 예사다. 역사적으로 주전(酒戰)에 물러섬이 없는 챔피언이 적잖았으되 송강 정철을 빼놓을 수 없으리라.

송강의 술잔은 얼마나 컸던가. 그는 「장진주사」에서 '한 잔 먹세 그려, 또 한 잔 먹세 그려. 꽃 꺾어 산(算) 놓고, 무진 무진 먹세 그려'라 노래했다. 「관동별곡」의 스케일은 우주적이다. 신선의 술로 잔을 채워 들고 달을 향해 영웅과 사선(四仙)의 행적을 묻는다. 북두칠성을 잔으로 삼아 창해수를 기울이되 서너 잔을 거푸하니 흉내인들 내겠는가. 하나 그러한 송강도 말년에 이르러서는 술잔을 뒤집었다. "내가 어른 된 이

후로 지금까지 삼십 년간/아침저녁 시시 때때 술잔 들어 마
셨건만/내 맘 속의 시름 아니 없어지고 그대로니/술에 묘함
있다는 말 나는 믿지 않는다네.”

아무려나 이토록 술을 좋아하는 사람들이니 불상사인들 왜
없겠는가. 그렇기에 연암 박지원은 그토록 혹독하게 꾸짖었
을 것이다. 『열하일기(熱河日記)』에 이렇게 썼다. “우리나라
사람들은 술배가 너무 커서 반드시 커다란 사발에 술을 따라
이맛살을 찌푸리면서 단숨에 들이켠다. 이는 술을 배 속에
쏟아 붓는 것이지, 술을 마시는 것이 아니다. 술을 마시면 반
드시 취하고, 취하면 반드시 주정하고, 주정하면 반드시 서
로 싸움질을 해 술집의 항아리와 사발들을 남김없이 깨뜨려
버린다.”

연암도 술을 모르는 사람은 아니다. 『열하일기』의 ‘궁육(弓六)’
편에는 오랑캐의 술집에 가서 객기를 부린 일화가 등장한다.
주기(酒旗)가 나부끼는 누를 발견한 연암은 사다리 열두 계단
을 걸어 올라가 술을 청한다. 오랑캐 수십 쌍이 지켜보는 가
운데 연암이 술 중노미에게 이르기를 “무탕탕, 생주칭래(無湯
湯, 生酒秤來)!”라 했으니 술을 데우지 말고 날술로 달아오란 소
리다. 술 중노미가 술과 조그만 잔 두 개를 내오니 담뱃대로
쓸어버리고 큰 잔을 가져오라 호통친다. 연암이 큰 잔에 술을
따라 ‘원샷’하니 훔쳐보던 오랑캐들이 감탄할 밖에.

연암은 자신이 호탕하게 술을 마시니 저들이 감탄한다고 생

각해 우쭐한다. 그러면서 '되놈과 오랑캐들'이 살구 씨만 한 잔을 갖고 홀짝거리는 꼴을 비웃는다. 연암은 본때를 보이고 자 술 넉 량을 단숨에 들이켰다고 고백했다. 연암의 술 솜씨에 반한 오랑캐들이 불러다 앉히고 새 술 석 잔을 대접한다. 연암은 차를 따라 둔 사발을 비우고 석 잔을 거기 부어 들이켠 다음 큰 걸음으로 사다리를 내려온다. 그러나 '머리털이 쑤뼛 서고 누가 쫓아오는가 겁이 났다'고 덜어놓았다.

연암과 같이 주기(酒技)를 뽐내는 술꾼이 요즘인들 없으랴. 요즘도 신문에는 술내기 하다 숨넘어간 사나이들의 서글픈 소식이 이따금씩 실리나니.

구토와 피똥

구토(嘔吐)는 먹은 음식물을 토해 내는 일이다. 상한 음식을 먹고 식중독을 일으켰을 때, 비위에 맞지 않는 음식을 억지로 먹었을 때, 위장이 끌어안고 버틸 수 없을 정도로 폭식을 했을 때 구토를 한다. 끔찍한 장면을 보고 충격을 받아도 구토를 한다. 먹은 것이 없는데도 뭔가가 치밀어 올라 구역질을 하는 것이다. 프랑스의 한 30대 남성도 어느 날 불현듯 구역질을 하기 시작했다.

앙트완 로캉탱은 연금으로 생활하며 역사를 연구한다. 부빌이라는 도시에서 도서관에 드나들며 드 를르봉이라는 인물에 대한 글을 쓰고 있다. 그는 어느 날 물가에서 물수제비뜨기 놀이를 하는 아이들을 본다. 그들처럼 물수제비뜨기를 해보려고 돌을 집어 드는 순간 구역질이 났다. 알 수 없는 일이었다. 그 뒤에도 자주 구역질이 나고, 그때마다 원인을 규명하기 위해 일기를 쓴다.

그는 공원 벤치에 앉아 마로니에의 뿌리를 내려다본다. 그러다 구역질의 정체를 깨달았다. 그가 마로니에 뿌리를 생각할 때, 그것은 마로니에 뿌리라는 언어의 허울을 벗고 그 자체로서 그에게 침입한다. "기괴하고 물렁한 무질서의 덩어리-무섭고 음흉한 있는 그대로의 적나라한 덩어리만 남았다." 구토란 인간이나 사물의 언어로서 성립하는 의미나 본질을 적출해버린 '무질서의 덩어리'였다.

로캉탱은 마로니에 뿌리를 보면서 존재의 이유 없음을, 모든 존재는 서로 아무 관계없이 존재한다는 부조리를 깨달은 것이다. "'나'는 우연히 태어난 별 볼일 없는 존재"이며 나의 본질은 '덤'에 지나지 않고, 이 사실이야말로 생명의 본질이다. 사르트르의 소설 『구토』(원제 'La Nausee'는 구역질이나 메스꺼움에 더 가깝다고도 한다)는 실존이 본질에 우선한다는 명제에 대한 길고 지루한 설명이다.

신이 인간을 창조했다는 관점이라면 본질은 실존에 우선한다. 운명조차 신의 설계 안에 있다. 태어날 때부터 앞을 보지 못한 사람을 보고 예수의 제자들이 묻는다. "저 사람이 소경으로 태어난 것은 누구의 죄입니까?" 예수가 대답한다. 누구의 죄도 아니며 "저 사람에게서 하느님의 놀라운 일을 드러내기 위한 것"이라고.(요한복음) 사람은 신의 도구로서 제 몫의 삶을 산다. 그러나 사르트르는 인간의 자유와 책임에 극단적일 만큼 집착했다. 그의 세계에서도 사람은 제 몫의 삶을 산다. 하지만 스스로 본질을 만들어가는 존재다.

로캉탱은 "사람들은 물체들을 사용하고 제자리에 갖다 둔

다. 그것들이 나를 만진다면 참을 수 없다"고 토로한다. 구토
는 인간의 생리 활동이다. 그 일부는 정신의 세계와 통한다.
이제 로캉탱은 르 를르봉에 대한 글을 쓸 수 없다. 그는 파리
로 돌아가 소설을 쓰기로 한다. 순간 결연한 전사(戰士)가 되
었다. "다시 걷는다. 나는 고독하다. 그러나 나는 도시로 가
는 군대처럼 행진한다."

술을 지나치게 많이 마셔도 구역질이 난다. 어떤 사람은 일
부러 손을 넣어 토해낸다. 이런 구토도 깨달음과 교훈을 주
기는 한다. 숙취와 두통이다. 아직 여름은 다 가지 않았다.
어스름 도시의 뒷골목에는 진탕 마시고 정신줄 놓은 사나이
들이 적잖다. 배우 백윤식의 대사를 빌리자면 "그러다 피똥
싼다".

가장 미련한 내기

자라면서 늘 '세상에서 가장 미련한 짓이 먹기 내기'라는 말을 들었다. 명절 전야(前夜)면 어른들이 모여 족보를 들먹이는 집안의 윤리였으리라. 나의 부모는 검소한 식사를 즐겼다. 그런 부모 앞에서 음식에 코를 처박고 후루룩거렸다가는 좋은 얘기를 못 들었다. 음식을 먹는 일에도 거룩함이 깃들일 수 있으며 그 자체로 즐겁고 아름다울 수 있다는 사실은 한참 뒤에야 알았다. 음식을 함께 먹음은 곧 사랑이다.

엄청난 식사량으로 역사에 이름을 남긴 이도 있다. 신라 무열왕 김춘추. 『삼국유사』에 이런 글이 보인다. "하루에 쌀 세 말과 수꿩 아홉 마리를 먹었다. 백제를 멸망시킨 뒤로는 점심을 거르고 아침과 저녁만 먹었다. 이것들을 셈하면 하루 쌀 여섯 말, 술 여섯 말, 꿩 열 마리였다"고 했다. 물론 이 내용이 사실과 정확히 일치하지는 않으리라. 김춘추의 비범함, 그의 부와 권세를 암시하는 뜻도 있을 것이다.

먹기 내기란 야만적인 짓 같지만 합리적 사고를 한다는 서양에서도 성행한다. 그중 핫도그(Hot dog) 먹기 대회는 유명하다. 지난 10일 자* '인민망(人民網)'의 한국어판에 미국 뉴욕 코니아일랜드에서 열린 핫도그 먹기 대회 기사가 보인다. 남성부에서는 캘리포니아 출신의 조이 체스트넛이 10분에 일흔두 개를 먹어 대회 신기록을 세우며 우승을 차지했다. 여성부에서는 일본계 수도 미키가 10분에 핫도그 마흔한 개를 삼켜 4년 연속 우승하는 기염을 토했다.

핫도그는 길쭉한 빵에 구운 소시지를 끼운 음식이다. 우리가 핫도그라고 부르는 음식과는 다르다. 우리 식 핫도그는 콘도그(Corn dog)다. 소시지를 옥수수 반죽으로 감싼 뒤 식용유에 튀긴 것이다. 핫도그에는 프랑크푸르트 소시지나 비엔나소시지를 주로 사용한다. 우리 식품점에서 흔히 보는 소시지와 달리 다진 고기처럼 기름지다. 두툼한 빵 사이에 끼워 맥주나 콜라와 함께 먹으면 한 끼 식사로 손색없다. 이걸 마흔 개 이상 먹는다니 놀라울 따름이다.

음식 먹기 내기는 그래도 양반이다. 최악은 술 마시기 내기가 아니겠는가. 이 내기는 백해무익하다. 우선 술값이 만만치 않으니 주머니를 털어낸다. 과한 술은 위장을 부대끼게 만든다. 간장을 거듭 혹사시키면 미상불 병을 부른다. 주기(酒氣)가 과하면 정신을 잃게 하니 '술 마신 개'라는 말이 괜히 생기지 않았다. 그러나 어떤 술내기는 전설로도 남았는데, 사연인즉 다음과 같다. 바로 1970년 아시아를 제패한 남자

---

* 2017년 8월.

농구와 축구 선수들의 맞대결이다.

남북회담을 하듯 농구선수와 축구선수가 짝 지어 마주앉았다. 농구에서는 김영일·김인건·이인표·신동파·최종규·박한·곽현채·유희형이, 축구에서는 오인복·김흥일·박이천·김호·이세연·변호영이 나갔다고 한다. 규칙은 이랬다. 고성을 지르거나 토하거나 졸거나 그 밖에 주정을 하면 탈락. 대각선으로든 어디로든 술잔을 건네지 않고 앞사람에게만 잔을 주는 끝장 승부였다. 저녁에 시작된 술내기는 다음날 새벽 4시 30분에 끝났다.

어느 쪽이 이겼겠는가. 정답은 다음에….

내장의 기억

내가 앙카라에 간다고 하자 친구가 부러워했다. "야, 양고기 실컷 먹겠구나." 나는 10년 전에 이스탄불에 가서 확인했기 때문에 친구가 상상한 대로 되지 않으리라 짐작했다. 터키에서 양은 귀한 동물이다. 터키의 카펫은 유명한데, 그 재료 중에 양털은 비단 못지않게 귀하다.

나는 터키에서 지내는 동안 양고기를 한 점도 맛보지 못했다. 대신 거의 매끼 닭고기를 먹었다. 스테이크처럼 구워 먹고, 튀겨 먹고, 삶아 먹었다. 터키에서는 닭을 4억 마리 넘게 기른다고 한다. 우리처럼 감옥 같은 데 가두지 않고, 대개 놓아먹인다. 나는 어느 날 카파도키아로 가는 길에 드넓은 아나톨리아의 고원을 떼 지어 가로지르는 닭의 무리를 보고 감탄했다. 몹시 빨라 '저걸 어떻게 잡아먹나' 하는 생각을 했다.

나는 음식과 잠자리를 가리지 않는다. 그래도 음식이 바뀌면 표가 난다. 화장실에서 볼일을 볼 때 실감한다. 냄새가 다른 것이다. 터키에 머무르는 동안, 그러니까 매끼 닭고기를 먹는 동안 나는 매일 아침 그곳에서만 맡을 수 있는 냄새에 절어갔다. 그러면서 모공(毛孔)에서 노릇한 털이 돋고, 콧수염과 턱수염이 거뭇해지는 상상도 했다. 이 상상은 서울로 돌아온 뒤에도 가끔 나를 사로잡았다.

이스탄불에서 마지막 밤을 보낸 지 사흘이 지났을 때였다. 나는 내 집 화장실에 앉아 스마트폰으로 뉴스를 읽다가 문득 터키와 닭고기와 들판을 가로지르는 닭 떼를 떠올렸다. 냄새가 선명하게 남았던 것이다. 그때 나는 나의 배, 큰창자와 작은창자의 용적(容積)을 실감했다. 그곳에서 내가 먹은 닭고기와 올리브와 에페스 맥주와 차이(홍차)와 수박이 뒤범벅됐을 것이다.

(수박이 한창 맛있을 때라고 했다. 아나톨리아의 고원을 지나며 드넓은 밀밭과 수수밭 사이에서 한 농부가 수박 거두는 모습을 보았다. 갓 태어난 아기를 품듯 두 팔과 가슴으로 수박을 감싸 안아다 수레에 올려놓고 있었다. 저녁 식탁에 오를 저 붉은 과육 한 조각을 참으로 공들여 먹어야겠다고 생각했다.)

관자놀이에 핏줄을 세워가며 힘을 쓰는 동안 나의 상상은 냄새와 더불어 자욱하게 번졌다. 아아, 그렇다면 나의 내장은 아나톨리아의 미각 뿐 아니라 시간을, 나의 추억을 온전히 품고 있었던 것이 아닌가. 눈을 감자 기억의 스크린에서는 일본 드라마 〈고독한 미식가〉의 주인공 이노가시라 고로(마츠시게 유타카)가 뇌까리는 각종 음식에 대한 품평과 감탄과 찬사, 지나간 시간에 담긴 원한과 맺힌 응어리가 연쇄반응을 일으키며 질주했다.

그렇구나. 린위탕(林語堂)도 이런 생각을 했겠구나. '중국 사람은 그 현묘한 창자로 생각한다. 중국인에게는 과학적 증명이 소용없다. 중국인은 그저 배로써 느끼는 것이다.' (아아, 알겠습니다. 그러나 어찌 중국인뿐이겠습니까. 지금 저도 여기 앉아 같은 생각을 하고 있답니다.)

그렇지만 배로 하는 생각이 정지되는 순간도 있다. 술을 마실 때. 끝판에는 '술이 사람을 마신다'는 말이 결코 틀리지 않다. 대한민국 농구대표팀과 축구대표팀의 정예멤버가 격돌한 1970년 '방콕 대회전'의 승자는 농구대표팀이었다. 이때 농구대표팀이 획득한 '스포츠계 대표 주당'의 타이틀은 아직도 유효하다. 그날 이후 비슷한 대결이 벌어졌다는 뉴스도 소문도 없다.

엉덩이

〈엉덩이〉는 2007년 김선아가 감독해 만든 영화다. 35㎜ 영화로서 길이는 9분. 그해 10월 1~5일에 열린 제5회 서울기독교영화제 단편경쟁부문에 출품되었다. 지하 단칸방에 사는 가난한 만화가가 등장한다. 방에는 창문이 딱 하나 있다. 그런데 동네 아저씨가 늘 그 앞에 와서 앉는다. 만화가는 창문으로 매일 동네 아저씨의 엉덩이만 본다. 만화가는 워낙 소심해서 이렇다 할 항의도 못하고 방책도 세우지 못한다. 나날이 스트레스만 쌓여갈 뿐이다.

영화가 상영되는 9분은 짧지만 영화를 보는 동안에는 짧다는 생각이 들지 않는다. 9분은 인류를 탄생시키기에도 멸망시키기에도 충분한 시간이다. 영화는 9분에, 창을 가린 아저씨의 엉덩이에 시간을 압축했다. 창은 가난한 만화가가 세상을 숨 쉬는 통로이며 삶의 절실한 한 국면이다. 매일 아침잠에서 깰 때 눈에 비치는 햇살은 우리의 하루치 생애를 로그인한다. 아저씨의 엉덩이는 만화가의 모니터를 가렸다.

사전은 엉덩이를 가로되 '볼기의 윗부분'이라 하였다. 뜻이 같은 한자말은 둔부(臀部)이다. '궁둥이'를 같은 낱말로 생각하기 쉽지만 사전은 구분한다. '볼기의 아랫부분. 앉으면 바닥에 닿는, 근육이 많은 부분'이 궁둥이라는 것이다. 엉덩이와 궁둥이를 합치면 곧 볼기렷다. 볼기는 '뒤쪽 허리 아래, 허벅다리 위의 양쪽으로 살이 불룩한 부분'이므로. 옛날에 이곳을 때려 죄를 물었다.

'엉덩이'라는 낱말을 들으면 무엇이 떠오르는가? 미상불 젊은 여성의 육감적인 뒤태가 아닌가? 미술평론가 유경희는 『몸으로 본 서양미술』에서 사랑의 상징인 하트 모양이 '뒤에서 바라본 여자 엉덩이에서 영감을 얻었다'는 데스몬드 모리스의 주장을 인용했다. 그러면서 "엉덩이가 완벽하게 돌출된 형태를 이루기 위해서는 허리가 쏙 들어가야 한다. 엉덩이는 두 개의 아치형 곡선으로 이루어져 있을 때 가장 아름답기 때문"이라고 적었다.

여성의 엉덩이라면 무조건 아름다운가. 그렇지 않다는 사실을 우리 모두 알고 있다. 2009년 대한성형외과학회 추계학술대회에서 재미있는 주제 하나가 제시되었다. 둔부성형 (Buttock Reshaping). 여기서 의사 홍윤기는 자신이 근무하는 병원에서 하체 체형교정 시술을 받은 여성 137명의 엉덩이 모양을 분석하여 네 가지로 구분했다.

허벅지 부분에 지방이 축적돼 엉덩이 크기가 더 크고 다리가 짧아 보이는 'A자형', 허리와 허벅지에 지방이 집중적으로 쌓여 엉덩이 부근 관절(고관절)이 오히려 들어가 보이는 'ㅁ자형', 허리부터 엉덩이까지 비교적 완만하면서 둥근 형태를 가진 '라운드형', 골반의 구조가 불균형을 이뤄 엉덩이 모양도 어긋나 보이는 '비대칭형'.

여성의 엉덩이는 논문의 소재가 될 만큼 중요하다. 하지만 유경희는 재미있는 귀띔을 한다. "비너스로 대표되는 여성의 누드는 남성의 누드보다 100년 정도 늦게 제작되었다. 장 뤼크 엔니그에 따르면, 19세기 중반부터 1차 세계대전이 발발하기 전까지 미술사 속 엉덩이는 '언제나 목욕 중'이었다. 사실, 완벽한 엉덩이는 남자들의 전유물이었다."

직립의 도구

영화칼럼니스트 김형석은 2010년 6월에 쓴 「그 배우의 섹시
그래피」라는 칼럼에서 샤론 스톤을 다룬다. '30대 중반의 무
르익은 육체와 강렬한 마성과 카리스마가 결합된, 절정에 올
랐을 때 남자를 얼음송곳으로 찔러 죽이는 치명적 여인.' 그
렇다. 〈원초적 본능〉의 주인공 캐서린 트러멜이다. 김형석은
'그저 그런 영화에서 조연 배우로 끝나버릴 수 있었던' 스톤
이 이 영화에서 "단 1초의 노출로 스타덤에 올랐다"고 썼다.
그 유명한 '다리 꼬기' 장면!

캐서린 트러멜은 원초적 본능을 위해 어떤 행동도 두려워하
지 않는 악마적 캐릭터이다. 슈퍼스타가 된 스톤은 역설적이
게도 '섹스 심벌'이라는 명성과 싸웠다. 그녀는 '팜므파탈'에
갇히기를 거부했다. 〈마지막 연인(1994)〉에서 커리어 우먼을
연기했고 액션영화 〈스페셜리스트(1994)〉도 찍었다. 1995년
에 출연한 〈퀵 앤 데드〉는 서부극이다. 하지만 팬들은 스톤
이 계속 섹스 심벌이기를 원했다. 2006년 〈원초적 본능2〉를
찍은 그녀가 말했다.

"사람들은 극장에 앉아 이렇게 말한다. 난 샤론 스톤이 무슨 말을 해도 관심 없어. 난 그저 그녀가 벗는지 알고 싶을 뿐이야. 이 영화에서 벗을까? 이 영화에서 그녀의 누드와 엉덩이를 볼 수 있을까?"

그런데 왜 가슴이 아니고 엉덩이일까? 지난 정권에서 대통령의 미국 방문을 수행했다가 여성 인턴을 성추행한 대변인 윤아무개 씨는 왜 하필 그녀의 엉덩이를 건드렸을까? 사건이 발생했을 때 미디어에서 '쥐었다', '잡았다', '움켜쥐었다' 등으로 표현한 대변인의 행동은 대통령 일행이 귀국한 다음 대개 '만졌다'로 통일되었다. '만졌다'와 '움켜쥐었다'는 전혀 다른 동작이지만 죄질에는 차이가 없다. (그러나 대변인은 억울함을 호소해왔다.)

엉덩이는 몸의 중심부에 자리 잡고 상 · 하체를 연결할 뿐 아니라 몸을 지탱하는 데 중요한 역할을 한다. 엉덩이 근육인 둔근(臀筋)은 몸에서 가장 크고 힘이 세다. 특히 골반후면에 있는 대둔근은 둔근 중에서도 가장 크다. 이 근육은 하지(下肢)를 뒤쪽으로 당겨 고정하고 골반과 체간(體幹)을 뒤로 당겨 바로 서게 한다. 따라서 사람이 직립하는 데 꼭 필요하다. 직립, 즉 인간 본질의 일부를 이루는 근육인 것이다.

중년의 엉덩이는 젊은 여성의 엉덩이보다 더 중요할지 모른다. 의학박사 다케우치 마사노리는 2012년에 낸 『중년 건강 엉덩이 근육이 좌우한다』라는 책에서 엉덩이 근육이 있어야 몸을 지탱하고 균형을 잡을 수 있기에, 엉덩이 근육을 단련해야 건강을 지키고 장수한다고 주장했다. 그는 이 책에서 엉덩이 근육을 단련하여 생활습관병을 치유하고 노화를 예방하는 비법을 여러 가지 소개한다. 이 부분이 재미있다.

'신체 온도를 높이면 면역력이 높아진다. 상반신은 차갑게, 하반신은 따뜻하게 하는 것이 핵심이다. 하반신을 따뜻하게 하려면 근육을 키워야 한다. 그중에서도 엉덩이는 상반신과 하반신을 연결하는 중요 부위이며 몸의 중심을 잡아주는 역할을 한다. 그리고 우리 몸의 근육 가운데 가장 약한 부분이기도 하다. 엉덩이 근육을 잘 안 쓰기 때문이다. 엉덩이를 단련하면 주변 근육까지 함께 단련된다.'

흥부가 기가 막혀

형님 댁에서 쫓겨난 흥부. 아이 만드는 재주가 절륜하나 호구지책은 묘연하여 식구들은 굶기가 예사다. 이러다 죽겠다 싶어 읍내에 가 환자(還子)를 청하려 한다. 환자란 조선 시대, 각 고을에서 흉년이나 춘궁기에 곡식을 빈민에게 대여하고 추수기에 이를 환수하던 제도이다. 흥부가 사정을 말하자 호방(戶房)은 말을 돌린다. "박 생원, 품 하나 팔아 보오."

고을 좌수 대신 곤장(棍杖) 열 대만 맞으면 한 대에 석 냥씩 서른 냥에다 말 타고 갈 삯으로 닷 냥을 더 주겠다는 소리가 아닌가. 정신이 번쩍 든 흥부가 착 달라붙는다. "매품 팔러 가는 놈이 말 타고 갈 것 없고, 내 정강말로 다녀올 테이니 그 돈 닷 냥을 나를 내어 주제." 돈 닷 냥을 받아 들고 흥부가 희희낙락하여 읊는다. "얼씨구나 좋구나 돈 봐라 돈 돈 봐라 돈, 돈, 돈, 돈, 돈을 봐라 돈 …."

좋아하긴 일렀네. 흥부는 되는 일 없는 남자. 매를 맞으러 가니 사령이 나와 알린다. "박 생원 대신이라 하고 와서 곤장 열 대 맞고 돈 서른 냥 받아 가지고 벌써 갔소." 흥부가 기가 막혀 묻는다. "아이고, 그 놈이 어떻게 생겼던가?" "키가 9척이요, 기운이 좋습디다. 놀먄한 쉬염에 아조 매를 썩 잘 맞습디다." 낙담한 흥부가 집에 돌아가니 아내가 덩실덩실 춤을 춘다. "우리 낭군 살아 돌아왔다"며.

옆구리에
대한
궁금증

『흥보가』만 보고 "곤장, 그거 맞을 만했나 보네"하고 생각했다면 그 생각 고치기 바란다. 역사학자 심재우가 한국역사연구회 홈페이지에 기고한 「죄와 벌의 사회사-곤장에 대한 오해와 진실」에 이런 글이 보인다. "곤장을 잘못 맞았다가는 속된 말로 뼈도 추스르기 힘들었는데, 한말 선교사들이 남긴 견문기에서는 불과 몇 대에 피가 맺히고 십여 대에 살점이 떨어져 나가더라고 곤장을 맞던 죄인의 참상을 전하고 있다."

곤장은 모두 다섯 가지였다. 중곤(重棍), 대곤(大棍), 중곤(中棍), 소곤(小棍)과 치도곤(治盜棍). 치도곤은 포도청, 유수, 감사, 통제사, 병사, 수사, 토포사, 겸토포사, 변방의 수령, 변장(邊將) 등이 도적을 다스리거나 변정(邊政)·송정(松政)에 관계된 일에만 사용할 수 있었다. 길이는 약 173cm, 두께는 약 3cm, 너비는 약 16cm였다. 흥부가 매품 팔기에 성공했다면 치도곤을 맞았으리라.

흥부가 매를 맞아서라도 얻고자 했던 돈. 돈이 무엇이던가. 흥부가 아내에게 풀어놓나니. "이 사람아 이 돈 근본을 자네 아나? 잘난 사람도 못난 돈, 못난 사람도 잘난 돈, 맹상군의 수레바퀴처럼 둥글둥글 생긴 돈. 생살(生殺)지권을 가진 돈.

부귀공명(富貴功名)이 붙은 돈. 이놈의 돈아! 아나 돈아! 어디를 갔다 이제 오느냐." 하, 눈물이 난다!

이 눈물이 어찌 소리판의 해학에 머무르겠는가. 화장실에서 식사를 해결하고 아무도 보지 않는 구석진 곳에서 지친 몸을 달래는 극빈의 삶이 우리 주변에서 숨 쉬고 있다. 이토록 절박한 가난, 그러나 삶을 향한 굳은 의지는 볼기를 맞아서라도 식솔을 거두려는 흥부의 마음과 다를 바 없지 않은가. 절박한 약자들이 무릎 꿇어 선의를 호소하는 시대는 결코 정의로울 수 없다.

베네치아 해변의 나무기둥

1453년 봄. 오스만의 콘스탄티노플 공성전이 한창이었다. 오스만의 술탄 메메트 2세는 난공불락의 3중 성벽 앞에서 고전을 면치 못했다. 대포를 사용해 두들기고 또 두들겨도 천년의 도시 콘스탄티노플은 쉽게 무릎을 꿇지 않았다. 바다에서는 베네치아와 제노바 등 이탈리아의 함대가 콘스탄티노플을 지원하고 있었다. 4월 28일. 오스만 해군은 주목할 만한 승리를 거둔다. 베네치아 선장 자코모 코코를 그의 전함과 함께 가라앉혔다.

전투가 오래 교착되면 극단적인 선택이 필요하다고 판단하기 쉽다. 메메트 2세는 바다에서 헤엄쳐 나온 이탈리아 사나이 40여 명을 붙잡아 '말뚝형'에 처하라고 명령했다. 오스만에서 25년이나 장사를 했다는 제노바의 상인 자코포 데 캄피가 생생히 기록했다. "날카롭고 긴 막대기가 항문에 놓이고 집행자는 커다란 망치를 양손에 잡고 온 힘을 다해 그것을 친다. 그러면 팔로(palo)로 알려진 이 막대기는 사람의 몸속으로 들어가고, 그것이 어떤 경로로 들어갔느냐에 따라 불

행하게 오래 가기도 하고 즉사하기도 한다." (로저 크롤리, 『비잔
티움 제국 최후의 날』, 산처럼)

유럽의 작가들은 '야만적인 투르크 방식'이라고 비난했다. 하
지만 누가 누구를 욕할 수 있는가. 이보다 훨씬 전에 베네치
아 군은 사로잡은 오스만 포로들을 잔인하게 처형하지 않았
던가. 1416년 6월 1일의 일이다. 피에트로 로레단이 이끄는
베네치아 함대가 오스만 해군과 처음으로 교전한다. 오스만
군은 참패했고 수많은 포로들이 말뚝 형을 면치 못했다. 비
잔틴의 역사가 두카스는 "해안을 따라 포도송이가 넝쿨에 매
달리듯 시체들이 불길한 모습으로 말뚝들에 꽂혀 있었다"고
적었다. 1501년 투르크 해적 에리카를 생포한 베네치아 군은
에리카를 기다란 노에 올려놓고 구워버렸다. 총사령관 베네
데토 페사로는 도선사와 항해사, 노잡이도 한 명씩 말뚝에 꽂
아 죽였다고 기록했다. (로저 크롤리, 『부의 도시 베네치아』, 다른세상)

현대의 베네치아에 600년 전의 피 냄새는 남아 있지 않다. 도
시는 얼마나 아름다운가. 세계 곳곳에서 관광객이 몰려든다.
한때 지중해를 지배한 해상공화국, 그 위대한 역사는 바다에
서 썼지만 기록은 뭍에 남았다. 6세기 훈족에 쫓긴 로마인들
이 리알토 섬을 중심으로 지중해의 석호 위에 나무기둥을 박
아 베네치아를 세웠다고 한다. 저 아름다운 도시를 바닷물에
흠뻑 젖은 나무기둥들이 떠받친다. 기둥들은 바다까지 나아
가 뱃사람의 길이 되고 곤돌라의 쉼터가 된다. 산마르코 성당

을 나와 왼쪽으로, 오른쪽으로 광장을 바라보며 걸으면 일렁이는 파도를 등진 채 수상택시와 곤돌라가 기다린다.

오늘날 베네치아의 나무기둥들은 갑각류의 공격에 신음하고 있다. 갑각류의 유생들이 나사 모양으로 젖은 기둥 속으로 파고들어 구멍을 숭숭 뚫으면 단단한 나무가 해면조각처럼 푸석해진다. 저 아름다운 건물들이 언제 주저앉을지 알 수 없는 것이다. 이탈리아의 과학자들은 해수면 상승으로 걸핏하면 물에 잠기는 이 도시를 갑각류의 침략으로부터 구해내기 위해 사투를 벌이고 있다고 한다. 나그네는 운하를 빠져나올 때 말뚝에 꽂혀 신음하는 불행한 사나이들을 떠올리며 작별을 고했다. 저물녘, 서두르듯이.

카르멘

돈 호세는 바스크 지방의 나바라 출신 용기병(龍騎兵) 하사다. 세비야의 담배 공장에서 위병(衛兵) 근무 중, 집시 여자 카르멘을 보자마자 홀딱 반한다. 공장에서 칼부림을 해 동료를 상하게 한 카르멘을 체포해 호송해야 하는데, 그녀의 감언이설에 넘어가 놓아주고 만다. 당연히 대가를 치러야 했다. 진급되기 직전에 졸병으로 강등됐고, 한 달 동안 감옥신세를 진다. 두 사람의 불길한 인연은 그렇게 시작된다.

『카르멘』은 프로스페르 메리메가 1845년에 발표한 소설이다. 조르주 비제가 1875년에 같은 제목의 오페라로 각색했다. 카르멘이 부르는 아리아 「하바네라」는 오페라를 좋아하지 않는 사람도 기억할 만큼 유명하다. "사랑은 들에 사는 새, 아무도 길들일 수 없지… 사랑, 사랑, 사랑은 집시 아이, 제멋대로지. 당신이 싫다 해도 나는 좋아. 내가 당신을 사랑한다면, 그때는 조심해요! 당신이 잡았다고 생각한 새는 날개를 펼치고 날아가 버릴 테니."

카르멘은 얼마나 아름다웠던가. 박순만이 번역해 1975년에 초판을 낸 삼중당 문고판『카르멘』에 이렇게 나온다. "살결은 대단히 매끄러웠으나 구릿빛에 가까웠다. 눈은 사시(斜視)지만 눈꼬리가 유난히도 길었다. 입술은 다소 두툼하나 생김새가 반듯했고, 금방 벗겨 놓은 살구 씨보다도 더 흰 이를 보인다. …보헤미아 사람의 눈은 이리의 눈이라는 말이 있는데… 고양이가 참새를 노릴 때의 그런 눈…." 뛰어난 소설독자 김진영은 이렇게 썼다.

"카르멘은 무엇보다 '순종하지 않는 여자'이다. 이 순종하지 않음이 '자유'라면, 이 자유는 부르주아 여성과 매춘부를 나누는 이분법을 무효화시키는 카르멘의 특별함이다. 귀부인과 매춘부는 다 같이 '순종한다'라는 점에서 차이가 없다. 카르멘은 순종을 통한 자유를 원하지 않는다. (중략) 카르멘은 자유에의 열망이 사랑에의 열망보다 앞서는 것이라는 사실을 몸으로 증거한다."

카르멘은 이렇게 노래한다. "당신이 나를 죽이려는 걸 알아요. 그러나 카르멘은 굴복하지 않아요. 난 자유롭게 태어났고 자유롭게 죽을 거예요." 그리고 호세의 단검에 찔려 숨을 거둔다. 사랑을 살해하는 장면은 구슬프다. "나를 뚫어지게 바라보던 그 커다란 검은 눈이 아직도 선합니다. 그러다가 그 눈은 흐려지더니 감기고 말았습니다."

그런데 김진영이 보는 카르멘은 '죽음에 승리하는 여자'다. 카르멘을 통해 삶과 죽음은 자유의 수행 속에서 피할 수 없는 관계로 긍정된다는 것이다. "그것은 동시에 죽음에 대한 삶의 승리를, 죽음의 패배를 인증한다." 이러한 안목으로 보면 호세의 칼날에 내맡긴 카르멘의 뜨거운 심장이 곧 자유의 상징이 된다. 그러나 나는 메리메가 감탄을 섞어 써내려간 다음의 글귀에서 그녀의 약동하는 삶, 선명한 에너지를 본다.

"카르멘은 휙 돌아서면서 내 가슴팍을 주먹으로 후려갈겼습니다. 나는 일부러 벌렁 넘어졌습니다. 그 여자는 재빨리 내 몸을 뛰어넘더니 두 다리를 드러내고 달렸습니다. 바스크 여자들의 다리란 말도 있지만, 그 여자의 다리는 그에 못지않게 빠를 뿐 아니라 근사했습니다."

내 몸이 무덤에 닿기 전에

언젠가 다시 한 번
너를 만나러 가마.
언젠가 다시 한 번
내 몸이 무덤에 닿기 전에.

나는 언제나 너이고 싶었고
너의 고통이고 싶었지만
우리는 지나쳐온,
아직도 어느 갈피에선가
흔들리고 있을 아득한 그 거리들.
나는 언제나 너이고 싶었고
너의 고통이고 싶었지만
그러나 나는 다만 들이키고 들이키는 흉내를 내었을
뿐이다.
(중략)

언젠가 다시 한 번
너를 만나러 가마

언젠가 다시 한 번
내 몸이 무덤에 닿기 전에.

(이 세계의
어느 낯선 모퉁이에서
네가 나를 기다리고 있기에)

시인 최승자가 쓴 「언젠가 다시 한 번」이다. 그의 시집 『즐거운 일기』에 실렸다. 장석주는 『20세기 한국 문학의 탐험』에서 여러 필자를 인용해 최승자의 시를 정리하였다. 그것은 '사랑받지 못한 사람의 고통스러운 신음'(김현), '근원 상실을 생래적 조건으로 받아들이고'(정과리) 있으며 '세계로부터 자신을 유폐시키는 부정성의 언어를 밀고 나감으로써 그러한 세계의 오염을 견뎌 내려는 고독한 자의식에 붙들려'(이광호) 있다.

최승자는 『즐거운 일기』 말고도 시집을 여럿 냈다. 그러나 그의 시 정신을 선명히 드러낸다는 점에서 1984년 12월에 나온 이 시집을 넘어설 것이 없다. 최승자가 꼭꼭 눌러 쓴 '거리'는 사금파리가 되어 오랫동안 잊거나 지우기 위해 노력한 기억의 편린을 끄집어내고 상처를 벌려 선명한 고통을 되새기게 한다. 이 고통은 비명조차 지르기 어려울 만큼 핍진하다. 그래서 김영태가 김수영을 추모할 때의, 너무나 감미로워 슬픔조차 우아한 경지와는 완전히 다른 세계를 구현한다.

「김수영을 추모하는 저녁 미사곡」에서 김영태는 달콤하게
노래한다. '무덤은 멀다 노을 아래로 노을을 머리에 이고 타
박타박 낙타처럼 걸어간다'고 했을 때 '타박타박'은 왈츠의
스텝 같아서 읽는 사람의 머릿속에 사막을 떠오르게 하지 않
는다. '내가 그대에게 줄 것은 식지 않은 사랑뿐이라고 걸으
면서 가만히 내 반쪽 심장에 끓이는 더운 물뿐이라고' 이런
구절은 여간 비위가 좋거나 자기 확신이 강하지 않다면 쓰기
어렵다.

그 거리가 어땠든, 최승자도 김영태도 타박타박 두 발로, 두
다리로 걸어가야 한다. 최승자는 산 이를 향하여 죽은 이의
걸음으로, 김영태는 죽은 이를 향하여 산 이의 걸음으로 간
다. 최승자는 너에게, 김영태는 그대에게. 최승자의 너는 가
깝지만 세계의 낯선 모퉁이만큼이나 멀리 있고, 김영태의 그
대는 제일(祭日)에 찾아가는 산기슭이지만 심장의 감각으로
는 커피숍처럼 가깝다. 그 길에 무엇이 가로놓였을지 어찌
알랴. 시만 읽고 사람의 영혼을 어찌 더듬을 수 있으랴. 또한
거리란 마음의 지각인 것을.

나는 10년도 더 지난 어느 여름날* 새벽에 아지오스 안드레
아스에서 티라를 향해 가야 할 첫 차를 놓치고 망연자실한 적
이 있다. 나를 태우기로 한 자동차 운전자가 약속을 지키지
않은 것이다. 나는 분노했으나 곧 마음을 가라앉혔다. 막막한

---

* 2004년 8월 21일.

가운데 옛 가르침이 떠올랐기 때문이다. 'Travel과 Trouble 은 한 할아버지 슬하에서 자란 아이들 같으니 나그네의 숙명 이로다.' 그 숙명은 곧 거리의 숙명이기도 하다. 아지오스 안 드레아스는 아테네에서 차로 한 시간 떨어진 에게 해의 바닷 가이며 티라는 섬으로서 다른 이름은 산토리니이다.

영양羚羊과 우주의 지평선

영양(羚羊)은 풀이나 새순을 뜯어먹고 사는 소과의 동물이다. 반추(反芻) 동물로서 생김새는 염소 또는 사슴과 비슷하고 구대륙에 분포한다. 소·양·산양 등은 영양의 무리에 포함하지 않는다. 영양은 아프리카의 야생을 소개하는 텔레비전 다큐멘터리에 자주 등장한다. 주로 사자나 하이에나, 악어 같은 육식동물의 먹잇감 역할이다.

영양은 아주 오래전부터 인간의 시야에 들어왔나 보다. 텔레비전의 브라운관에 앞서 성경에 보인다. 예언자 이사야는 예루살렘에 닥쳐올 심판을 경고하면서 기진맥진한 상태로 그물에 걸린 영양을 예루살렘 주민에 비유한다. "너의 자녀들은 주님의 진노와 책망을 하도 많이 받아서, 그물에 걸려 있는 영양처럼 거리 모퉁이 모퉁이마다 쓰러져 있다."

그러나 한없이 약한 영양도 사람보다는 강하다. 영양의 새끼는 태어나자마자 일어서며 곧 걷고 달릴 수가 있다. 대부분 초원에서 어미의 태를 열고 나오는 놈들이기에 약한 몸을 숨길 곳이 없다. 그러니 맹수들로부터 살아남으려면 빨리 다리에 힘을 주고 달릴 수 있어야 한다. 태어나서 눈도 뜨지 못하는 인간에 비하면 얼마나 강한 놈들인가.

인간은 목을 가누고 몸을 뒤집고 기어 다니다 기어이 일어서는데, 돌은 되어야 비로소 걷는다. 겨우 두 다리로 선 아이는 달 표면에 내려선 우주인들처럼 부자연스럽게 뒤뚱거린다. 달 표면을 걷는 인간은 막 태를 열고 나와 대지를 딛고 일어서려 애쓰는 영양을 닮았다. 달에 토끼가 살고 토끼를 먹이로 삼는 맹수가 없었기에 망정이지 큰일 날 뻔했다.

그러나 그 다리에 힘이 고이고 마침내 제 마음대로 걷거나 달리게 되었을 때 인간은 이미 지상의 동물이 아니다. 그는 우주의 지평선을 바라보겠기 때문이다. 베네치아 청년 마르코 폴로는 세상의 끝을 짚고 돌아온 사나이다. 이븐 바투타는 아프리카에서 중동과 인도를 거쳐 중국을 다녀왔다. 헤로도토스에게 여행은 곧 역사가 아니었는가.

바퀴와 돛, 로켓의 불꽃은 인간의 신체인 다리를 대신한다. 곧 인간 신체의 확장이다. 신체의 확장은 의식의 확장으로 직결된다. 길 위에 선 자는 그 자체로서 곧 미디어가 된다. 조개와 지팡이를 지니고 다니는 나그네의 수호자 성 야고보는 복음의 미디어가 아닌가. 전령신 헤르메스가 또한 여행자의 수호신임은 어떤 의미인가.

아아, 그러니 인간의 두 다리는 먼 곳에의 그리움을 숙명으로 새기고 나왔으되 그리움이란 곧 꿈을 말함이라. 꿈에서 미래가 생겨나느니 닐 암스트롱이 비틀거리며 바라본 것이 죽은 별의 먼지뿐이었겠는가. 그는 우주의 지평선을 보았고, 그것이 곧 미래임을 알았기에 외쳤으리라. "한 인간의 작은 걸음, 인류의 거대한 도약(That's one small step for a man, one giant leap for mankind)."

시월도 저물어간다. 계절이 지나가는 하늘에 가을이 가득 찼다(윤동주). 곧 '잊혀진 계절'을 노래해야 하리라. 시간이 이토록 빠름은 우리가 우주 속에서 산다는 증거다. 당신은 어디를 걷고 있는가. 당신이 어느 곳을 걷고 있든 누구와 함께이든 당신이 걷는 그 길이 우주의 지평선이며 시간의 화살 위이며 당신의 꿈이다. 그렇다, 그토록 그리운 우주의 저편이다.

석정 시인의 마지막 원

전라북도 부안군 부안읍 선은리 560번지에 석정(夕汀)문학관
이 있다. 시인 신석정 선생의 인품과 시정신을 길이 전하고
자 지은 곳이다. 2008년에 착공해 2011년 2월에 완공하였
다. 건물은 단아하고 전시물들은 시인의 체취를 담아 정겹고
도 간결하다. 시인이 남긴 시집과 수필집, 묵필 작품과 육필
원고, 산수화 작품 등을 간수하고 있다. 석정 선생이 생전에
머무르며 옥고를 써내려간 서실도 복원해 놓았다.

선생의 본명은 신석정(辛錫正)이다. 1907년 7월 7일에 부안에
서 태어났다. 동국대학교의 전신인 불교전문강원에서 수학
했고, 1931년 『시문학』에 시 「선물」을 발표해 등단하였다.
선생은 '반속적(反俗的)이며 자연성을 고조한 동양적 낭만주
의에 입각한 시를 썼다'는 평가를 받는다. (한국현대문학대사전)
「그 먼 나라를 알으십니까」나 「아직 촛불을 켤 때가 아닙니
다」와 같은 작품은 우리말의 아름다움에 실린 정서가 웅숭
깊다.

선생의 시편들은 시를 사랑하는 사람들의 가슴에 영원히 남

으리라. 이토록 지극한 아름다움은 또한 찬란한 오해를 불러 선생을 '목가시인'의 좁은 틀에 가두는 결과를 낳았다. '뜻이 높은 산과 흐르는 물에 있다(志在高山流水)'는 선생의 좌우명 또한 이미지를 가두었다. 그러나 엄혹한 일제강점기를 꼿꼿하게 걸어간 결기와 지성을 간과하고서는 선생의 생애와 문학을 온전히 이해하는 도리가 아니다.

최호진이 2012년 『용봉인문논총』에 발표한 논문 「신석정 시집 미수록 시의 시정신」은 그런 점에서 눈길을 사로잡는다. 그는 논문에서 '목가적'이라는 평가가 시인의 현실의식을 가리는 역할을 해왔다고 지적한다. 또한 선생을 치열하게 역사와 민중을 노래한 현실 참여 시인으로 평가할 근거를 미수록 시들에서 찾아내 재평가를 요구한다. 굳이 미수록 시를 찾지 않아도 선생의 드레진 성품을 보여주는 시편은 적지 않다. 1939년에 『문장』에 발표한 「들길에 서서」를 보자. 자연에 대한 애정과 신뢰를 넘어 불의를 용납하지 않는 올곧은 정신세계를 담아 내지 않았는가.

> " …두 다리는 비록 연약하지만 젊은 산맥으로 삼고/부절히 움직인다는 둥근 지구를 밟았거니//푸른 산처럼 든든하게 지구를 디디고 사는 것은 얼마나 기쁜 일이냐// 뼈에 저리도록 '생활'은 슬퍼도 좋다 ….."

석정문학관에 있는 서실에서는 선생의 조상이 서안(書案) 앞에 다리를 꼬고 앉아 있다. 그 자세는 선비의 모습 그대로지만 나에게는 언제나 수수께끼다. 선생은 돌아가시기 전에 '내 마지막 원이니 의자에 한 번만 앉게 해 달라'고 하였다. 문학관에 이 글귀가 걸려 있다. 좌식 서실을 사용한 선생은 왜 위중한 몸으로 의자에 앉기를 원했을까. 이 또한 죽음에 맞선 대시인의 저항이던가.

의자에 앉음은 지성에 있어 직립의 또 다른 형태임에 틀림없다. 영혼의 바로 섬, 푸른 산처럼 든든하게 지구를 디디고 사는 일. 이 직립 위에서 인간의 정신은 세상을 주유하고 우주를 유영하며 세상 밑바닥까지 유람한다. 석정 선생의 마지막 원이 단지 의자에 앉아 허리를 펴고자 함에 그쳤으랴. 새로운 우주를 향한 여행의 시작을 준비하고 또한 알리는 선언이었으리라고 감히 상상한다.

헤파이스토스의 장애

제우스의 아내 헤라가 아들을 낳았다. 헤라는 쌀쌀맞기도 하지. 아기가 작고 못생긴데다 시끄럽게 운다며 올림포스 꼭대기에서 아래로 던져버렸다. 제우스가 헤라와 다투다 아이가 엄마 편을 들자 화가 나서 던져 버렸다는 이야기도 있다. 아기는 하루 종일 추락하여 바다에 떨어졌다. 이 일로 해서 성장한 뒤에도 다리를 절었다. 바다의 여신 테티스와 에우리노메가 그를 거두어 길렀다.

다 자란 헤파이스토스는 대장장이신이 된다. 신들의 궁전, 장신구, 무기와 갑옷을 도맡아 제작했다. 제우스의 번개, 포세이돈의 삼지창, 아테나의 방패 아이기스, 아폴론의 활과 아르테미스의 화살 등이 모두 헤파이스토스의 제품이다. 아기일 때 구해준 테티스가 펠레우스와 결혼해 아들 아킬레우스를 낳자 그가 입을 갑옷도 만들어 주었다.

헤파이스토스는 '영혼'이 없는 예술가였을지도 모른다. 제우스가 시키는 대로 못된 물건도 많이 만들었다. 제우스는 불을 훔친 프로메테우스와 인간을 벌주려 최초의 여성 판도라를 만들기로 결심하고 그 일을 헤파이스토스에게 맡겼다. 프로메테우스를 카우카소스 산에 묶어 독수리로 하여금 간을 쪼아 먹게 할 때, 그를 묶은 사슬도 헤파이스토스가 만들었다. 헤파이스토스가 이때 생각을 잘했다면 인간 세상이 지금보다는 많이 편했으리라.

재벌 2세라도 꼭 미남미녀라는 법은 없고, 제아무리 신이라도 잘나고 예쁠 수만은 없거늘 헤파이스토스는 도대체 얼마나 못생겼기에 평생(신은 죽지 않으니 적당하지 않은 표현이지만) 수모를 당해야 했을까. 신들 중에 최고로 예쁜 아프로디테와 결혼하는 대박을 터뜨리기도 했지만 해피엔딩은 아니었다. 아프로디테는 결국 얼굴값을 하는데, 전쟁의 신 아레스와 바람을 핀다. 헤파이스토스는 보이지 않는 그물을 만들어 간통 현장에서 아내와 아레스를 포박한 다음 올림포스의 구경거리로 만들어 응징했다.

다리를 저는 신, 즉 '장애신'은 인간적인 신을 상상한 그리스 문화의 특징을 보여준다. 헤파이스토스의 장애는 자연스럽게 신화의 맥락에 녹아들어 조금도 특별하게 보이지 않는다. '무슨 신이 다리를 절어?'와 같은 생각은 신이 아니라 현대를 살아가는 한국인의 의문이다. 한국인에게 신은 전지전능하여 인간의 터럭 한 올까지 헤아린다. 부처는 태어나자마자 사방으로 걸어 다니며 '천상천하 유아독존'을 외쳤다.

기독교에서도 저주와 죄의 상징이던 질병과 장애는 예수를 통해 극적으로 신분세탁을 한다. 예수가 태어날 때부터 앞을

보지 못하는 사람을 만나니 제자들이 묻는다. "저 사람이 소
경으로 태어난 것은 자기 죄입니까? 그 부모의 죄입니까?"
예수가 말하되 누구의 죄도 아니며 "다만 저 사람에게서 하
느님의 놀라운 일을 드러내기 위한 것"이라고 했다. 즉, 장애
는 신이 특별히 선택한 결과인 것이다.

장애가 개성으로, 나아가 특별한 재능으로 가치를 전환하는
데서 휴머니즘이 싹튼다. 이제 장애는 배려의 대상일 뿐 동
정 받지 않는다. 장애를 혐오하거나 동정하는 사회는 몰지성
하며, 선진국을 만들 수 없다. 그런 면에서 우리는 선진국의
문턱을 더듬고 있다. 두 가지 현상에서 그러함을 본다. 장애
인 자녀를 둔 부모의 무릎까지 꿇게 만든 한 지자체의 지난
한 특수학교 건립 과정, 그리고 석 달 앞으로 다가온 패럴림
픽(장애인 올림픽)에 대한 무관심.

평창에서 열리는 올림픽의 정식 명칭은 '2018 평창 동계올
림픽 및 패럴림픽 대회'다. 동계올림픽은 2018년 2월 9일에
개막한다. 패럴림픽은 2018년 3월 18일에 막을 내린다. 두
대회를 잇달아 여는 것이 아니다. 패럴림픽의 불꽃이 꺼져야
비로소 평창에서 열리는 눈과 얼음의 잔치는 막을 내린다.
그런데 지난달* 말 패럴림픽 입장권이 얼마나 팔렸나 살피
니 실로 참담하다. 22만장 중 겨우 9,199장이 팔려 판매율이
4%에 머물렀다.

---

* 2017년 10월.

나는 걷는다

쉬는 날은 대부분 걷기에 바친다. 물 한 통과 필름카메라를 넣은 가방을 메고 집에서 가까운 인왕산이나 북악산의 자락길을 걷는다. 가끔은 봉우리에도 올라간다. 천천히 사진도 찍는다. 스마트폰에 걸음수를 헤아리는 앱이 있다. 걷는 날에는 2만 보를 넘나든다.

인간은 걷는 동물이다. 호미니드 시절부터 아프리카 올두바이의 협곡을 걸었을 것이다. 예수도 그의 제자들도 걸었다. 제자들은 예수가 세상을 떠난 뒤에도 걸었다. 독일 로텐부르크의 성 야고보 교회 앞에는 지팡이를 짚은 사도의 조각이 서 있다. 그가 잠든 스페인 산티아고의 성당으로 가는 길이 순례자의 길이 된 것은 섭리이리라. 아무튼 인간은 걷는다. 베토벤도 괴테도 엄청나게 걸었다.

베르나르 올리비에도 걸었다. 그는 『파리 마치』, 『르피가로』 등 이름난 매체에서 기자로 일했다. 그 세월이 30년을 훌쩍 넘었고, 나이는 환갑을 지났다. 일을 그만 해야 했다. 아내가 죽었으며 자식들은 모두 출가했고 마침내 그는 고독해졌다.

삶은 위태로웠다. 그때 걷기 시작했다. 1997년, 올리비에는 배낭을 둘러메고 산티아고 데 콤포스델라를 향해 출발했다. 2325㎞나 되는 길이었다. 이 여행이 그를 행복하게 했다.

그는 더 오래, 더 멀리 걷고 싶어졌다. 이스탄불에서 시안(西安)에 이르는 실크로드. 1년에 3개월씩, 네 번에 걸쳐 1만 2000㎞를 걸었다. 그리고 매일 공책에 기록을 한 다음 파리로 가져가 정리했다. 그렇게 해서 나온 책이 『나는 걷는다』이다. 2003년 12월에 1권이 번역돼 나왔다. 올리비에는 '온몸과 생각으로 세상을 흡수하며 전진하는 기쁨'을 누렸다고 한다. 인간의 걸음은 자유를 뜻하며 그 자체로서 철학하는 행위다.

다닐로 자넹은 그의 책 『나는 걷는다, 고로 존재한다』에 이렇게 썼다. "의식적 걷기는 나 자신과 세상을 탐험하는 행위다. 따라서 의식적 걷기를 하려면 자기 자신에게 열려 있어야 한다. 힘을 빼고 모든 가능성을 받아들일 수 있어야 한다. 자신의 두 발, 호흡, 신체의 움직임은 물론이고 외부의 소리, 공간, 주변에 주의를 기울일 때 비로소 나 자신과 세계를 온전히 체험하게 된다."

달리든 걷든, 이 모든 일은 다리가 한다. 물론 우리는 몸의 한곳만 외톨이 운동을 해서는 움직일 수 없다는 사실을 안다. 오래 걸으면 왜 허리며 등이며 어깨가 아프겠는가. 하지만 모든 인생은 드라마이며 주연과 조연이 엄연하니 걷고 달리기의 주연은 두 다리가 틀림없다. 다리를 주제어로 쓴 멋진 책이 있다. 배근아와 신광철이 2015년에 낸 『두 다리는 두 명의 의사다』. 기가 막힌 문장(번역투로 범벅이 되어 있지만)이 쉴 새 없이 등장한다. 특히 이 부분.

"체중이란 무게를 두 다리가 짊어진 것에서 두 손의 자유가 시작되었다. 인간이 가진 두 손의 자유가 인간을 위대하게 만든 자유의 출발이지만 두 손의 자유는 두 다리가 온몸의 하중을 짊어짐으로써 가능했다. 자유의 헌납 없이 진정한 자유는 존재할 수 없다. 두 손을 위하여 자유를 헌납한 두 다리는 진정 위대하다."

주말이다. 당신도 걷지 않겠는가. 날씨가 쌀쌀해졌지만 걸으면 곧 몸이 달아오르고 땀이 날 것이다.

캘리포니아 드리밍

1990년 12월의 어느 날. 나는 대구 동성로에서 밤을 맞고 있었다. 경북도청 옆에 있는 체육관에서 농구경기를 취재한 날이었다. 내가 표를 구한 열차는 밤늦게 동대구역에 도착할 예정이었다. 크리스마스가 멀지 않았고, 바람이 불어 더 추웠다. 동성로에 가서 돈가스를 사 먹었다. 눈앞에서 젊은 한 쌍이 맥주와 안주는 거들떠보지도 않고 엉겨 붙어 있었다. 저녁을 먹은 뒤에도 시간이 많이 남았다. 나는 영화를 보기로 했다.

만경관에서 〈사랑과 영혼〉을 상영했다. 표가 없었다. 난감했다. 그러나 곧 만경관 맞은편에 있는 극장을 발견했다. 객석은 앞뒤로 길었고 두 줄로 난로를 피운 허름한 곳이었다. 자리를 찾아 앉았을 때 막 영화가 시작되었다. 이렇게 해서 나는 장국영과 장만옥, 유덕화, 유가령이 나오는 〈아비정전〉을 보았다. 매혹적이지만 허무로 가득한 스크린, 한 번 들으면 결코 잊기 어려운 대사와 내레이션에 사로잡혔다.

"세상에 발 없는 새가 있다더군. 늘 날아다니다가 지치면 바람 속에서 쉰대. 평생 딱 한 번 땅에 내려앉는데 그건 바로 죽을 때지"

이 무렵 〈아비정전〉은 '홍콩액션물'로 소개되었다. 관객들이 "이게 무슨 액션영화냐"며 환불을 요구하는 소동도 있었다고 한다. 지금 이 영화를 액션물로 아는 관객은 없을 것이다. 왕가위 감독은 〈아비정전〉으로 우리 기억에 선명한 이름을 새겼고, 〈중경삼림〉을 찍어 결코 지워지지 않게 했다. 홍콩 반환을 앞둔 시절의 영상은 세기말적 분위기로 충만했고 내레이션은 변함없이 촉촉했다.

"1994년 5월 1일. 한 여인이 생일을 축하해 주었다. 난 그녀를 잊지 못할 것이다. 기억이 통조림에 들어 있다면 유통기한이 영영 끝나지 않기를. 만일 기한을 꼭 적어야 한다면 만 년 후로 적어야겠다."

〈중경삼림〉에서는 두 이야기가 교차한다. 첫 이야기에 금성무가 경찰로, 절세미녀 임청하가 마약밀매상으로 나온다. 위에 적은 내레이션은 금성무가 한다. 두 번째 이야기는 양조위와 왕정문이 끌고 간다. 여기서 주제선율처럼 흐르는 음악이 '캘리포니아 드리밍'이다. '캘리포니아 드리밍'은 마마스 앤드 파파스가 1965년에 내놓아 히트한 곡이다. 가사는 이렇다.

"잎은 바랬고 하늘은 온통 잿빛이던 겨울날 길을 걸었네. LA에 있었다면 따뜻하게 잘 있었을 텐데. 이 겨울에 캘리포니아를 꿈꾸네. 길을 헤매다 들른 교회에서 나는 무릎을 꿇고 기도하는 척했네."

캘리포니아는 희망의 땅, 새로운 사랑이 싹을 틔우는 곳을 상징한다. 양조위는 여객기 승무원으로 일하는 여자 친구와 헤어진 뒤 상처를 안고 살아간다. 왕정문은 그의 집을 몰래 청소하며 천천히 그의 상처를 치유해 나간다. 양조위가 새 사랑을 할 준비가 끝났을 때, 그리하여 첫 데이트 약속을 한 캘리포니아 레스토랑에 왕정문은 나타나지 않는다. 그녀는 준비가 되지 않았을까.

무릎은 마음의 준비 없이 꿇을 수 없다. 오래 사귄 애인에게 마침내 청혼을 할 때, 절대자 앞에서 복종을 맹세할 때 우리는 무릎을 꿇는다. 그러니 무릎 꿇음은 가슴을 열어 보이는 일이다. 누군가 강제로 무릎 꿇리려 할 때 우리는 분노한다. 누군가를 사랑하는 일 역시 완전한 희생과 받아들임을 전제로 하기에, 무릎 꿇지 않고는 이루지 못할 일이다.

오체투지 삼보일배

불교 신자가 삼보(三寶)께 올리는 큰절을 오체투지(五體投地)라고 한다. 삼보란 불보(佛寶)·법보(法寶)·승보(僧寶)이니 불보는 불타(佛陀)요 법보는 불타의 교법(敎法)이며 승보는 교법대로 수행하는 사람이다. 쉽게 말해 부처와 불경, 승려다.

사진예술가 장영식은 가로되 "오체투지는 마음은 하늘을 품되 몸은 가장 낮은 곳으로 향하는 절박한 기도이며 실천의 표현"이라 하였다. 또한 동국대 교수 김선근은 "자신을 낮추는 하심(下心)과 삼보에게 존경심을 표하는 최고의 공경법"이라 일컬었다.

그러므로 오체투지는 자신을 무한히 낮추어 불·법·승 삼보에게 극진히 존경을 표하는 방법이다. 중생이 빠지기 쉬운 교만을 떨치고 어리석음을 참회하는 뜻이 담겼다. 인간은 업보적 존재라, 매일 업(業)을 짓고 그 업의 보(報)와 과(果)를 받으면서 살아가느니.

또한 오체투지는 티베트 불가의 수행법으로 밀법의 수승하고 신비한 에너지를 성취시키는 수단으로 심신의 이완과 치유, 선의 경지를 체험하게 한다. 매일 아침 30분씩 오체투지를 하면 정신이 집중되고 영감으로 충만해 몸과 세상이 달라진다고 한다.

오체투지는 우리에게 즉각 삼보일배를 떠올리게 만든다. 삼보일배는 세 걸음 걷고 한 번 절하는 행위를 반복하는 불교의 수행법이다. 여기 여러 뜻이 깃들었으니 삼보에 귀의함과 아울러 탐·진·치(貪·瞋·癡)의 삼독(三毒), 즉 탐욕과 노여움과 어리석음을 끊고자 함이다.

즉 1보에 불, 2보에 법, 3보에 승에 귀의한다는 뜻을 담았다. 1보에 이기심과 탐욕을, 2보에 속세에 더럽혀진 진심을, 3보에 치심을 멸한다는 뜻도 있다. 삼보일배의 수행은 업을 뉘우치고 깨달음을 얻어 뭇 생명을 돕겠다는 서원을 대신한다.

오체투지할 때는 두 무릎과 팔꿈치, 이마 등 다섯 부분이 바닥에 닿는다. 이때 무릎이 가장 먼저 땅에 닿는다. 합장한 자세로 무릎을 꿇고 합장을 풀어 오른손으로 땅을 짚은 후 왼손과 이마를 땅에 댄다. 그리고 손을 뒤집어 손바닥으로 부처를 받드는 동작을 한다.

그런데 이 땅의 역사 속에 오체투지와 삼보일배는 절대악이나 성벽과 같은 인습, 권력의 부당함, 기득권의 폭력에 맞서는 가장 거룩하고도 평화로운 무기가 되었다. 야만에 맞선 인간의 가장 숭고한 행위. 야만에 굴복함이 아니라 극진한 진심으로써 스스로 거룩해지는 일!

불교 수행법으로만 알려진 삼보일배는 2003년 세간에 널리 알려지게 되었다. 이 해 3월 28일부터 65일 동안 새만금간척 지사업으로 인한 환경 훼손과 생명 파괴를 막기 위해 불교·천주교·원불교 등 종교계가 합동으로 삼보일배 수행을 하였다.

2015년 5월 7일에는 쌍용차, 기륭전자, 스타케미칼, 콜트콜텍 정리해고 노동자들이 싸늘한 대지 위를 힘겹게 나아간다. 오체투지 삼보일배 …. 장영식은 그들에게서 "모진 세월을 살아가는 노동자와 민중의 역동적이면서도 가장 처절한 절규"를 보았다.

청와대로 향하던 오체투지단의 삼보일배 행진은 경찰에 가로막혔다. 걸어서는 갈 수 있지만 오체투지 삼보일배로는 못 간다고 했다. 이 처절한 평화의 행진이 왜 그들을 그토록 두렵게 했는지, 그 이듬해 광장을 밝힌 촛불을 보고 알았다.

이소룡의 추리닝

내가 이소룡(李小龍)이 나온 영화 〈정무문〉을 보았을 때는 1973년 여름이었다. 그 다음부터 나는 친구들과 이소룡 얘기만 하면서 해를 넘겼다. 영화의 마지막 장면, 그러니까 훌쩍 날아오른 진진(이소룡의 영화 속 캐릭터)의 정지화면 위로 총성이 자욱하게 번져가던 장면을 수없이 떠올리며 형언할 수 없는 분노와 비장한 감정에 사로잡히곤 했다. '아, 사나이는 저렇게 죽는 거구나.'

서울의 피카디리 극장에서 〈정무문〉을 본 초등학생에게 이소룡은 꿈이 되었다. 〈당산대형〉, 〈맹룡과강〉, 〈용쟁호투〉, 〈사망유희〉 등 이소룡이 나온 영화는 다 보았다. 이소룡의 '최종병기'인 쌍절곤을 익히느라 온몸이 늘 멍투성이였다. 우리 세대 누구도 이소룡의 영향에서 벗어나지 못했다. 여기저기서 시도 때도 없이 이소룡의 그 '아비요~!' 하는 괴성이 터졌다. 이소룡의 갑작스러운 죽음이 준 충격은 작지 않았다.

〈정무문〉을 본 지 얼마 지나지 않았을 때, 나는 어머니를 졸라 동네 체육사에 갔다. 아령, 줄넘기, 축구공이나 야구방망

이를 파는 그곳에서는 체육복을 맞추기도 했다. 나는 이소룡이 입었던 것과 같은 '추리닝'을 맞추고 싶었다. 노란 바탕에 검은 줄이 들어간. 하지만 일주일쯤 지났을 때 나는 초록색 바탕에 노란 줄이 들어간 추리닝을 입고 있었다.

가을에 맞춘 추리닝을 겨울에도 봄에도, 여름이 시작되기 전까지 입었다. 나는 아주 어릴 때부터 줄이 세 개 들어간 A운동화를 구해 신었다. 추리닝을 입고 그 운동화를 신으면 잘 어울렸다. 한창 자라던 나이. 추리닝의 바짓단은 땅에 끌리는 듯하더니 이내 9부, 8부로 줄어들었다. 그러면서 무릎이 튀어나오고, 그곳이 반들거리기 시작했다. 곧 구멍이 났다.

어머니는 튀어나오고 늘어지고 반들거리며 구멍이 난 그곳에 다른 옷감을 대 기워 주셨다. 잠바 팔꿈치, 바지의 무릎을 덧대 깁는 어머니의 솜씨는 양장점 주인 못잖았다. 그러나 나는 무릎을 기운 그 추리닝을 입고 밖에 나가지 않았다. 다른 옷은 몰라도 이소룡 흉내를 내려고 맞춰 입은 추리닝의 무릎을 기워 입고 돌아다닐 수는 없었다. 결코 가난한 집은 아니었는데, 어머니는 내가 새 추리닝을 사달라고 졸라도 들어주시지 않았다.

한때 팔꿈치를 기운 캐주얼 재킷이 유행했다. 주로 코르덴을 옷감으로 사용해서 공장에서 낼 때부터 팔꿈치 부분에 섀미나 인조가죽을 덧댄 것이다. 어떤 재킷은 숄더백 끈을 걸치는 어깨 부분에도 섀미를 덧댔다. 청바지나 색이 들어간 면

바지에 체크무늬 셔츠를 받쳐 입고 재킷을 걸치면 1980년대의 대학 캠퍼스나 그 주변 풍경과 잘 어울렸다. 그래도 무릎을 덧댄 바지는 보지 못했다.

튀어나온 무릎, 그래서 덧댄 옷가지들은 과거의 한 세대가 어쩔 수 없이 감당해야 했던 가난과 곤궁을 상징한다. 가난하든 그렇지 않든 기운 옷을 입어보지 않은 내 또래는 없을 것이다. 나는 아이 둘을 키우는 동안 무릎 기운 옷을 입히지 않았다. 해마다 구호단체에 보내는 옷가지 중 어디를 깁거나 덧댄 옷은 없다. 분명 풍요의 시대다. 그러나 무릎을 깁는 어머니의 섬세한 손길, 그 사랑과 아련한 그리움이 언제나 가슴 속에 남아 있다.

회초리

김홍도가 그린 〈서당〉에는 동심이 가득하다. 그리고 따뜻하다. 미소를 머금은 훈장과 글공부하는 아이들. 이 그림을 볼때마다 궁금하다. 주인공은 필시 서안(書案) 앞에 앉아 우는학동이것다. 이 아이는 회초리를 맞고 아파 우는가, 아니면맞기 전에 두려워서 우는가. 억울해 우는가, 슬퍼 우는가.

회초리를 맞은 뒤라면 바지를 내려 대님을 매는 참이요, 맞기 전이라면 바짓단을 걷어 종아리를 드러내기 위해 대님을푸는 참이다. 훈장도 학동들도 모두 웃고 있으니 매가 험하지는 않았으리. 그러나 맞은 아이의 수모감은 계량할 수 없을 터이니 등장인물들의 얼굴만으로 판단할 일은 아니다.

옛 어른들은 왜 어린이의 종아리를 쳤을까. 때려서 가르친다는 풍속은 어디에서 시작되었을까. '꽃으로도 때리지 말라'는 아름다운 경구가 유행하지만 지금도 어딘가에서 어른이아이를 때리고 있을지 모른다. 나도 아들 종아리에 회초리를댄 적이 있다. 이란에 사는 촌로(村老)도 아이들은 때려서 가르쳐야 한다고 굳게 믿었다.

이란의 영화감독 압바스 키아로스타미가 만든 영화 〈내 친구의 집은 어디인가(Khane-ye doust kodjast · 1987)〉의 한 장면. 주인공 아마드는 할아버지가 담배 심부름을 시키자 머뭇거리며 다른 일을 먼저 해야 한다고 대답한다. 숙제를 안 해 선생에게 혼이 난 친구 네마자데의 공책이 가방에 딸려 들어와 돌려줄 생각에 마음이 급하다. 할아버지는 개탄한다.

“나는 저 애가 장래에 훌륭한 사람이 되도록 잘 교육받았으면 해. 내가 어릴 때 내 아버지는 나에게 일주일에 일 센트씩 용돈을 주셨어. 그리고 이틀에 한 번꼴로 나를 때리셨어. 때때로 잊은 척 돈을 주지 않으셨지만 나를 강한 남자로 만들기 위해 매질을 잊으신 적은 없어.”

아마드가 나중에라도 종아리를 맞았을 것 같지는 않다. 종아리에 회초리를 대는 풍습은 어디에서 왔을까. 명예를 중시하는 북방계 기마 민족의 특징이라는 주장이 있다. 기마문화는 ‘바지의 문화’다. 우리 여성들이 치마 안에 바지를 입음은 바지 문화의 흔적이다. 종아리를 맞으면 흔적이 남는다. 그러나 바지가 가려 남들은 모른다.

아마드의 할아버지는 “손자에게 담배 사오라는 말을 세 번이나 했지만 그 아이는 주의 깊게 듣지 않았기 때문에 ‘교육’이 필요하다”고 보았다. 심지어 자식들의 ‘완전한 복종’을 위해 적당한 구실을 만들어서라도 때려야 한다고 주장한다.

"기술자를 따라가 길 닦는 일을 하는데 나는 6000토반을 받고 함께 일한 두 사람은 1만2000토반을 받았다. 기술자에게 이유를 묻자 그는 '당신은 두 번씩 말해야 알아듣지만 함께 일한 둘은 한 번에 알아들었다'고 했다." 할아버지는 손자가 같은 일을 당하지 않도록 가르치고 싶은 것이다.

자녀에게 매를 드는 가정은 요즘 흔하지 않다. 때려서 가르칠 수 있는 것은 없다. 나도 시간을 돌이킬 수 있다면 아들의 종아리를 절대로 때리지 않을 것이다. 그때 나는 아들에게 나가서 회초리를 구해 오라고 했다. 아들은 불평했다. "때리는 사람은 아빠인데 왜 맞는 내가 회초리를 구하는가." 당신은 어떻게 생각하는가.

마사이의 춤

마사이족(Maasai)은 동아프리카의 유목 부족이다. 나일로트
계의 흑인종으로 고수머리에 용모가 단정하며 키가 커서 평
균 173㎝나 된다. 케냐 중앙고원에서 탄자니아의 중앙 평원,
나일강의 원천인 빅토리아 호수 근처까지 두루 흩어져 산다.
인구는 2008년 현재 약 35만 명으로 추정된다. 이중 25만 명
이 케냐에, 10만 명이 탄자니아에 살고 있다고 한다.

마사이족이 어디에서 온 민족인지는 확실히 규명되지 않았
다. 여러 학설이 엇갈리는데 나일강 하류에서 남하했다는 주
장도 있다. 마사이족이 붉은 색 옷차림을 주로 하고 그들 사
회의 청년층으로 구성된 전사(戰士) 집단의 차림과 칼, 창 등
무기가 고대 로마 병사들과 비슷한 점을 근거로 이들이 로마
병사들의 후손이거나 로마군에게 고용된 흑인 용병의 후손
이라고 추측하기도 한다.(유종현, 『아프리카의 부족과 문화』)

이들이 로마 병사의 후손인지는 몰라도 동아프리카에서 가
장 용맹한 부족이라는 데는 논란의 여지가 없다. 남성들은
평소에도 칼과 창으로 무장하고 다닌다. 19세기에 아프리카

노예무역이 성행할 때 노예 사냥꾼들은 빅토리아 호수와 탕가니카 호수 등 내륙 지역 깊숙이 마수를 뻗었다. 그러나 마사이족이 사는 곳까지 침입하지는 못했다. 용맹한 마사이족이 노예로 끌려간 경우는 거의 없다고 한다. (김성호, 『내가 만난 아프리카』)

우리나라에서 마사이족이 널리 알려진 계기는 따로 있다. 마사이족 사람들의 걷는 방법이 건강에 좋다며 '마사이 워킹 운동화'가 유행한 것이다. 마사이족은 요통이나 허리 디스크 환자가 거의 없다고 한다. 항상 곧은 자세로 하루 평균 18~24㎞를 빠른 속도로 걷기 때문이다. 하지만 마사이족 사람들은 신발을 신지 않고 맨발로 걷는다. 마사이 워킹 슈즈라는 운동화나 신발은 동서양의 도시 생활인을 위해 만든 상품이다.

마사이족의 상징은 신발이 아니라 그들의 전통춤 '아두무(adumu)'다. 가로로 줄을 서서 노래를 부르며 한 사람씩 번갈아 나와 한 길씩이나 뛰어오른다. 제자리에서 수직으로 뛰어오르는데 용맹을 과시하고 하늘과 가까워지려는 염원이 깃들였다고 한다. 남성미를 과시해 여성을 유혹하려는 목적도 있다. 아두무를 잘 추는 사람일수록 더 높이 더 반듯하게 뛴다.

사람이 높이 점프하려면 종아리 근육이 발달해야 한다. 특히 우리가 '종아리'라고 부르는 비복근(gastrocnemius)이 강해야 한다. 사람이 전력 질주하거나 높이 뛸 때 폭발적인 힘을 생산하는 곳이다. 잘 단련된 선수의 비복근을 뒤에서 보면 사람인(人)자가 선명하게 보인다. 달리기를 하다 쥐가 나거나 준비 없이 운동을 하다 근육이 파열됐다면 대개 이곳에 문제가 생긴 것이다.

점프했다 착지하는데 돌멩이에 맞은 것 같은 통증을 느꼈다면 종아리 근육을 다쳤을 가능성이 크다. 근육을 다쳤을 때는 즉시 운동을 중단하고 얼음으로 다친 부위를 냉각한 다음 빨리 병원에 가야 한다. 근육을 푼다며 뜨거운 물에 들어가기도 하는데 절대 해서는 안 될 행동이다. 해가 바뀔 무렵이면 운동을 시작하겠다는 사람이 많다. 준비 운동을 충분히 하지 않으면 몸을 다쳐 불편하고 우울하게 한 해를 시작하기 쉽다.

원숭이의 발

남국(南國)의 노을은 유난히 붉다. 나는 백화점에서 나와 재래시장 골목으로 접어들었다. 골목은 곧고 길었다. 양옆으로 크고 작은 가게들이 어깨를 겯고 있었다. 골목의 끝은 광장으로 이어졌다. 그곳에서 홍염과도 같은 열대의 노을이 이글거렸다.

골목을 막 벗어나기 직전이었다. 나는 익숙지 않은 광경을 보고 걸음을 멈췄다. 커다란 웍(wok)에서 불길이 번졌다가 잦아들고, 그 불길 속에서 검은 무엇인가가 허공으로 치솟았다 곤두박질쳤다. 나는 경악했다. 그 검은 무엇은 영락없는 사람의 손이었기 때문이다.

그렇다. 손이, 손들이 기름에 젖어 불길에 익어가고 있었다. 웍을 들썩일 때마다 손들이 허공에 떠올랐다가 우수수 쏟아졌다. 검은 손의 실루엣이 불길과 노을을 배경 삼아 헛춤을 추었다. 나는 가게 주인에게 물었다. "그게 뭡니까?" 주인이 고개를 돌리지도 않고 대답했다. "원숭이요."

나는 적도 근처에 있는 그 나라의 음식 문화에 대해 한 마디
도 하고 싶지 않다. 원숭이를 먹는 곳은 많다. 중국에서는 원
숭이의 골을 먹는다고 한다. 나는 먹어보지도 보지도 못했
지만. 다만 나는 궁금했다. 어느 것이 원숭이의 손인가. 어느
것이 발인가. 모두 발인가.

인간의 먼 조상이 나무 위에 살았다면 발도 원숭이와 다름
없었으리. 원숭이는 발을 손처럼 사용한다. 나뭇가지를 잡고
물건도 쥔다. 인간의 먼 조상이 나무에서 내려올 때 발 모양
은 어땠을까? 나무 아래에서는 달려야 했으리라. 하지만 원
숭이 발로는 오래 못 달린다. 원숭이는 달릴 때 손발(네 발?)을
다 사용한다.

과학자들은 3600만 년 전에 인간의 조상(simian)이 아프리카
에 나타나고, 1500백만 년 전에는 인간이 유인원으로부터 이
탈해 나와 하나의 계통을 이루기 시작했다고 한다(서광조). 진
화론이 틀림없는 과학이라면 손과 다름없는 원숭이의 발이
지금 우리의 발로 둔갑한 순간이 있을 것이다. 그 순간은 놀
라운 도약의 순간, 패러다임을 뛰어넘는 기적의 순간이다.

'손이 발이 되게 빈다'는 말이 있다. 사전에 이르기를 '허물이
나 잘못을 용서하여 달라고 간절히 비는 모양을 이르는 말'
로, 속담이라고 한다. 아아, 무서운 말! 어떻게 하면 손이 발
이 되는가. 2100만 년의 비나리가 그곳에 있지 아니한가. 웅
녀(熊女)의 신화는 혹 이토록 지난한 인류사를 설명하는 메타

포는 아닌가.

그렇기에 인간의 발에는 거룩함이 깃들인다. 그 거룩함을 예수가 몸소 보이니, 세족식이다. 예수가 십자가에 못 박히기 전날 밤 최후의 만찬 때 열두 제자의 발을 씻어준 데서 유래한 가톨릭의 전통. 부활절 사흘 전인 성 목요일에 진행되는 이 의식은 낮은 사람들을 섬긴 예수를 기리는 뜻을 담는다.

가장 낮은 곳을 향한 헌신, 가장 낮은 자들의 헌신! 그러기에 우리 몸뚱이 가장 낮은 곳에 거하며 인간과 대지를 잇는 정신의 이음새를 발이 감당하는 것이다. 가쁜 숨을 몰아쉬는 2017년의 마지막 태양을 바라보며, 인간을 인간이게 하는 몸이 곧 발임을 절감한다. 조물주가 원숭이의 발을 둔갑시켜 인간의 발을 완성했다면 우리 마땅히 그 뜻을 헤아릴진저.

소강小崗의 뒤꿈치

"다시 20대 청년이 된다면 뭘 하고 싶으세요?"

"권투를 할 거야. 올림픽에 나가서 금메달을 땄을걸."

"30대로 돌아가면요?"

"탁구나 테니스 코치를 하고 싶은데."

고령에도 운동을 거르지 않은 그는 늘 "백 살까지 살 거야"
라고 장담했다. 그러나 어쩌리오. 인명은 재천이라. 그의 일
생은 여든여덟 해로 막을 내렸다. 2006년 1월 15일. 지인들
과 테니스를 치고 저녁도 함께 먹은 그는 오후 10시 부인 김
영호 여사와 차를 마시고 평소와 다름없이 잠자리에 들었다.
그리고 이튿날 새벽 깊은 잠 속에서 돌아올 수 없는 먼 길을
떠났다.

그의 마음은 늘 젊었다. 행동도 그랬다. 서울 한남동 자택에
딸린 그의 사무실 입구에는 '평생 학습 평생 현역(平生學習 平生
現役)'이라는 글귀가 적혀 있었다. 그는 그 글귀처럼 평생 현
역으로 살았고 마지막까지 현역이었다. 나는 그가 죽기 3개
월쯤 전부터 매주 인터뷰를 했다. 마치는 데 두 달 걸렸다.

같은 기간 동안 그의 회고를 정리해 신문에 연재했다. 매주 월요일 오후 2시 정각에 한남동으로 찾아갔다. 그는 늘 양복 차림으로 반듯하게 앉아 있었다. 기억력이 대단했다. 1970년대에 몇 번 만난 유권자의 이름까지 기억했다.

그는 1918년 5월 3일 개성에서 태어나 경성제일고보와 수원 고등농림학교를 졸업한 다음 일본 교토제국대학에서 유학했다. 대한체육회 회장, 대한올림픽위원회 위원장, 문교부장관을 역임했다. 1979년 제10대 국회의원선거에서 민주공화당 후보로 출마하여 당선되었으며 제10대 국회부의장, 국회의장 직무대리를 지냈다. 그의 업적은 대한체육회장 시절로 집약된다. 서울 무교동 체육회관과 태릉선수촌 건립의 산파역을 해냈다. 그래서 '우리나라 스포츠 근대화의 아버지'로 불린다. 1973년엔 자신의 아호를 딴 전국남녀중고교테니스대회를 창설했다. 이 대회는 올해도* 8월에 열린다.

그의 이름은 민관식, 아호는 소강(小崗)이다. 올해는 소강의 탄생 100주년이며, 1월 16일은 그가 세상을 떠난 지 12년 되는 날이다. 나의 기억에도 소강은 체육인으로 남아 자취가 선명하다. 2002년 봄, 그가 테니스 대회를 홍보하기 위해 여러 언론사를 찾아다니던 모습이 눈에 선하다. 그때 내 사무실은 순화동에 있었다. 삼성생명이 소유한 빌딩 5층이었다. 소강은 성격이 급했다. 이미 80대의 고령이었으나 계단을 두

* 2018년.

세 개씩 바삐 걸어 올라갔다. 그 뒷모습을 바라보며 감탄했다. 계단을 따라 올라가며 눈에 담은, 퐁퐁 튀는 듯 재바른 그의 걸음과 그의 발뒤꿈치를 기억한다. 무척이나 반짝거렸다.

탄생 100주년을 기념해 특별한 행사가 있을까 싶어 1월 3일 소강재단으로 전화를 했다. 특별한 계획은 없다고 했다. 그날 나는 놀라운 소식을 들었다. 소강의 부인 김영호 여사가 지난해* 11월 4일 별세했다는 것이다. 주위에 알리지 않았다고 했다. 그 무렵 나온 신문을 검색하니 몇 곳에 부고가 실렸다. 소강을 생각하니 미안할 따름이다. 부인은 소강의 '제1비서'였다. 서류 정리, 전화 메모, 손님 접대까지 모두 부인의 몫이었다. 많은 사람이 "부인이 있었기에 민관식도 있었다"고 했다. 뒤늦게 부인의 명복을 빈다.

---

* 2017년.

모노산달로스

이아손은 그리스 테살리아에 있는 이올코스 왕 아이손의 아들이다. 아버지의 이복형제 펠리아스가 정권을 잡자 반인반마(半人半馬)의 현자 켄타우로스에게 맡겨진다. 청년이 된 이아손이 이올코스로 돌아갈 때의 일이다. 그는 개울가에서 노파로 둔갑한 헤라 여신을 만난다. 노파는 이아손의 등에 업혀 개울 건너기를 원했다. 이아손은 노파를 업고 개울을 건너다 한쪽 신을 잃는다. 건너편에 이르니 노파는 종적이 없다. 이올코스에 들어가자 아이들이 놀면서 이런 노래를 부른다.

"모노산달로스(외짝신을 신은 자)가 와서 이올코스의 왕이 된다네…."

수유리에 있는 L극장에서 지난 9일* 밤 영화 〈1987〉을 보았다. 알려진 대로 박종철 고문치사사건, 이한열의 최루탄 피격과 6월 민주항쟁을 다룬 영화다. 문재인 대통령 내외도 보았다고 한다. 영화는 의미에 재미를 더해 흥행에도 성공했

* 2018년 1월.

다. 영화 속에서 이한열(강동원)과 여주인공 연희(김태리)를 연결하는 코드 가운데 하나가 '타이거'라는 흰색 운동화다. 이한열은 선혈을 뿜으며 쓰러질 때 운동화 한 짝을 잃어 '모노산달로스'가 된다.

주인 잃은 신은 유예된 진실, 미완의 희망을 암시한다. 달마의 무덤 속에 덩그러니 남은 짚신 한 짝처럼. 역사는 진실의 회귀로써만 주인을 찾는다. 전두환 정권은 고문을 받다 죽은 박종철의 사인을 심장마비라고 속이고 고문 경찰관의 수를 축소하려 했다. 진실이 드러난 것은 검사·의사·기자·교도관 등 양심에 충실했던 의인들과 민주화 운동가들의 노력과 희생 덕이다. 하지만 우리는 아직 운동화에 발을 넣지 못했다. 우리의 내면은 달마의 무덤 속과 같으니 1987년은 끝나지 않은 것이다. 그해 1월 26일 서울 명동성당에서 열린 '박종철군 추모 및 고문 추방을 위한 인권회복 미사'. 김수환 추기경이 강론한다.

"하느님께서 동생 아벨을 죽인 카인에게 '네 아우 아벨은 어디 있느냐' 하고 물으시니 카인은 '제가 아우를 지키는 사람입니까'하고 잡아떼며 모른다고 대답합니다. 창세기의 이 물음이 오늘 우리에게 던져지고 있습니다. 지금 하느님께서는 우리에게 묻고 계십니다. '너희 아들, 너희 제자, 너희 젊은이, 너희 국민의 한 사람인 박종철은 어디 있느냐?' '탕하고 책상을 치자 억하고 쓰러졌으니 나는 모릅니다', (중략) '국가를 위해 일을 하다 보면, 실수로 희생될 수도 있는 것 아니오?', '그것은 고문 경찰관 두 사람이 한 일이니 우리는 모르는 일입니다'라고 하면서 잡아떼고 있습니다. 바로 카인의 대답입니다."

1987년 6월의 시민혁명은 청년 박종철과 이한열의 심장을 민주의 제단에 바친 다음의 일이었다. 이 희생 앞에 누가 지분을 주장하는가. '보수정권이 고문치사 사건의 진실을 밝혔다'는 주장은 혀를 찰 가치도 없다. 박종철은 부산, 이한열은 화순의 아들이다. 그러나 민주주의를 외치는 국민의 외침 속에 영남과 호남의 분별은 없었다. 사실이 이러하거늘 30년을 거슬러 누가 호남의 맹주를 입에 담는가. 영남을 기반 삼아 정치하겠다는 자 누구인가. 지역을 들먹여 표를 구하려는 자, 그들은 박종철과 이한열이 흘린 피를 밟고 서 있다. 추기경이 묻는다.

"하느님이 두렵지도 않으냐?"

영화 〈겟 아웃〉

종교 신문에 「브리콜라주 인 더 무비」라는 칼럼을 연재하는 박욱주는 2017년 6월 4일 자와 11일 자 등 두 차례에 걸쳐 영화 〈겟 아웃〉을 언급한다. 칼럼 제목부터 선명한 질문을 담고 있는데, 「한 사람의 신체에 다른 사람 뇌를 이식하면 영혼은 누구의 것?」(4일 자)과 「영화 겟 아웃의 뇌 이식, 성경적 인간 이해와 적합한가?」(11일 자)이다.

영화의 줄거리는 단순하다. 아미티지 가족은 백인들로, 장기이식을 위해 젊은 흑인들을 인신매매한다. 이들은 젊고 건강한 흑인 사진작가 크리스를 속여 희생물로 삼으려 한다. 그런데 여기서 이식하려는 장기는 몸 전체다. 바꿔 말하면 장기이식 의뢰인의 뇌를 꺼내 희생자의 머리에 이식한다는 것이다.

박욱주는 뇌 이식 후 인격의 전이를 대중문화, 인간학, 의료윤리, 사회적 관점에서 세밀하게 살핀다. 기독교적 입장에서도 생명윤리 전체를 관통하는 거대담론으로 확대될 수 있다고 본다. '생명 연장을 위한 인격의 전이라는 공동의 목적 하에 인간복제나 인공지능 기술과 융합될 가능성'이 크기 때문이다.

그는 세 가지 질문을 한다. 첫째, 뇌 이식은 살인인가? 답은 "그렇다." 둘째, 뇌 이식은 기존 인격의 부활인가? 답은 "(뇌 이식에 찬성하는 측에서는) 그렇다고 주장하려 들 것이다." 셋째, 뇌 이식은 새로 융합된 인격의 창조인가? 박욱주는 "대중문화는 점진적으로 이를 부각시키고 있고, 대중은 거기에 맞춰 인식을 변화시켜나갈 것"이라고 전망한다.

그가 보기에 "새로운 인격의 창조가 두 인격의 소멸을 대가로 하는 것이라면 종교적 관점으로 볼 때 뇌 이식은 타의적이라면 살인, 자의적이라면 자살로 규정될 수 있다." 기독교적 관점에서 사람의 인격은 신의 형상(imago dei)에 따라 창조되었기 때문이다. 그러므로 뇌 이식은 신적 창조섭리에 대한 인간의 개입이다.

'백인의 뇌가 이식된 흑인의 몸에서 누가 진정한 자아인가?'라는 물음은 "칸트적 윤리에 입각해, 뇌의 주인인 백인을 불법침입자로 규정"함으로써 갈음된다. 그러니 영화 〈겟 아웃〉은 '사람의 자기 정체성이 근본적으로 몸을 기반으로 하고 있다는 일원론적 사고'를 반영하고 있다. 신학박사로서 목회자로 일하며 신학대학원에서 가르치는 학자의 당연한 결론이다.

우리는 인간의 몸을 더듬어 먼 길을 왔다. 나는 2016년 7월 1일 자에 「마라의 죽음과 생식기」를 써서 혁명가 장 폴 마라의 죽음과 그의 옆구리에 난 상처로부터 여러분을 안내해 오늘에 이르렀다. 우리의 눈길은 상처를 더듬는 손가락과 손, 팔과 어깨와 등을 거쳐 엉덩이와 허벅지를 향해 탐욕스럽게 흘러내렸다. 잠시 발끝에 머무르며 가장 낮은 곳을 향한 헌신, 가장 낮은 자들의 헌신, 그리하여 우리 몸뚱이 가장 낮은 곳에 거하며 인간과 대지를 잇는 정신의 다리를 흠향하고 유예된 진실과 미완의 희망을 엿보았다.

이제 훌쩍 뛰어 머리를 살핀다. 발은 대지를 호흡하는 장기이며 머리는 꿈을 꾸는 도구이다. 신이 인간을 빚되 그 허리를 곧추세워 밤하늘의 뭇별을 보게 함도 곧 꿈꾸게 하려 함이라. 우리의 여행은 이제 종착점이 멀지 않다. 힘을 내자.

빳데리

"느낌이 좋은데. 내일 네가 골을 넣을 것 같아."
"내가 골을 넣으면 코치님에게 달려가 이마에 키스를 할게요."

골은 황선홍이 넣었다. 코치는 박항서다. 2002년 6월 4일 부산에서 열린 축구대표팀의 월드컵 조별 리그 첫 경기. 황선홍이 선제골을, 유상철이 추가골을 넣어 폴란드에 2-0으로 이겼다. 황선홍은 약속을 지켰다. '예언자'를 향해 달려갔다. 자신을 향해 달려오는 줄 알고 맞으러 나간 거스 히딩크는 조금 벌쭘했다. 하지만 황선홍의 등을 찰싹 때려 기쁨을 표현했다. 그해 여름의 신드롬은 그렇게 시작됐다.

박항서는 지금 베트남에서 2002년의 히딩크 못지않은 인기를 누리고 있다. 그가 지휘하는 베트남의 23세 이하 대표팀이 2018 아시아축구연맹 U-23 챔피언십 결승에 갔다. 베트남 축구사에 길이 남을 승리라고 한다. 그까짓 23세 이하 대회 성적을 갖고 웬 호들갑이냐고? 1983년 멕시코 세계청소년축구선수권대회에서 박종환이 이끄는 한국 19세 이하 대표팀이 4강에 가자 우리는 '기적'이라고 표현했다.

박항서는 대머리다. 한양대학교 다닐 때부터 이마가 훤했다. 반짝거리는 정수리가 라디오에 들어가는 배터리 꼭지를 닮았다고 해서 별명이 '빳데리'다. 그는 프로 팀 럭키금성(지금은 FC 서울)에서 뛰었고, 코치로도 일했다. 2002년 월드컵은 그에게 잊지 못할 기억이다. 그 후 아시안게임 대표 팀 감독을 맡아 동메달을 땄지만 기대한 결과는 아니었다. 사령탑에서 물러나 독일에서 잠시 연수한 뒤 몇몇 축구 팀 벤치를 전전했다.

그가 연수할 때 나도 독일에 있었다. 한번은 레버쿠젠에 사는 윤성규 전 수원 삼성 축구단 단장, 재독축구인 한일동 선생과 쾰른에서 저녁을 함께 먹었다. 네 사람이 한일동 선생이 운영하는 민박집 식당에서 만났다. 내 안부를 묻던 그는 "공부를 하러 왔다"는 내 말을 듣고 "기자님이 공부를 더해 뭐하시게요?"라며 껄껄 웃었다. "우리가 기자님에게서 배우는걸요"라며 덕담도 했다. 그는 그때 만신창이가 된 심정으로 독일에 갔다.

2002년 9월 7일 서울에서 '통일축구경기'가 열렸다. 남북 대표팀이 경기하는데 네덜란드에서 잠시 들어온 히딩크가 우리 대표팀의 감독 자리에 앉아 경기를 지켜보았다. 이 일로 비판 여론이 일었다. 박항서는 "히딩크 감독님을 변함없이 존경한다"고 에둘러 말했다. 독일 동포 축구인들은 히딩크와 우리 축구협회를 비난하며 박항서를 위로했다. 박항서는 말을 삼가며 축구협회와 히딩크를 감쌌다. 그때 박항서에게서 인내와 관용을 보았다.

우리는 "좋은 일이 있을 때 연락하자"며 악수를 나누고 헤어졌다. 그 뒤 박항서를 만나지 못했다. 독일에서 헤어진 뒤로도 박항서는 여러 불편한 일을 겪었다고 들었다. 그러나 그 시간들은 필시 '충전'을 위한 시간이었으리라. 지금 빳데리는 완전히 충전되었고, 마침내 빛을 내고 있다. 박항서는 베트남에서 영광의 시간을 보내고 있다. 어쩌면 더 큰 성취가 기다리는지 모른다. 우리는 누군가 그에게 달려가 이마에 키스하는 장면을 보게 될지도 모른다.

미노타우로스

그리스 신화에는 반인반수(半人半獸)의 인격체가 자주 등장한다. 켄타우로스(사람의 상반신에 말의 몸뚱이), 판(허리 위쪽은 사람, 염소 다리에 뿔), 하르피아이(여자 얼굴에 몸은 독수리), 메두사(머리카락이 모두 뱀), 에키드나(상반신은 미녀, 하반신은 뱀), 스핑크스(사람의 머리에 사자의 몸) ⋯. 동물과 결합했지만 최소한 얼굴은 인간이다.

그런 점에서 미노타우로스는 특별하다. 몸은 인간인데 머리만 소다. 생김새가 이러면 이야기가 만들어지기 어렵다. 생각해 보라. 우리가 아는 인어공주는 아름다운 아가씨다. 하반신만 물고기 모양이라 거기서 다리를 갈라내 우리 세상의 왕자와 사랑을 한다. 반대로 생선대가리에 늘씬한 두 다리가 붙어 있다면? 그냥 괴물이다. 러브 스토리는 어림없다.

미노타우로스는 크레타 섬의 왕비 파시파에와 수소 사이에서 태어났다. 탄생의 근원에 배신이 있다. 크레타의 왕 미노스는 바다의 신 포세이돈에게 제사지내며 자신을 왕으로 인정하는 선물을 보내 달라고 빌었다. 그 선물을 즉시 잡아 포세이돈에게 바치겠다고. 포세이돈은 황소 한 마리를 보낸다. 하지만 견

물생심. 미노스는 잘생긴 소를 바치기가 아까워졌다.

포세이돈이 저주를 내린다. 왕비가 수소를 사랑하게 된 것이다. 그녀는 암소 모양으로 만든 틀에 들어가 소와 통정한다. 그리하여 미노타우로스를 잉태하였다. 미노스는 미노타우로스를 미궁에 가두고 아테네에서 조공으로 바친 젊은 남녀 일곱 쌍을 던져 먹이로 삼는다. 암소 모양의 틀도, 미궁도 다 이달로스가 만들었으니 얄궂다.

사람을 먹이로 삼는 괴물을 오래 살려둘 수 없다. 신화 세계의 슈퍼스타 테세우스가 해결사로 나선다. 그는 아테네의 왕 아이게우스의 아들로 태어나 어머니 아이트라의 고향인 트로이젠에서 자랐다. 조공으로 바쳐진 젊은 남녀들 틈에 끼어 크레타 섬으로 건너간 그는 미궁 속에서 미노타우로스의 목숨을 빼앗고 무사히 탈출한다.

여기 고대 신화의 법칙인 '공주의 사랑'이 작동한다. 테세우스는 크레타의 공주 아리아드네가 건넨 실타래 덕에 미궁에서 길을 잃지 않는다. 그는 고구려 신화에 등장하는 호동왕자와 유리왕을 섞어놓은 듯하다. 호동은 낙랑공주의 도움으로 자명고를 찢어 낙랑을 정벌한다. 유리는 '일곱 모가 난 돌 위 소나무 밑'에 숨겨진 끊어진 칼 토막을 찾아 아비 주몽을 찾아간다. 테세우스도 아이게우스가 숨긴 검을 찾아 왕자임을 증명한다.

테세우스의 승리는 고대 세계에서 이성과 진리가 원시와 야성을 제압하고 비로소 문명의 빛을 밝히는 상징으로 읽힌다. 미궁은 심연이며 어둠이로되, 스스로 거기 뛰어든 젊은 영웅이 승리를 쟁취하는 전장(戰場)이 된다. 미노타우로스는 제 잘못 때문에 태어난 생명이 아니다. 하필 소의 머리를 한 미노타우로스가 고대 야성의 이미지를 모조리 뒤집어썼으니 측은하다.

머리는 인간을 인간이게 한다. 인간의 뇌는 고릴라나 침팬지 같은 유인원보다 3.5배나 많은 에너지를 소비한다. 뇌의 무게는 체중의 2%에 불과하지만 우리가 들이마시는 산소의 20~25%를 사용한다. 각성된 뇌의 대사량은 전신 대사량의 15%에 이르고, 신경계를 뺀 조직의 평균대사량에 비하면 7.5배나 된다. 뇌가 소비하는 포도당은 하루 평균 120g이다. 몸 전체에서 소비하는 양의 20%에 해당한다. 때로는 50%를 넘는다.

모자철학

알프레드 가드너는 1865년 영국의 챔스포드에서 가구공의 아들로 태어났다. 넉넉하지 않은 가정에서 자라며 소년 시절부터 신문사 심부름이나 배달 등 허드렛일을 했다. 1887년 『노던 데일리 텔레그라프』에 입사해 언론인이 됐다. 특히 1915년부터 『더 스타』에 'A of P(Alpha of the Plough:북두칠성 자리의 첫째 별)'이라는 필명으로 칼럼을 쓰기 시작했다.

가드너는 생활 속의 작은 소재를 짧은 글에 녹여 삶에 대한 성찰로 연결하는 재주가 뛰어났다. 예술과 문화 현상에 밝은 그는 간결하고 쉬운 문장에 재치와 유머를 담아냈다. 베이비붐 세대라면 고등학교 국어교과서에 실린 가드너의 글을 읽었으리라. 「모자철학(On the Philosophy of Hats)」이라는 수필에 가드너의 특징이 오롯이 고였다. 내용은 이렇다.

가드너는 모자를 다리려고 모자점에 간다. 모자점 주인은 모자와 머리의 관계를 말한다. 변호사들의 머리는 놀랄 만큼 크다면서, 머리의 크기가 직업과 관련이 있다고 주장한다. 가드너는 자신의 머리가 6과 8분의 7인치니까 모자점 주인이 보기에는 대단치 않은 인간이었을 거라고 생각한다. '나는 모자점 주인에게 빈약한 인상을 주었으리라는 사실을 의식하면서, 나의 보통의 머리를 떠받들고 모자점을 나왔다.'

하지만 그는 다시 생각한다. '위인 중에 머리가 큰 사람이 더러 있기는 했다'고 인정하면서 비스마르크의 머리 크기(7과 4분의 1인치)를 예로 든다. 하지만 괴테가 '셰익스피어 이래 유럽에서 나온 가장 우수한 두뇌의 소유자라고 칭찬한 바이런은 머리가 작았고, 뇌가 대단히 작았다'고 반격한다. 중요한 것은 뇌의 크기가 아니고 그 회전의 빠름이라는 것이다.

머리, 곧 뇌의 크기는 지능과 얼마나 관계가 있을까? 현생 인류인 호모 사피엔스의 뇌 용적은 최근 20만 년 동안 1350㎤ 정도였다. 하지만 현생인류보다 열등했다는 네안데르탈인의 뇌 용적은 1600㎤나 된다. 인도네시아 플로레스 섬에서 발견된 호모 플로레시엔시스는 뇌 용적이 380㎤에 불과했다. 체격이 현생 인류와 비슷한 영장류의 뇌 용적(약 400㎤)보다 작다. 그러나 놀랍게도 불과 각종 도구를 잘 다뤘다고 한다.

학자들은 인류의 진화를 설명할 때 뇌 용적의 지속적인 확대를 근거로 제시한다. 그렇다면 현생 인류보다 훨씬 뇌 용적이 컸던 네안데르탈인은 왜 절멸했는가. 호모 에렉투스는 1000㎤짜리 뇌로 네안데르탈인과 같은 수준에 도달했다. 호모 플로레시엔시스가 현생 인류의 3분의 1 정도밖에 되지 않는 뇌 용적으로도 네안데르탈인에 필적하는 생활수준을 이룩했다는 사실은 어떻게 이해해야 할까.

가드너의 수필은 이렇게 끝난다. "우리는 각자의 취미나 직업이나 편견으로 물든 안경을 쓰고 인생의 길을 간다. 이웃 사람들을 자신의 자로 재고 자기류(自己流)의 산술(算術)로 계산한다. 우리는 주관적으로 볼뿐 객관적으로 보지 않는다. 즉 볼 수 있는 것을 보지 실제로 있는 그대로를 보지 않는다. 우리가 사실(事實)이라고 하는 그 다채로운 것을 알아보려 할 때 거듭 실패하는 것은 이상한 일이 아니다."

헬멧

헬멧(helmet)은 전투용 투구로부터 오늘날 소방수, 광부, 건설
공사 인부, 폭동진압 경찰과 기동경찰, 풋볼 · 아이스하키 선
수들이 사용하는 운동 도구에 이르기까지 종류가 다양하다.
물론 기본 기능은 외부의 타격으로부터 머리를 보호하는 것
이다.

동계올림픽에 나간 우리 쇼트트랙 대표선수들도 헬멧을 쓴
다. 경기를 할 때 좁은 링크를 빠르게 돌면서 심하게 몸싸움
을 하기 때문에 다치기 쉽다. 헬멧을 써도 부상을 100% 피
할 수는 없다. 여자 대표 김아랑 선수의 얼굴에 있는 상처도
경기 중 스케이트 날에 베어 생겼다.

김아랑 선수는 최근 헬멧 때문에 논란의 중심에 섰다. 지난
17일* 1500m 결승에 나간 김 선수의 헬멧에는 '세월호 추모
리본'이 붙어 있었다. 일부 온라인 커뮤니티 회원들이 '정치
적 표현'이라고 비판했다. 작은 논란이 있었고, 20일 3000m

---

* 2018년 2월.

계주 경기 때는 김 선수의 헬멧에서 리본이 사라졌다.

"쇼트트랙 국가대표 김아랑 선수가 노란 리본을 달고 나온 것을 발견했다. 한국에서 이것은 4년 전 사고인 세월호 사건에 대해 단순히 추모의 의미를 넘어 전임 대통령인 '박'에게 진실을 요구하는 도구로 사용되고 있다" ('일간베스트저장소' 이용자, 서울신문 19일 자)

"김이랑 선수가 문제의 헬멧을 계속 쓰며 다른 종목에서 메달을 딴 후 IOC(국제올림픽위원회) 규정 관련하여 문제가 제기된다면 선수 개인뿐 아니라 우리나라 이미지에도 큰 타격이 될 수 있는 사안이다. 그런데도 우리 체육당국이 소위 윗전 눈치나 보며 방관하고만 있어서 될 일인가? " (이철영 전 경희대 객원교수, 미디어펜 19일 자)

"김아랑 선수에게 묻고 싶다. 세월호 리본의 의미가 오로지 4년전 세월호 침몰에 대한 추모뿐인가? 아니면 박근혜 정부의 책임도 함께 묻기 위함인가? 박근혜 정부 책임을 묻기 위함이 전혀 없는 게 맞나? 이 부분에 대해서는 명확한 답변을 듣고 싶다." (MBC 김세의 기자, 페이스북 18일 자)

"세월호 리본을 달고 나왔던 김아랑 선수는 전라도 출신이라고 한다. 이 대목에 이르면 사람들은 또 장탄식을 내뱉을 수밖에 없다. 또 전라도라니, 대한민국의 흉흉한 일에 왜 전라도가 끼지 않는 데가 없는가." (김동일 칼럼니스트, 뉴스타운 21일 자)

"김아랑이 자신의 헬멧에 붙인 '세월호 노란 리본'을 가렸다. 일베 회원들이 '정치적 표현'이라며 IOC에 신고하는 등 소동을 벌이자 논란의 소지를 없애기 위한 것이

다. … 김아랑은 그동안 세월호 사건 추모를 위해 노란 리
본을 달고 스케이트를 탔다고 한다." (한겨레 21일 자)

"단체전이니까 더 신경 쓰였을 거다. 자기 때문에
쇼트트랙 대표팀 다른 멤버들의 메달이 박탈되는 아주 작
은 경우의 수도 원하질 않았을 것 같다. 그래서 검은 테이
프를 붙였을 것." (김아랑의 어머니 신경수씨, 스포츠서울 22일 자)

나는 그간의 일을 주욱 살핀 다음 페이스북과 카카오 톡의
대문사진에 리본을 다시 달았다. 세월호 희생자들은 아직 돌
아오지 못했으며 앞으로도 오랫동안 그럴 것 같다고 생각했
기 때문이다. 때로 상처가 아물지라도 어떤 아픔은 영원히
남는다. 나에게 세월호 리본은 정치적인 표현이 아니다. 그
리본은 '끝까지 기다린다'는 다짐이다.

옆구리에
대한
궁금증

거스름돈 소동

카메라, 진공관 오디오, 만년필을 취미로 삼은 지 오래 되었다. 바둑이나 장기 같은 잡기에 능하지 않고, 잘하는 운동도 없는 내게는 꽤 중요한 일이다.

진공관 오디오는 그 특성상 교환이 잦고 점점 분야가 세분화되면서 특정 영역으로 집약되는 과정을 거친다. 300B, KT88처럼 인기 있는 진공관을 주무르다 한두 가지 좋아하는 것에 몰입하는 식이다. 나도 이곳저곳 콩콩거리다 하필 6V6이라는, 아주 보잘것없는 빔관에 정착한 지 수년이 지났다. 1960년대 이전에 태어나신 분들이라면 익숙할, 그렇다, 구식 전축에서 나던 그 소리다.

만년필은 손에 들어오면 그것으로 끝. 파버카스텔, 몽블랑, 파커가 대부분인데 실사용으로는 파커를 선호한다. 이 선호에는 중학생이 되었을 때 처음 손에 넣은 만년필에 대한 추억과 코발트블루 잉크의 아련한 향내, 줄 없는 공책과 200자 원고지에 써내려간 무수한 글귀들이 깃들여 있다. 그 글귀 가운데는 두근거리는 가슴으로 밤을 새워 쓰곤 하던 연애편지도 있을 것이다.

카메라는 기계식 레인지파인더를 좋아해서 라이카나 콘탁스 등을 모아왔다. 목측식 카메라도 좋아해서 롤라이의 오래된 모델을 여럿 간직하고 있다. 일본제라고 해서 기피하지는 않는다. 미놀타와 코니카의 카메라들은 값이 싸면서도 성능이 뛰어나다. 어린 시절 아버지가 나를, 지금보다 젊은 내가 식구들을 세워 놓고 사진을 찍어 주던 도구들이다.

이런 취미를 가진 사람에게 인터넷은 정보를 모으는 데 요긴한 수단이다. 지난 주말 클래식 카메라를 파는 가게 한 곳에서 1960년대 초반에 나온 기계식 레인지파인더를 하나 발견하고 벼르다가 토요일 낮에 가서 구입했다. 현금을 주고 샀는데, 어찌나 기쁘던지 지하철로 세 구간 되는 거리를 한달음에 걸어 사무실로 돌아왔다. 하지만 혼자 좋아하던 나는 이내 낭패를 당했음을 알았다.

카메라 가게의 주인은 거스름돈을 너무 많이 주었다. 나는 가게 전화번호를 찾아 김 씨 성을 가진 주인과 통화했다. 사정을 설명하고 구좌번호를 불러 달라고 했다. 주인은 웃으면서 말했다. "말씀만으로도 고맙습니다. 그 가격에 드렸어도 저희는 많이 남습니다." 나는 간사하게 헤헤 웃으며 "그러면 할인을 해주신 것으로 알고 잘 쓰겠다"고 말한 다음 전화를 끊었다.

그러나 마음이 편치 않았다. 나는 다시 인터넷을 뒤져 그 가게의 홈페이지를 찾았다. 다행히 첫 페이지 아래쪽에 구좌번호 세 개가 있었다. 나는 회사 건물 1층에 있는 은행에 내려가 송금을 한 다음 가게에 전화를 걸어 알려주었다. 전화를 끊고 나니 등에서 땀이 흐르며 맥이 풀렸다.

문득 드는 생각. 곧 '판공성사(가톨릭에서 부활·성탄 대축일을 앞두고 의무적으로 하는 고백성사)'를 보아야하는데, 고백거리 하나가 사라졌구나!' 성당에 다니는 나는 이맘때 머리가 가슴에서 얼마나 멀리 떨어져 있는지 실감한다. 가슴이 느끼는 죄를 머리가 애써 지우고, 이러한 시도는 자주 성공한다. '이 정도는 죄가 아냐.' '일부러 그런 것도 아닌데….'

홈페이지에 구좌번호가 없었다면, 더 받은 돈을 '꿀꺽'하지 않았을까?

대통령의 관상

로미오가 줄리엣을 보고 첫눈에 반할 때, 줄리엣의 머릿결이
나 두상을 보고 눈에 콩깍지가 씌지는 않았을 거라. 서덕(South
walk)의 무대에도 현실 속에도 그런 사람은 없다. 서덕은 런던
교 옆 템스 강 남쪽에 있는 지역으로 셰익스피어 시대에는 극
장과 술집이 즐비한 런던의 유흥가다. 고주망태가 되어 시궁
창에 처박힌 걸레자루만 보고도 반할 정도면 모를까.

로미오의 사랑은 우주 저편에서 오는 별빛처럼 뇌리에 들어
가 박히지 않았다. 캐플릿 가문의 파티에 참석해 줄리엣을 바
라보는 로미오의 넋두리를 들어보라. "그녀의 아름다움에 타
오르는 횃불이 무색하구나! … 보석처럼 밤의 뺨에 걸려 있
어. … 까마귀 떼에 섞인 눈처럼 하얀 비둘기가 저럴 테지."

신언서판(身言書判). 인물을 선택하는 데 표준으로 삼는 네 가
지 조건이니 곧 신수 · 말씨 · 글씨 · 판단력이다.(한국고전용
어사전) 경계하기를 "사람을 겉모습만으로 판단하지 마라"고
하지만 『삼국지연의』에 나오는 봉추선생처럼 초라한 신수
는 선뜻 힘 있는 자의 선택을 받기 어려운 법. 인연을 맺기까

지 오래 기다려야 한다.

북한의 김여정 노동당 중앙위원회 제1부부장이 김정은 위원장의 특사로서 평창 동계올림픽 개막에 맞추어 대한민국을 방문했을 때, 미디어가 그의 생김새나 옷차림에 관심을 보인 것은 당연한 일이다. 입을 꽉 닫고 웃기만 하는 김여정에게서 언론인들 뭘 알아내겠는가? 주요 인물들은 흔히 옷차림이나 장식, 표정 등에 메시지를 담으니 디테일에 주목하는 것은 당연하다.

당시 아시아경제에서는 국내 인상학의 권위자인 주선희 원광대 교수에게 맡겨 김여정의 외모를 살폈다. 「관상 전문가가 본 김여정, 결코 수수하지 않다」는 이 기사(2018년 2월 12일 자)는 큰 반응을 불렀다. 주 교수가 본 김여정은 "수수한 모습 속에서도 간접적으로 권위를 드러냈다. 북한 최고 권력자의 동생으로 실세 중의 실세지만 30대 초반의 여성의 모습도 살짝 보였다."

그녀가 다녀간 뒤 한반도의 공기는 확 달라졌다. 우리 특사단이 평양에 가 김 위원장을 만났고, 예상을 뛰어넘는 결과를 안고 돌아왔다. 돌이켜보니 그녀의 얼굴과 매무새가 아니라, 김여정이라는 한 인간이 메시지의 총화였다. 우리 역사가 어디로 흘러갈지 모르나 먼 훗날 그녀는 이세돌 기사가 알파고와의 네 번째 대국에서 둔 백78수처럼 '신의 한 수'로 기록될지도 모른다.

주 교수가 아시아경제에 「사람을 읽는 인상학」이라는 대문을 걸고 연재를 시작할 때 문재인 대통령을 첫 소재로 삼은 일이 떠오른다. 주 교수는 '참여정부 때 선비였던 문 대통령의 얼굴에서 뺨과 턱이 발달하고 눈코입에 힘이 들어가 완성된 정치인의 인상을 갖추었다'고 보았다. 그런데 주 교수는 의미심장한 한 줄을 보냈다. "개발할 여지가 남아있는 얼굴로, 향후 정치인으로서 더 좋은 모습을 보일 수 있다."

'개발할 여지'란 대통령이 가야 할 길이 멀며 국가의 운명을 만들어가는 여정에 있음을 환기한다. 그것은 희망인 동시에 간단없는 고뇌의 시간일 수밖에 없으리라. 얼굴은 뇌를 담은 장기(臟器)는 아니지만 그 작용을 실증하는 모니터와 같으니 외양으로 치부할 일이 아니다. 옹골찬 의식은 머릿속 뇌에 고일지 모르나 그 신수가 말없는 가운데 드러내고 있다.

산타페, 로마, 석양

'나는 어떤 화가를 인터뷰하기 위해 뉴멕시코 주 산타페에 가 있었다. 해질녘 근처 피자하우스에 들러 맥주와 피자를 먹으며 기적처럼 아름다운 석양을 바라보고 있었다. 온 세상의 모든 것이 붉게 물들고 있었다. 내 손과 접시, 테이블과 눈에 비치는 모든 것이 온통 붉게 물들고 있었다. 마치 특수한 과즙을 머리에서부터 뒤집어쓴 듯한 선명한 붉은빛이었다. 그런 압도적인 석양 속에서 나는 문득 하쓰미 씨를 떠올렸다. 그리고 그때, 그녀가 일으켰던 내 마음속의 소용돌이가 무엇이었던가를 이해했다.' (무라카미 하루키, 『노르웨이의 숲』)

그럴 것이다. 깨달음이란 그토록 별안간에 닥치는 일일 것이다. 사람마다 다르겠지만 누구나 한번은 이토록 놀랍고도 결연한 깨달음을 체험하리라 믿는다. 하루키는 "그것을 깨달았을 때, 나는 거의 울어버릴 것 같은 슬픔을 느꼈다"고 썼다. 때로 깨달음은 깊숙한 슬픔이기도 하니까. 그의 말을 믿는다. 그렇기 때문에 나는 하루키가 이 글을 쓸 때 자신의 기억을 되살렸으리라고 생각한다. 그는 분명히 맥주와 피자를

앞에 놓고 산타페의 석양을 바라보았을 것이다. 모든 것이
붉게 물드는, 붉은빛이 시각(視覺)을 지배하는 그 시간에.

2015년 9월. 나는 이탈리아를 여행하고 있었다. 바이마르의
괴테라도 된 기분으로 피렌체를 떠나 로마에 도착했을 때는
9월 10일 저녁이었다. 나는 피우지라는, 오래된 온천이 있는
작은 도시에 숙소를 예약했다. 로마의 남동쪽, 자동차로 한
시간 남짓 달리면 나오는 한적한 곳이다. 숙소에 도착하면
저녁 식사 시간을 놓치기 때문에, 로마와 피우지를 잇는 왕
복 4차선 도로 가에 있는 작은 식당에서 빵을 먹었다. 포도
주 잔을 비운 다음 식당을 떠나려던 나는 아마도 내 생애에
다시는 보지 못할 엄청난 석양과 마주쳤다.

이때 찍은 사진은 '인생샷'으로 세 손가락 안에 들어간다. 최
고라고 할 수 없는 이유는 황홀한 그 빛깔에 넋을 빼앗겨 노
을이 어둠에 젖기 시작할 때에야 렌즈를 열었기 때문이다.
그럼에도 불구하고 이글거리는 석양을 배경으로 우산을 펼
친 듯한 모양으로 가지를 다듬은 소나무, 이제 막 전조등에
불을 밝힌 채 로마를 빠져나오는 장난감처럼 작은 피아트들
이 번져 나가려는 나의 기억에 정착액(Fixative)을 뿌린 듯 선
명한 이미지로 남았다. 그러나 사진은 내 기억만큼 강렬하지
않다. 나에게 렌즈를 다루는 기술이 더 있었다면!

내 사진 기술이 아무리 뛰어나도 늦은 여름 로마에서 피우
지로 가는 길가에서, 막 달아오르는 포도주의 취기를 느끼며

바라본 그 석양의 강렬한 충격과 충동을 결코 재현할 수 없었을 것이다. 인간의 눈은 구조가 카메라와 흡사하다고 한다. 렌즈를 통과한 빛이 필름에 상을 맺듯 각막과 수정체를 통과한 빛이 망막에 도달해 형체와 색을 구분할 수 있게 한다. 하지만 아직은 카메라가 인간의 눈을 대신할 수 없다. 프로 사진가들도 석양을 찍으려면 여러 가지 이론에 경험을 보태야 좋은 사진을 얻는다. 그러나 인간은 단지 바라보는 것만으로 충분하고, 거기다 심안(心眼)의 도움까지 받는다.

눈을 마음의 창이라 한다. 또한 마음에 이르는 통로이기도 하다. 사랑하는 사람들은 즐겨 눈을 마주치며 사무치게 감동하지 않던가. 그 이야기를 하겠다.

perspective

시각(視覺)을 생물학적으로 설명하면 '빛의 감각 및 그에 따르는 공간의 감각'이다. 눈이 주로 하는 일이다. 인간은 시각을 사용해 외부 물체의 크기·형태·밝기 등을 분간하며 위치와 움직임도 알아낸다. 시세포가 있어서 빛을 감지하는 곳은 망막이다.

눈이 밝아서 물건을 쉽게 찾고 작은 물건도 금세 골라내는 사람이 있다. 그럴 때 '저 사람은 눈이 참 좋다'고 한다. 그런데 '시각이 뛰어나다'고 하면 조금 다른 뜻이 된다. 이때 시각은 주로 관점이라는 뜻이다. 영어로 'point of view'나 'perspective'다. 나는 perspective란 단어를 좋아한다. 시각과 관점, 사고의 균형, 원근감. 원근감은 곧 미술의 원근법을 떠올리게 만든다. 원근법은 공간사상(空間事象:3차원)을 평면(2차원)에 묘사적으로 표현하는 회화기법이다.

어린아이의 그림에서 원근감을 느끼기는 어렵다. 아이들은 대개 중요한 사람을 크게 그린다. 그래서 앞에 선 사람을 뒤에 선 사람과 같게 그리기도 하고 뒤에 선 사람을 더 크게 그리기도 한다. 그렇다면 시각은 중요도를 따져 앞뒤를 구분하는 정신의 작동방식이 아닐까. 그 결과가 사람과 세상을 바꿔놓는 것이다. 물론 상상과 예측의 공간도 전혀 다른 모습으로 구성하고 발전시킨다. 그 대상은 과거와 현재, 미래를 포괄한다.

나는 22일[*] 서울교육대학교에서 열린 학술대회에 토론자로 참석했다. 주제는 '포스트휴먼 시대 문·예·체 교육의 가치와 비전'이었다. 프스트휴먼은 트랜스휴머니즘이 예견하는 존재로서 과학 기술을 통해 상상을 초월하는 '성능'을 장착한 인간 이후의 존재자다. 토론의 분위기는 밝지 않았다. 과학의 발전은 테크놀로지가 인간을 지배하는 세상을 만들고, 학교 교육의 체계는 인공지능의 능률을 이길 수 없으리라는 것이다. 인간 사회에 대한 다양한 성찰과 창의·융합적 사고를 요구한 이은적 대구교대 교수의 논문이 결론을 갈음했다.

주제나 결론과 무관하게 학술대회의 하이라이트는 조현욱 '과학과 소통' 대표의 강연이었다. 유발 하라리의 『사피엔스』를 번역해 큰 성공을 거둔 그는 사피엔스는 물론 하라리의 후속작 『호모 데우스(HOMO DEUS)』를 넘나들며 명쾌한 논리를 전개했다. 호모는 '사람 속(屬)'을 뜻하는 학명, 데우스는 신(神)이니 호모 데우스는 곧 '신이 된 인간'이다. 하라리는 인간이 무엇이며 우리는 어디까지 타협하고 나아갈지 종

* 2018년 3월.

의 차원에서 성찰해야 한다고 주장한다. 『호모 데우스』의 208~210쪽에 재미있는 얘기가 우화처럼 전개된다.

잉글랜드의 기사 존은 살라딘이 점령한 성지를 탈환하기 위해 일어선다. 지중해를 건너 성지에 상륙한 존은 사악한 아랍인들이 자신과 같은 믿음을 공유했음을 알고 놀란다. 물론 그들은 기독교도가 이교도이고 이슬람교도들이야말로 신의 뜻에 복종한다고 생각했지만. 하라리는 '이 모든 이야기가 상상의 실오라기'라고 썼다. 인간의 몸이 불멸을 획득하든 말든, 인공지능과 어떤 타협을 하든 결정은 결국 눈(시각)의 과업이 된다. 그리고 전직 대통령 두 사람이 감옥에 간 오늘의 대한민국에서 그것은 먼 미래의 고민도 아니다.

잠들지 말지어다

신문사에 입사해 얼마 되지 않았을 무렵 나를 가르친 선배는 눈이 몹시 나빴다. 어릴 때부터 나빴던 선배의 눈이 좋을 때가 잠깐 있었는데 군대에 다녀온 직후였다고 한다. 선배는 해안초소에서 근무하며 매일 먼 바다를 바라보니 눈이 좋아지더라고 했다. 눈 체조를 하거나 도구를 사용해 안구와 거기 딸린 근육을 단련하면 눈이 좋아지기도 한다. 그러나 역시 갑자기 좋아지지는 않는다. 나도 대학생 때 쓴 안경을 벗지 못하고 있다. 수술 같은 건 생각해 보지 않았다.

요즘 하늘에서 별을 많이 찾기 어려움은 공기가 탁하고 지상에 밝힌 조명이 지나치게 밝기 때문이겠지만 내 눈이 흐림도 한 몫 하리라. 시원한 별빛이 한꺼번에 쏟아질 것 같던 어린 날의 밤하늘은 다시 보지 못한다. 스칸디나비아를 여행할 때 기대를 걸었지만 백야 무렵이어서 은하수 보려던 꿈을 접어야 했다. 다만 북두칠성은 지금도 잘 보인다. '큰곰자리'라는 서양식 이름에 밀렸으나 우리는 아직도 이 별자리를 '국자 모양'이라고 설명한다.

국자 손잡이 끝에 있는 별은 알카이드다. 여기서 국자머리 방향으로 미자르, 알리오츠, 메그레즈, 페크다, 메락크, 두베다. 북두칠성 옆에 작은 별이 있다. 눈이 좋은 사람만, 그것도 맑은 날에만 볼 수 있다. 손잡이 끝에서 두 번째 별인 미자르 옆에서 흐릿한 빛을 내는 별이다. 이름은 알코르(Alcor). 고대 로마의 군대에서는 이 별을 시력을 측정하는 데 이용했다. 그래서 시험성(試驗星)이라고도 한다.

꿈이나 기억 속에 저장되어 갈수록 어렴풋이 잊히는 것은 별뿐이 아니다. 또한 그럴수록 기억의 저장고에는 지켜야 할 보물이 늘어간다. 내게는 고등학교 2학년일 때 세상을 떠난 아버지의 목소리와 뒷짐을 지고 앞장서 걸을 때 보이던 그의 발그레한 손바닥, 어린 내가 배앓이를 할 때 '쎄쎄'를 해주던 어머니의 손길이 먼 우주로 떠난 보이저 호에 실린 인류의 메시지처럼 각인돼 있다. 기억은 때로 현재의 감각에 매몰되어 재생 불가능한 소스가 된다.

오르한 파묵의 소설 『내 이름은 빨강』에는 오스만의 전통 화풍인 세밀화에 대한 설명이 자주 나온다. 오스만의 화가들이 베네치아 회화라는 서양의 화풍과 세밀화의 전통 사이에서 갈등하는 대목은 실감 난다. 화원장 오스만이 황금 바늘로 자신의 눈을 찔러 시력을 잃는 장면은 마음을 아프게 한다. 가련하지만 또한 위대한 화원장은 시력을 버림으로써 내면에 간직한 세밀화의 전통을 봉인한다. 시대마다 인간에게는 보고 지켜야 할 가치가 따로 있다.

2018년의 봄. 우리는 역사를 살고 있다. 내가 글을 쓰는 지금 조명균 통일부장관이 이끄는 우리 대표단이 판문점 북측 통일각에서 북한 대표단과 만나고 있다. 남북정상회담 준비다. 다음달* 27일 양쪽 정상이 만난다. 창밖을 스쳐가던 '현재'가 방향을 바꿔 우리에게 날아와 눈에 박힌다. 내 눈을 밝혀 달라고 기도하고 싶다. 붕어처럼 눈을 뜬 채 이 순간을 기억하며 그 결실을 역사의 들머리에 새길 수 있기를. 그러니 그대여….

Nessun dorma, Nessun dorma!
(잠들지 말지어다, 잠들지 말지어다!)

---

* 2018년 4월.

놀라운 일

"아이고 아버지, 여태 눈을 못 뜨셨소. 인당수 풍랑 중에 빠져 죽던 청이가 살아서 여기 왔소. 어서 어서 눈을 떠서 저를 급히 보옵소서."

심황후가 울부짖으니 심봉사가 어쩔 줄을 모른다.

"내가 지금 죽어 수궁에 들어 왔느냐. 내가 지금 꿈을 꾸느냐. (중략) 내 딸이면 어디 보자. 어디 내 딸 좀 보자. 아이고, 내가 눈이 있어야 내 딸을 보제. 아이고 답답하여라. 두 눈을 끔적하더니만 눈을 번쩍 떴구나. 이게 모두 부처님의 도술이것다."

심봉사의 개안(開眼)은 심청의 지극한 효성에 부처의 자비가 더해져 가능하였다. 맹인의 고통이 어떤지 성한 사람도 알았기에 고대(古代)의 인식은 그토록 가혹했으리. 예수 시대의 이스라엘도 예외 없었다. 요한복음에는 예수가 '태어나면서부터 눈먼 사람'을 고쳐주는 장면이 나온다. 율법을 엄격히 지켜야 한다고 믿는 바리사이 사람들은 예수가 기적을 안식

일에 행하였으니 죄인이라고 소란을 피운다.

예수가 기적을 행하기 전에 제자들이 묻는다. "저 사람이 소경으로 태어난 것은 누구의 죄입니까?" 예수가 대답한다. "누구의 죄도 아니다. 다만 저 사람에게서 하느님의 놀라운 일을 드러내기 위한 것이다." 예수를 구세주로 믿지 않아도 양심이 있다면 장애에 대한 2000년 전 그의 인식이 오늘의 우리를 압도함을 인정하리라. 우리는 장애아들을 위해 학교를 짓는데 부모가 무릎을 꿇고 빌어도 될까 말까한 나라에 살고 있다.

'하느님의 놀라운 일'은 현실에서 발견할 수 있다. 레이 찰스, 스티비 원더, 호세 펠리치아노 같은 대중음악 스타들과 성악가 안드레아 보첼리를 보라. 1970년대의 명가수 이용복도 시각장애인이다. 그는 여덟 살 때 사고로 시력을 잃었다. 고등학교 2학년 때 데뷔해 처음엔 장애인이란 점 때문에 주목받았지만 결국은 실력으로 일류 가수가 됐다. 기타 연주가 뛰어나 양희은이 '아침 이슬'을 녹음할 때 반주를 맡기도 했다.

스티비 원더가 잠시라도 자녀의 얼굴을 보고 싶어 개안 수술을 받았지만 실패했다는 주장이 있다. 1999년 존스홉킨스 대학 연구진이 시력 회복과 관련된 기술을 개발했다는 소식을 듣고 스티비가 연락하기는 했다. 검사 결과 스티비는 시세포가 모두 상해 수술할 수 없다는 진단을 받았다. 그는 2005년 새 앨범을 발매하러 영국 런던에 갔다가 기자회견에 참석했을 때 "의사들을 만나긴 했지만 수술하지 않았다"고 확인했다.

장애 예술가들의 천재성은 심안(心眼)에서 나온다. 진실을 보는 눈은 곧 진실 자체다. 예수가 "나는 못 보는 사람은 보게 하고 보는 사람은 눈멀게 하러 왔다"고 하자 뜨끔했는지 바리사이 사람 몇이 "우리 눈이 멀었단 말이냐"며 대든다. 예수가 꾸짖는다. "차라리 눈이 멀었다면 죄가 없겠지만 눈이 잘 보인다고 하니 너희 죄는 그대로 있다."

삶과 역사를 바라보는 눈도 다르지 않다. 우리는 사흘 전 제주 4.3사건의 희생자들을 추모하였고, 오늘* 전직 대통령에게 내려지는 선고를 기다리고 있다. 법원 앞에 태극기가 꽃무리를 이루었다고 한다. 역사는 유대인의 신처럼 냉정하고 무자비하다. 그들의 신이 예고하였다. "가라지를 먼저 뽑아서 단으로 묶어 불에 태워버리게 하고 밀은 내 곳간에 거두어들이게 하겠다."

---

* 2018년 4월 6일.

눈물

실러(Friedrich von Schiller · 1759-1805)는 베토벤의 9번 교향곡 「합창」의 4악장에 나오는 「환희의 송가」를 쓴 사람이다. 작가이자 철학자로서 괴테의 친구였다. 바이마르에는 두 사람이 나란히 선 동상이 있다. 실러는 칸트 미학의 비판적 계승자라는 평가를 받는다. 그의 주제는 선명하다. 나는 칸트를 읽고 해결하지 못한 의문을 실러의 글을 통해 해소하는 경우가 적지 않았다.

그는 「비극예술에 대하여」라는 글에서 대중이 현실의 불행 앞에서 만족을 느끼는 두 가지 예를 제시한다. 그들은 침몰하는 배를 안전한 곳에서 바라보며 충격과 함께 즐거움을 느낀다. 범죄자를 죽이는 처형장에 몰려드는 이유는 정의를 사랑해서가 아니라 범죄자가 고통 받는 꼴을 보고 싶어서다. 보지 않으려는 사람은 호기심을 숨기고 있을 뿐이다. 지나칠 정도로 매정한 언술이다.

하지만 그는 「숭고한 것에 대하여」에서 자세를 바꾼다. 우리는 다른 사람의 고통 앞에서 즐거울 수 없으며 그 불행 앞에서 연민을 느낄 수밖에 없다고 썼다. 그는 연민이란 어쩔 수 없는 본성의 작용이라고 생각했다. 실러는 여기서 비극의 미학으로 나아간다. 비극은 인간의 이중적 본성을 드러내며 격정적인 동시에 숭고해야 한다. 고통을 극복하는 도덕성의 구현은 비극의 최종 목표다.(김상현)

예술로서 비극을 바라보는 관객은 연민과 공포를 통하여 카타르시스를 체험한다. 아리스토텔레스가 『시학』에서 주장한 이론이다. 관객은 극 속의 인물과 자신을 동일시하거나 감정이입해 비극에 참여한다. '나도 저렇게 되면 어떡하나?', '내 일이 아니라서 다행'이라는 인식이 공존한다. 갈등이 증폭돼 긴장이 최고조에 이르렀다 마침내 결말에 이르러 갈등이 해소되면 관객은 '정화'를 경험한다. (김정희) 이때 배출되는 정화의 부산물이 '눈물'이다.

연민과 공포를 중국식으로 이해하면 맹자가 말한 측은지심(惻隱之心), 불인지심(不忍之心)이다. 측은지심은 남을 불쌍히 여기는 선한 마음이요, 불인지심은 남의 불행을 마음 편히 보지 못하는 마음이다. 둘 다 인간이면 누구나 타고나는 본성이다. 그러기에 도살장으로 끌려가는 소를 동정하고, 우물에 빠지려는 아이를 기어코 구해내는 것이다. 맹자는 "측은지심이 없으면 사람이 아니다"라고 못박고, 이 생각은 인의예지로 나아간다.

가장 잔인한 달, 죽은 땅에서 라일락을 키워내는 이 계절. 4

월은 어김없이 돌아와 우리 앞에 섰다. 우리는 지난 3일[*] 제주의 원혼을 위로하였고, 다가오는 월요일에는 봄꽃처럼 스러져간 어린 넋 앞에 고개 숙여야 한다. 공포와 비극이 현실이었을 그 시간에 우리는 안전한 어디에서 무슨 생각을 했던가. 그 위태로운 시간 위에 우리는 사람의 혼으로 직립했던가. 그 날로부터 어언 4년 세월이 흐르고 흘렀다.

팽목항에서는 선명한 통증이 샛노란 리본처럼 우리의 기억 속에 나부끼고, 세월호가 드러누운 목포 신항에는 돌아오지 못한 다섯 혼백의 흐느낌이 바람이 되어 맴돈다. 우리는 아직 아무것도 모르고, 아무 일도 마치지 않았다. 우리 내면의 어느 자리에 인간의 맥박이 고동치고 있는지, 아직 알지 못한다. 다만 '눈물이, 덧없는 눈물이 절망의 심연에서 샘솟아 가슴을 치밀고 눈에 고인다….' (테니슨)

* 2018년 4월.

봄날은 간다

문과대학 건물 아래 빨간 우체통. 봄날 햇빛 속으로 벚꽃 하염없이 지고 있으리. 200자 원고지에 만년필로 쓴 응모작을 부치고 나면 이내 가슴 두근거리며 문예지에서 걸려올 전화를 기다렸다. 훗날 스승의 추천으로 문단의 말석에 끼어 앉은 내게 전화는 오지 않았다. 못난 제자의 마음을 살펴 '당선'이라 했으나 천료(薦了)임을 누가 모르랴.

'섬세한 손길을 흔들며 하롱하롱 꽃잎이 지는' 어느 날이여. 모든 기억은 감각의 모든 영역에 불타는 낙인처럼 선명하게 남았다. 그곳은 지는 꽃에 글썽이는 눈에 머무르지 않으며, 정신을 흐리게 만드는 봄날 꽃의 향기에 그치지 않는다. 팝콘처럼 흩어지는 여학생들의 웃음 속에, 언제인지 기억나지 않는 삽화 속에 머무른다. 그 먼 주소지로 가끔 엽서를 쓴다. 그 중 하나.

…부암동 사무소 앞을 지나면서 일기예보를 들었다. 전국에 내려진 호우주의보가 모두 걷혔다. 그러나 말끔하게 개지는 않았다. 멀리 북한산이며 인왕산이 검게 보이고, 하늘은 회색이다. 조금 싸늘한 바람이 얼굴을 스친다. 바람이 부는 건지, 내 차가 달리는 서슬에 창으로 밀려들어온 바람인지 모르겠다.

그날은 큰비가 온다는 날이었다. 우리는 대부분 이른 오후 수업을 마치고 '신라'로 갔지. 너와 나는 예술대학 건물을 지나 학생회관 앞 돌계단을 걸어 내려갔다. 그 돌계단은 30년을 훨씬 지난 지금도 그 때의 그 해묵은 빛깔로 자리를 지킨다. 커피를 끼얹은 듯한 그 빛깔. 나의 구겨 신은 가죽신과 너의 붉은색 나이키 운동화가 계단을 내려갔다. 80년대.

아주 센 바람이 갑작스럽게 불어 머리칼과 웃옷을 나부끼게 했다. 꽉 끼는 청바지는 끄떡없었지. 너는 말했다. "이런 날씨 정말 좋아." 하지만 바람 끝에는 물기가 묻어 있었다. 곧 비가 온다는 신호였기 때문에 우리는 걸음을 서둘렀다. 다방 문이 닫혔을 때 사나운 파열음을 내며 빗줄기가 쏟아졌다.

그때의 신라는 거리 쪽 창문을 그림이 그려진 나무벽으로 막아 두었다. 나중에 유리창을 트지. 비 내리는 풍경을 볼 수 없었지만 나의 상상과 추억 속에서 퇴계로는 흥건히 젖었다. 빈 DJ박스에 들어가 음악을 틀었다. '더 롱런(The Long Run)'이라는 이글스의 음반에 든 몇 곡을 들은 다음 네가 말했다. "다 모르는 노래야."

기억은 여기까지다. 다음은 모르겠다. 어쩌면 소주

를 마시러 '이층집'에 갔을 것이다. 그렇지 않으면 길에 고인 물을 밟아 신발코를 적시며 총총히 집으로 돌아갔겠지. 차가 많이 다니지 않는 퇴계로의 밤은 어두웠고, 막막한 느낌을 주었다. 어떤 때, 그 길은 낯선 외국의 풍경처럼 떠오른다. 80년대.

부암동 사무소 앞을 지나면서, 순간이지만 바람을 느꼈다. 그 바람이 너를 떠올릴 기회를 주었다. 이 짧은 글로 인하여 추억은 픽서티브를 뿌린 파스텔화처럼 보존되리라. 시간은 빨리 간다. 우리는 지난 연말 모임에서 만났고 추워서 입김을 뿜으며 헤어졌다. 봄날은 간다. "언제 또 보자"고 했지만 쉽지 않은 것이다.

아직도 빨간 운동화를 신고 다니나? 남산코끼리….

(2005년 6월 2일)

쾰른의 날씨

쾰른에 며칠째 비가 내렸다. 독일에 간 지 석 달쯤 지났을 때였다. 나는 향수병에 찌들어 못난 짓만 골라서 하고 있었다. 입맛이 떨어져 시내에 있는 아시안 마켓에서 사온 일본이나 중국 라면으로 끼니를 메웠다. 혈압이 떨어지면서 무력해져 커피를 하루 열 잔씩이나 마셔댔다. 수염도 깎지 않고 학교와 클럽을 겨우 오갔다. 클럽에서 운동을 할 때는 기운이 없어서 쩔쩔맸다. 그러자 하숙집 아주머니가 걱정했다.

아주머니는 내가 하숙하는 동안 매일 새벽 나보다 먼저 일어나 새 커피를 내렸다. 단단한 빵을 자르고 치즈와 살라미를 올려 한 접시 차린 뒤 다시 침실로 돌아갔다. 그분의 은혜를 잊지 못한다. 나는 몇 주째 빵에 손도 대지 않고 커피만 한 잔 마시고 학교에 갔다. 아주머니는 내가 일찍 집에 들어가는 날 맛있는 걸 해준다고 이것저것 요리도 했다. 그러나 미안하게도 많이 먹지 못했다. 별미라면서 사다 준 염소젖 치즈를 입에 넣었을 때는 괴로웠다.

주일이 되었을 때, 성당에 다녀온 나는 창밖을 내다보다가 무심코 혼잣말을 했다. "퀼른은 날씨가 왜 이래?" 그런데 그 말을 듣고 아주머니가 벌컥 화를 냈다. "퀼른 날씨가 어때서!" 목소리가 칼칼했다. 나는 당황해서 제대로 말을 못하고 '어버버…' 하다가 내 방으로 돌아갔다. 나중에 아주머니가 방에 찾아와 사과했다. 하지만 나는 그분이 잘못했다고 생각하지는 않았다. 아주머니가 화를 낸 이유를 몰랐을 뿐이다.

아주 최근에 와서, 나는 조금 이해를 할 수 있게 되었다. 나의 이해는 아마도 그 시간에 대한 기억, 그리고 그리움에 힘입었을 것이다. 시간은 힘이 세고, 인간의 기억은 거기 집요함을 더한다. 기억은 공감각(共感覺)이 축적한 기록의 총체로서 시간의 저장고 속에서 천천히 숙성하여 우리 의식의 외피를 향해 떠오른다. 숙성의 방식에 따라 추억이 되거나 악몽으로 남는다.

기억이든 추억이든 악몽이든 우리 공감각이 유통한 채널을 재활용한다. 그래서 우리가 어느 장소, 어느 시간을 다시 떠올릴 때는 우리가 보았거나 맛보았다고 생각하는 그 기억, 줄기차게 귓가를 울리는 빗소리와 염소젖 치즈 냄새 같은 것들이 현실인양 구체적으로 떠오른다. 하지만 우리가 의식의 스크린에 조사(照射)하는 재생화면은 우리의 체험과 일치하지 않는다. 그러나 진실에 더 가까울 수는 있다.

한 감각이 다른 감각을 온전히 지배하기도 어렵다. 그 중 하나가 우세할 수 있지만 대개는 착각이다. 그것은 우리의 지성이 아니라 제3의 감각이 결정하는 일이다. 다만 우리는 손등이 스탬프에 눌릴 때와 같은 물컹한 압박과 딸각거리는 진동을 어렴풋이 감지할 수 있다. 그럴 때 몰랐던 것을 알게 되기도, 희미했던 것이 또렷해지기도 한다. 그래서 우리는 과거를 놓지 않는다. 우리는 오감을 열어 오늘을 지키고 미래를 상상한다.

2018년 4월 27일. 10년이나 20년이 지난 다음 당신이 오늘을 어떻게 기억할지 나는 알 수 없다. 당신의 의지보다는 현실이 기억을 지배할지 모른다. 그러나 지금 이 자리에서 나는 상상할 수 있다. 나는 그날 밤 쾰른으로 가는 대륙횡단 열차를 타고 압록강 철교를 건너리라. 막 지나친 신의주의 불빛이 아름다울 것이다. 전혜린.

대동강 맥주 4캔 만 원

아힘 쿠츠만(Achim Kuczmann)이 은퇴했다. 그는 좋은 친구였
고 선생이었으며 훌륭한 (나의) 코치였다. 나는 2002년 월드
컵 취재를 마친 다음 회사의 보살핌을 받아 독일로 공부하러
갔다. 오전에는 쾰른에 있는 학교에 나가고 오후에는 레버쿠
젠에 있는 바이엘의 스포츠클럽에 나가 운동을 했다. 나는
자이언츠라는 농구단에서 일(?)을 했다. 아힘은 농구에 미친
나를 훈련에 참가시키고 벤치를 내주었으며 일을 맡겼다. 나
는 그에게서 거의 모든 것을 배웠다.

나는 공부를 마치고 돌아온 뒤에도 분데스리가를 누비는 그
를, 독일의 대표 팀을 이끄는 그를 무척 자랑스러워했다. 독
일 대표 팀이 2006년 8월 일본에서 열린 세계선수권대회에
참가했을 때 그가 나를 초대했다. 나는 그때 막 회사의 연구
팀에 들어가 일을 시작했다. 갈 수 없었다. 2013년에는 내가
강의하러 나가던 대학의 학생들을 위해 그를 서울로 초대했
다. 그는 소속 팀을 이끌고 자메이카로 전지훈련을 가야 해
서 오지 못했다.

그는 2017-18시즌을 마친 다음 후배인 한지에게 휘슬을 물려주고 클럽 행정으로 자리를 옮겼다. 저예산 클럽인 자이언츠농구단을 잘 지켜냈듯이 구단 일도 잘해낼 것이다. 무엇보다 그는 근면하고 거짓이 없으며 매사에 정확하니까. 그를 꼭, 그리고 곧 만날 생각이다. 내가 회사 일을 잠시 쉬며 논문을 쓰던 2012년 7월 19일 아힘은 베를린에 자료를 구하러 갔다가 밤늦게 돌아온 나를 두 시간이나 기다렸다. 내가 묵는 숙소 현관에서, 얼굴도 모르는 사람들 사이에 쪼그리고 앉아서. 나도 그를 기다리겠다.

그날 밤 우리는 맥주를 마시며 농구와 가족, 친구들 얘기를 했다. 나는 '쾰시(Koelsch)'를, 그는 네덜란드 맥주를 마셨다. 쾰시는 쾰른의 맥주다. 나는 쾰른이나 레버쿠젠에 가면 반드시 쾰시를 마신다. 아침 일찍 하숙집을 나와 학교로 가는 전철을 타러 가는 길에 맥주 공장이 있었다. 가을날 새벽 산처럼 쌓인 맥주 재료에서 김이 솟아 안개를 이룬 풍경, 진한 호프 냄새를 기억한다. 우리는 자주 미각을 도구 삼아 기억을 되살린다. 사람의 입은 말을 하기 이전에 미각으로 먼저 느끼며, 조금 과장하면 '생각한다'. 고향과 추억을 소환하는 텔레비전 프로그램에 흔히 음식이 등장해도 전혀 어색하지 않다. 내 기억 속의 독일은 하숙집 아주머니가 매일 새벽 내려주던 진한 커피와 쾰시의 미각으로 남아 있다.

쾰시가 특별히 맛있다고 하기는 어렵지만 우리 맥주보다 못하지는 않다. 2006년 6~7월 독일월드컵이 열렸을 때 취재하러 가서 사 읽은 잡지에 「맥주월드컵」이라는 특집이 실렸다. 우리 맥주는 형편없는 대접을 받았다. 시음한 평론가는 '화학공장에서 터진 끔찍한 사고의 부산물 같다'고 혹평했다. 북한의 김정은 국무위원장도 "남조선 맥주는 정말 맛이 없다. 맥주는 확실히 우리 것이 더 맛있다"고 평가했다고 한다. 정상회담으로 남북한 교류의 가능성이 커지자 "1순위로 대동강 맥주를 수입해 달라"는 요구가 있다고 한다. 누리꾼들은 "대동강 맥주 4캔 만원 기다리고 있소, 동무" 같은 재담을 올렸다.

그중에 "대동강 맥주에 한라산 소주 말아서 통일주 마시는 그날을 손꼽아 기다리고 있겠습니다"라는 게시글이 마음을 사로잡는다. 한편 우습고 한편 가슴 뭉클하다. 아, 그거 참 맛있겠다. 나도 제주에 가면 그곳에 사는 선후배님들을 만나 반드시 한라산 소주를 마신다. 하지만 대동강 맥주와 한라산 소주라는 '남북합주(合酒)'의 미각을 상상하지는 못했다. 역시 젊은이들의 상상력은 발랄하고 힘차다. 이런 상상을 할 수 있다는 사실, 상상을 현실로 바꿀 수 있으리라는 기대만으로도 얼마나 행복한가. 가슴 뜨거운 봄이다.

공룡의 입술

'너의 할아버지가 이브를 꾀여 내던 달변의 혓바닥
이/소리 잃은 채 낼름거리는 붉은 아가리로/푸른 하늘이다
… 물어뜯어라, 원통히 물어뜯어. (중략) 클레오파트라의 피
먹은 양 붉게 타오르는/고운 입술이다 … 스며라! 배암'

미당(未堂)의 시는 욕을 참으로 많이도 본다. 쓰윽 들여다보
면 알 것도 같으니 묵객과 선비는 물론이요 잡놈도 입을 댄
다. 세상은 바뀌어 시인입네 평론가입네 자칭하는 무리가 허
다하다. '관능'이니 '신라정신'이니 몇 토막 주워섬기면 도통
한 흉내도 수월하니 어찌 큰 유혹이 아니겠는가. 시의 주인
에게 허물이 적지 않으매 '민족혼'을 들먹이면 짐짓 결기를
시전하기에 족하다. 시선(詩仙)이요 시성(詩聖)이라는 찬사에
원한을 품었기에 시귀(詩鬼)를 입에 담아야 직성이 풀리는 독
한 혀가 허다하다. 맑은 숲에 독향(毒香)이 없으니 극한 언어
는 말하는 자의 내면에 자욱한 유황의 연기로다.

〈쥐라기 공원〉이라는 영화를 보고 경악한 나는 이내 미당의
시를 떠올렸으니, 곧 「화사(花蛇)」이다. 고백하거니와 나는

이순(耳順)을 바라보는 오늘까지 파충류라는 놈들이 울부짖는 소리를 듣지 못했다. 내가 아는 파충류란 과묵하고도 수줍음을 타는 녀석들이다. 나일 강의 킬러 악어나 먹이를 둘둘 감아 으스러뜨린다는 보아 뱀, 공룡의 후손이라는 코모도드래건 같은 거대 파충류도 목소리로써 어르지 않는다. 그런데 영화에는 티라노사우루스라는 놈이 길고도 웅장한 포효와 함께 등장하더니 끝날 무렵에는 스크린 안팎을 아예 난장판으로 만들고 아가리를 크게 벌리고 허공을 바라보며 울부짖는 것이다. 참으로 무서웠다.

성대를 울려 소리를 만들고 의사를 주고받는 기능을 후손의 대에 이르러 내다버리지는 않았으리. 티라노사우루스도 결코 울부짖는 동물은 아니었으리라. 몸무게가 5~7t이나 나가고 키 6m, 몸길이는 무려 12~15m에 이르는 녀석이 소리를 냈다면 아마도 사냥을 마치고 헉헉거리며 먹이를 물어뜯을 때의 가쁜 숨소리, 강한 턱으로 살을 찢고 뼈를 물어 으스러뜨릴 때 나는 끔찍한 분쇄음 같은 것이었으리라. 그 째진 아가리와 날름거리는 혓바닥은 아무리 보아도 서로 어울려 발음을 하고 그로써 생각을 나누게 생기지 않았다. 그러므로 나는 티라노사우루스를 비롯한 공룡들이 사랑의 밀어를 속삭이고 황홀한 교미를 한 결과 새끼들을(비록 알이지만) 분만했으리라고 상상하기 어렵다.

수많은 이론이 공룡 멸종의 근거와 과정을 설명한다. 6600

만 년 전에 소행성이 지구와 충돌해 분진 수백만t이 태양을 가리자 단기간에 지구가 냉각되고 식물이 자생하지 못하게 된 결과 초식 공룡과 육식 공룡이 차례로 사라졌다는 설이 유력하다. 그러나 나는 입맞출 수도 안을 수도 없는 사랑의 불가능함, 그 서글픔 속에 멸종의 필연이 잠재했다고 믿는다. 고통조차 나눌 수 없었던 지독한 단절과 침묵의 숙명에서 '소리 잃은 채 낼름거리는 붉은 아가리', 반만년 반도의 족속을 떠올린다. 그 남북의 무리가 묵언(默言)의 빗장을 차례로 풀고 입술을 열어가는 이 장관이 그래서 나에게는 절멸의 위기를 넘어 삶으로 가는 혈로(血路)처럼 보인다. 이번엔 싱가포르, 6월 12일이랬지.*

* 2018년.

네안데르탈인의 노래

한동안 그의 이름을 찾기 어렵겠다. 참으로 유감이다. 그래
도 그의 시를 읽으며 자란 문단의 한 부스러기로서 아예 기
억에서 지울 수야 있으랴. 그의 이름과 함께 나는 맨 먼저
「문의마을」을 떠올려야 마땅하다. 그러나 그 다음은 '춤'이
다. 나는 그를 춤으로 떠올린다.

그는 1998년 북한에 다녀온 뒤「북한탐험」이라는 여행기를
쓴다.「온정리의 구름」편에 이 구절이 나온다. "시중호 휴게
소 한 옆 잔디밭에서 흥겹게 춤판을 벌이고 있는 젊은이들을
만났다. 원산 금강원동기합영회사의 노동자들로 금강산에
다녀오는 길이라 했다. 얼결에 그들 속에 섞인 나는 아코디
언이 연주하는 '휘파람'이란 북한 유행가 곡조에 맞춰 함께
춤을 추었다."

2013년 2월 14일 자 『뉴스앤조이』라는 매체에 실린 그의 기
사에도 춤이 나온다. "문익환 목사와는 가장 밀착된 형제였
다. 둘이 만나면 좋아서 껴안고, 춤추곤 했다"는. 거기 실린
사진 설명도 있다. '문 목사가 어머니의 부고 소식을 듣고 감

옥에서 잠깐 나와 장례를 치른 적이 있었다. 사진은 빈소를 찾아 온 고은 시인과 문 목사가 서로 반기며 춤을 췄던 모습.'

누가 추든 춤은 몸이 부르는 노래다. 노래는 거룩하여 신의 언어를 닮는다. 플라톤은 음악과 시를 이데아의 복제품으로 보았거니와, 노래는 시와 음악을 더해 인간을 연주함으로써 신의 언어를 재생하는 소프트웨어이다. 그래서 신의 모상(模像)인 인간의 성대는 노래하기에 알맞게 제작되었을 것이다. 인간아, 네 입을 크게 벌려 노래하여라.

현생 인류가 네안데르탈인보다 나은 종자였다면 노래도 더 잘 불렀으리라. 눈과 얼음에 덮인 유럽의 고대를 네안데르탈인이 누볐다면 그들도 목울대를 경련하듯 떨며 요들 비슷한 노래를 불렀을 것이다. 가족과 함께 알프스에 올랐을 때,* 나는 융프라우요흐에 때맞춰 쏟아지는 폭설 아래서 원시 인류의 요들을 들었다. 그 끝없는 환청. 그날 밤 인터라켄에서 슈납스를 마실 때는 스스로 네안데르탈인이 되어 당장이라도 목청을 뽑고 싶어졌다.

해마다 5.18을 맞는다. 그때마다 기억은 1980년대를 소환한다. 그 청춘의 한 시절을 낭만으로 기억할 수만은 없다. 피의 시대, 죽음의 연대였으므로. 광주의 5월이 한 세대의 영혼을 온전히 지배했다. 그 자장(磁場)으로부터 자유로울 수 없다.

---

* 2002년 12월.

청년들은 무엇을 무기로 싸웠던가. 화염병? 투석전? 그 모든 것을 노래에 실었다. '오월! 그날이 다시 오면 우리 가슴에 붉은 피 솟네', '사랑도 명예도 이름도 남김없이', '가자 가자 이 어둠을 뚫고….'

한 시인의 이름이 '미투'의 블랙홀에 빨려 들어가 금기어가 되었다. 그의 이름과 더불어 뛰어난 문학평론가 김현을 떠올리는 것은 나의 오랜 습관인가. 이 선험(先驗)의 출처를 기억하지 못한다. 김현은 우리 시를 읽는데 탁월한 솜씨를 발휘하였다. 그가 김수영에 대해 쓰기를 "그의 시가 노래한다고 쓰는 것은 옳지 않다. 그는 절규한다"고 했다. 멋지고 비장한 언어. 그러나 동의하지 않는다. 5월. 그리움과 존경을 담아 옮겨 적겠다.

"그의 시가 절규한다고 쓰는 것은 옳지 않다. 그는 끝내 노래한다."

디모테오*

역사는 그의 고향을 루스드라(Lystra)라고 기록했다. 로마의 속주(屬州)였는데 지금은 자취가 남지 않아 추측만 할 뿐이다. 아나톨리아에 있는 코니아 근처의 산마을 길리스트라, 그 남쪽 하툰사라이에서 가까운 졸데라 언덕, 코니아 남동쪽에 있는 마을 일리스트라 중 한 곳으로 짐작한다. 서기 17년에 그리스인 아버지와 유대인 어머니 사이에서 태어나 97년에 죽었다는데 생몰연대가 모두 분명하지 않다.

그럼에도 그의 이름은 존재가 뚜렷하니 바로 성경 속의 인물 디모테오다. 라틴어로 티모테우스(Timotheus)요, 영어로는 티머시(Timothy). 그 뜻은 '하느님을 공경하는 자'다. 기독교의 사도 바울로가 제1차 선교 여행(47~49년) 중에 루스드라에 들러 그의 어머니와 할머니를 귀의케 한다. 이때 문중에 떨어진 신앙이 싹을 틔워 그로 하여금 역사에 이름을 남기게 했다. 바울로가 그를 사랑하여 서기 50년에 두 번째 선교 여행을 할 때는 동행할 정도였다.

---

* 번외편이다.

바울로는 디모테오에게 편지를 두 번 보낸다. 처음으로 감옥에 갇혔다가 풀려났을 때(63년)와 죽음(67년)을 앞뒀을 때다. 곧 「디모테오에게 보낸 편지」라고 하며, 기독교 신자들은 첫번째 편지와 두 번째 편지로 나눠 신약성서의 일부로 봉독한다. 바울로는 편지에서 이단을 배격하고 교회의 성무를 집행하는 데 필요한 성직자들의 의무 및 전도자의 사명 등을 말한다. 본문에 '바울로가 디모테오에게 보낸다'고 돼 있으나 최근에는 바울로가 직접 쓰지 않았다는 주장도 적지 않다.

바울로는 두 번째 편지의 4장이 끝날 무렵 디모테오에게 개인적인 부탁을 한다. '마르코를 데려오고 나의 외투와 책을 가져오되 겨울이 되기 전에 오라.' 마르코를 '내가 하는 일에 꼭 필요한 사람'이라고 했고, 책은 특히 양피지로 된 것을 잊지 말라 했다. 신학자들은 '외투'가 죽음을 각오한 그의 수의(壽衣)라고 본다. 서둘러 오라는 이유는 상황이 급하기도 하려니와, 한겨울 지중해의 날씨가 오디세우스의 신화를 사실로 느끼게 할 만큼 험했기 때문이기도 하다.

생의 마지막 순간에 바울로가 곁으로 부른 디모테오는 어떤 사람인가. 성경은 이렇게 설명한다. "소심하면서도 심성이 자애로웠다. 병약하고, 바울로가 마지막으로 잡힐 무렵엔 아직 젊었다." 바울로는 에페수스에서 선교에 힘쓴 그를 '사랑하는 아들' '충실한 모방자' '협력자' '절친한 친구'라고 했다. 소심하고 병약한 디모테오가 때로는 바울로와 더불어, 때로

옆구리에 대한 궁금증

는 홀로 험지(險地)를 오가는 모습은 어딘가 처연하지 않은가.

천주교를 믿는 문재인 대통령의 세례명이 디모테오다. 정치인으로서 국민을 하느님으로 섬긴다면 세속의 이름으로도 손색없다. 그는 평화와 통일을 서원(誓願)했기에 험로를 마다치 않는다. 그러나 현실 속의 문재인은 디모테오가 아니라 모세다. 모세는 끝없이 불평하는 이스라엘 백성을 이끌고 약속의 땅으로 가야 했다. 종살이하던 이 백성이 모두 모세의 '팬'은 아니었다. 그뿐인가. 오늘처럼 어둠이 발을 붙들면 걸음을 멈추고 신과 자신에게 길을 물었다.

체칠리엔호프

1936년 베를린올림픽이 열린 올림피아슈타디온에서 포츠담에 있는 체칠리엔호프까지는 자동차로 한 시간도 걸리지 않는다. 이곳은 궁전인데, 프로이센의 빌헬름 2세가 황태자와 황태자비에게 지어주었다. 황태자비의 이름이 체칠리에(Cecilie)다. 호엔촐레른 가문의 마지막 궁전으로 1917년에 다 지었다. 목재와 기와로 마감한 2층(일부는 3층) 건물로, 궁전치고는 조금 작다. 오늘날 호텔과 레스토랑이 들어가 궁전호텔(Schlosshotel)이 되었다.

궁전이 들어선 신정원(Neuen Garten)은 숲이 우거지고 흙길에 민달팽이가 지천이다. 그래서 아들 부부가 동화 속의 정원에서 행복하기 바랐을 아버지의 사랑을 짐작한다. 그러나 한국인에게 이 궁전은 단순한 관광지가 아니다. 역사와 숙명으로 직결된다. 1945년 5월 8일 나치 독일이 항복하고 두 달이 지난 7월 17일부터 8월 2일까지 이곳에서 포츠담 회담이 열렸다. 그 결과물이 포츠담 선언이다. 일본의 항복을 요구하면서 한국의 독립을 확인하고 있다. 일본은 항복을 거부했지만 히로시마와 나가사키에 원자탄이 떨어지자 손을 들었다.

한국의 독립은 1943년 11월 22일부터 26일까지 열린 카이로 회담에서 결정되었다. 미국과 영국, 중국 등 3개국 정상이 참석했다. 1943년 11월 23일 오후8시에 중국의 장제스가 미국의 루스벨트 대통령과 만찬을 하면서 '한국 독립'을 안건으로 제시했다. 루스벨트 대통령의 특별보좌관 해리 홉킨스가 이튿날 카이로 선언의 초안을 작성했다. '이른 시기에 한국이 자유롭고 독립적인 국가가 될 것임을 결의한다.' 그러나 영국은 한국의 독립을 승인하기를 꺼렸다. 인도 · 버마 등 아시아 식민지를 유지하고 싶었기 때문이다.

포츠담 선언은 카이로 선언을 확인했다는 점에서 의미가 있다. 하지만 공짜가 어디 있으랴. 이때 미국과 소련이 38선을 남북으로 가르는 밀약을 했다고 한다. '포츠담 밀약설'이다. 그러니 포츠담 회담은 한반도의 분단과 동족상잔을 예고하고 있었던 것이다. 일본과 미국이 조선과 필리핀을 나눠 갖기로 한 가쓰라 태프트 밀약(1905)처럼 우리가 빠진 회담과 선언은 역사의 멍에가 되기 일쑤다.

정치는 언어의 노동이다. 고상한 언어를 말해도 근본을 탐욕에 두면 협잡일 수밖에 없다. 외교가 국제 정치의 양식이라면 이 또한 언어의 가두리를 벗어나지 못한다. 가두리 안에서 강-약, 중강-약, 약-약과 같은, 힘과 크기를 달리하는 자들이 마주앉았다 일어서기를 반복한다. 강-강의 언어는 결정하는 자들의 언어다. 그들은 주어(主語)를 사용한다. 재갈을 문 채 처분을 기다리는 자들의 언어는 주어가 아니다. 냉혹한 진실과 비극의 씨앗이 여기에 있다.

판문점과 싱가포르에서 벌어지는 담판은 한반도의 주인이 스스로 운명을 결정할 기회일지 모른다. 칠흑 같은 밤하늘을 가로지르는 섬광과도 같은 순간이다. 그러니 주인의 언어로 말할지어다. 남북 모두 주어를 사용해서 말해야 한다. 남북의 지도자들이 판문점의 만남에서 힘을 얻었기를. 우리는 두 차례나 '통역 없는 정상회담'을 보지 않았나. 그 뜨거운 입맞춤을 보지 않았나.

하이든의 〈시계〉

선생님은 예뻤습니다.

동국대학교 사범대학 국어교육학과를 졸업하신 선생님. 이분에게서 한 자 틀릴 때마다 30센티 대나무 자로 손바닥을 맞으면서 한문을 배웠습니다. 시의 아름다움과 문학의 즐거움도 선생님 덕분에 알게 되었습니다. 수업 시간에 '산 너머 남촌에는 누가 살길래…'하는 노래를 들려주신 분. 초여름 어느 날 당번이 되어 유리창을 닦던 아침, 큼직한 꽃무늬 원피스에 흰 샌들을 신고 복도 저편에서 걸어오시던 황홀한 모습. 또각또각 가까워 오던 발자국 소리가 지금도 눈을 감으면 현재인 듯 생생합니다.

선생님을 위해 중학교 1학년 여름방학 때 이광수의 소설을 모조리 읽어 치웠습니다. 솔제니친의 '이반 데니소비치의 하루'도요. 이 책을 빌려간 다음 잃어버린 친구와 싸운 이유는 선생님 손길이 닿은 소중한 책이었기 때문입니다. 그 여름방학에 제가 쓴 '시'와 '수필'과 '소설'들을 묶은 '인생'이라는 이름의 문집은 전화번호부보다 더 두꺼웠지요. 선생님께 '바치기 위해' 글씨도 멋지게 쓰려고 애썼습니다. 파카 만년필!

어느 날 선생님께서 음악 이야기를 들려주셨습니다. 하이든. 동양방송 라디오에서 새벽에 시작되는 고전음악 프로그램의 시그널 뮤직이라고 했습니다. '딴 따 따 따 따아~라 라 라 라라라라라라라라…'하고 시작되는 〈시계 교향곡〉 2악장. 소년의 뇌리에 섬광처럼 와서 박힌 멜로디입니다.

클래식 음악을 좋아하는 분들은 흔히 죽으면 관에 베토벤이나 바흐의 음반을 넣어 달라고 유언하겠다는 말씀을 합니다. 저는 하이든의 음반을 가져가겠습니다. 토스카니니가 1929년에 뉴욕 필하모닉을 지휘해 녹음한 빅터의 바이닐. 지글거리는 소리골의 심연 너머 하염없는 추억의 공간을 지나, 마침내 바순의 낮은 피치카토가 4분의 2박자로 선생님의 멜로디를 재현하면 억겁 속에 미라처럼 누운 저의 혈관에도 잠시나마 따뜻한 피가 돌 것만 같습니다.

선생님은 사랑이 많은 분이었지만 헤프지는 않았습니다. 꾸지람은 매서웠고, 30센티 대나무 자를 아끼지도 않으셨습니다. 한 번 배우면 절대로 잊지 않을 만큼 꼼꼼하게 가르쳐 주셨고, 기회 있을 때마다 확인하셨습니다. 제 머릿속에 들어앉은 모국어는 선생님께서 심어주신 말과 글입니다. 저는 대학교에서 학생들을 가르칠 때 선생님 흉내를 내려 했지만 실패했습니다. 불가능한 일이었지요.

스티븐 미슨은 『노래하는 네안데르탈인』에서 네안데르탈인의 의사소통 체계로 'Hmmmmm'을 제시합니다. 전일적(Holistic) · 다중적(Multi-modal) · 조작적(Manipulative) · 음악적(Musical) · 미메시스적(Mimetic)이었다는 뜻에서 앞글자를 따낸 것입니다. 메시지가 덩어리째 이해되며, 타인의 감정과 행동에 영향을 미치고, 소리와 몸을 동시에 사용하며, 멜로디와 리듬을 활용하고, 제스처와 소리 공감각을 이용한다는 겁니다. 그러니 소리는 생각이기도 합니다. 귀가 생각의 입구인 동시에 주인이 되기도 합니다.

2002년 10월, 프라하에 갔을 때 구시가 광장 옆에서 천문시계를 보았습니다. 40대의 가을방학. 그때 선생님 생각을 했습니다. 장미 같은 입술을 지닌 선생님이 들려 주셨던 그 멜로디를 기억했습니다.

오리엔트 특급

유학을 마치고 부산으로 들어온 아버지는 기차를 타고 귀향
해야 했다. 그러나 그러지 않았다. 아버지가 고향에 돌아가
지 않고 부산에 정착한 이유를 나는 모른다. 나는 부산에서
사업을 일으켜 기반을 마련한 아버지가 서울로 터전을 옮긴
뒤에 세상의 빛을 보았다. 아버지 나이 마흔, 어머니 나이 서
른여섯에 하나뿐인 아들이 태어난 것이다. 서울 동대문구,
의정부와 청량리를 연결하는 철길이 내려다보이는 야트막
한 산 아래 마을이었다.

비가 내리는 초가을 아침에 첫울음을 터뜨린 아이는, 아마도
기차의 기적소리와 철컥철컥 레일 위를 구르는 바퀴소리를
함께 들었을 것이다. 그보다 훨씬 전, 부산에서 아버지를 만
나 결혼한 어머니가 서울로 가는 기차에 몸을 실었을 때, 어
머니의 뱃속에 깃들인 나는 어머니의 눈을 빌려 빠르게 창밖
을 스쳐가는 세상을 견학했을지 모른다.

그래서일 것이다. 기차는 언제나 나의 잠재의식 속을 달린
다. 거기 먼 곳을 향한 나의 그리움을 실었다. 어린 시절, 기

차를 타고 먼 곳으로 떠나는 꿈을 자주 꾸었다. 대학을 마치고 기자가 되어 출장을 다닐 때, 비행기나 버스보다 기차를 애용했다. 부산에 갈 때는 새마을호를 탔다. 열차시간표로는 다섯 시간 남짓이었지만 연착이 잦아 여섯 시간 가까이 걸리기도 했다. 여섯 시간은 보통 시간이 아니다. 비행기로 그 시간이면 인천에서 싱가포르(!!)까지 간다.

지난 1월 17일.[*] 도쿄에서 서울로 출장 온 일본 기자와 충무로에서 삼겹살을 먹었다. 〈오리엔트 특급 살인〉이라는 영화가 나온 지 얼마 되지 않았을 때였다. 나는 이 영화를 좋아해서, 1974년에 나온 오리지널 버전과 2010년에 나온 TV 버전, 심지어 2015년에 나온 일본 후지TV 버전까지 다 보았다. 나는 20년 넘게 사귄 일본 친구와 영화 이야기를 하다가 한 마디 덧붙였다.

"후지TV 버전은 참 잘 만들었더라. 너희는 우리보다 땅이 넓어서 그런 영화를 찍을 수 있구나. 우리는 2박 3일이나 걸리는 기차노선이 있어야 말이지."

하지만 멀지 않은 장래에 그 친구가 나를 부러워할지도 모른다. 남북 화해가 열매를 맺어 끊긴 철로를 잇기만 하면 우리도 유라시아 대륙 어느 곳이든 기차를 타고 갈 수 있다. 2박 3일? 아무것도 아니다. 1936년 올림픽 마라톤에서 우승한

* 2018년.

손기정 선생은 꼬박 열사흘 걸려 베를린에 갔다.

분단은 우리에게서 수평선 너머를 볼 수 있는 시력을 앗아갔다. 휴전선은 세상의 끝, 낭떠러지였다. 우리는 섬에 갇혀 살아남아야 하는 로빈슨 크루소가 되었다. 휴전선을 열어 끊긴 철길을 잇는 일은 우리에게 한반도를 벗어나 대륙의 저편을 바라보는 비전을 선물한다. 그러기에 두 차례 남북 정상회담과 지난 12일* 북미회담은 속도를 더해가는 기관차 엔진처럼 나의 가슴을 뜨겁게 만든다.

길이 열리면 가장 먼저 아버지의 고향에 가겠다. 함경북도 명천군 아간면 황곡리. 명천 역에서 5㎞, 신명천 역에서는 2㎞ 남짓 떨어진 곳이다. 길주에서 15㎞만 더 달리면 나온다. 나는 요즘 이명(耳鳴)을 앓는다. 레일 위를 질주하는 기차의 바퀴소리가 쉴 새 없이 나의 귀를 울린다. 이 울림을 따라 나의 피가 아버지와 할아버지, 그곳에 터전을 이룬 먼 조상의 맥박으로 이어진다. 나의 귀는 그 근원의 소리를 듣는다.

---

* 2018년 6월.

메데인의 총성銃聲

1994년 7월 2일 새벽 3시, 콜롬비아 제2의 도시 메데인에 있는 나이트클럽에서 총성이 울렸다. 탕, 탕, 탕…. 총성은 열두 번이나 메데인의 밤하늘을 뒤흔들었다. 이날 한 사나이가 죽었다. 이름은 안드레스 에스코바르, 콜롬비아 축구대표팀의 수비수였다. 그에게 총을 쏜 괴한은 총탄 열두 발을 쏘면서 한 발 쏠 때마다 '골!'이라고 외쳤다고 한다.

이 일이 있기 열흘 전, 6월 22일 미국 패서디나에 있는 로즈볼 경기장에서는 미국과 콜롬비아의 미국월드컵 A조 리그 경기가 열렸다. 미국은 1차전에서 스위스와 1-1로 비겼고, 콜롬비아는 루마니아에 1-3으로 졌기 때문에 토너먼트로 올라가려면 반드시 이겨야 했다. 콜롬비아 대표 에스코바르는 스물일곱, 전성기였다.

월드컵이 시작될 때 콜롬비아는 우승 후보였고 미국은 약체로 꼽혔다. 그러나 경기는 예상하지 못한 방향으로 흘렀다. 전반 35분, 미국의 존 하키스가 슛한 공이 걷어내리던 에스코바르의 다리를 맞고 골대 안으로 굴러들어갔다. 콜롬비아는 1-2로 졌고, 결국 조별 예선에서 탈락했다.

엄청난 비난이 쏟아졌다. 마약 조직인 '메데인카르텔'은 "선수들이 귀국하자마자 죽이겠다"고 공언했다. 콜롬비아 선수들은 두려운 나머지 귀국을 꺼렸고, 프란시스코 마투라나 감독은 에콰도르로 피신했다. 그러나 에스코바르는 속죄하는 심정으로 귀국 비행기에 올랐다.

목숨을 잃기 하루 전, 에스코바르는 "자책골은 이상한 경험이었다. 내 인생이 끝날 때까지 잊지 못할 기억"이라고 토로했다고 한다. 그의 고백은 예언, 아니 유언이 됐다. 에스코바르의 여자 친구는 범인이 방아쇠를 당기기 전에 '자살골에 감사한다'라며 빈정거렸다고 증언했다. 다음 날 검거된 범인의 이름은 움베르토 무뇨스 카스트로. 전직 경호원 출신이라고 했다.

에스코바르의 죽음은 세계를 놀라게 했다. 사건 직후에 열린 독일과 벨기에, 스페인과 스위스의 16강전 경기를 시작하기 전에 그를 추모하는 묵념을 했다. 그의 사후 4년간 콜롬비아 대표팀의 2번은 결번으로 남았다. 국제축구연맹(FIFA)은 에스코바르가 죽은 지 12년이 지난 2006년 7월 2일에 최초로 열린 길거리 축구 대회의 우승컵을 '안드레스 에스코바르 컵'으로 명명했다.

지난 19일* 일본과의 경기에서 시작한 지 3분 만에 퇴장당하며 페널티킥까지 내줘 패배의 빌미를 제공한 콜롬비아 대표팀 선수 카를로스 산체스가 살해 협박을 받았다는 소식은 가슴을 철렁하게 만든다. 소셜네트워크서비스(SNS)에 끔찍한 글을 올린 사람도 있다. "콜롬비아에 돌아오지 마라. 죽음이 기다리고 있다. 24시간 안에 가족을 대피시키지 않으면 후회할 것이다." 포악하고도 어리석다. 분열과 증오를 퍼뜨리는 병균이여!

축구는 우리의 가슴을 뜨겁게 한다. 나라를 대표해 싸우는 대표 선수들의 책임감은 말로 표현하기 어렵다. 그러나 축구가 아무리 중요해도 승부와 목숨을 바꿀 수는 없다. 우리는 늘 '승패를 떠나 최선을 다하고 경기 자체를 즐기자'라고 다짐하지만 대회가 시작되고 나면 모두 공염불이 된다. 4년에 한 번 축구를 보는 사람들도 평생을 바친 선수와 지도자를 단죄하려 든다.

돌아보자. 인격의 측면에서, 우리 가운데 카스트로 빠질 자는 없는가.

* 2018년 6월.

모천회로 母川回路

> "고개 숙여 존경하는 시인이여. 이렇게 하여 나는 당
> 신의 후예임을 알아내고 한없이 기뻐했습니다. 이제 내 운
> 명에서 풀리지 않았던 많은 수수께끼가 풀리기 시작했습니
> 다. 스스로의 행동과 결심으로 자신의 운명을 이끌어 왔던
> 나는 결국 많은 면에서 당신의 길을 따랐던 것입니다."

러시아 소설가 아나톨리 김이 1990년 2월 3일 자 동아일보
17면에 기고한 에세이다. 제목은 「내가 한국인입니까 러시
아인입니까」이다. 그는 '재소작가(在蘇作家)'로 소개되었는데,
1939년 카자흐스탄에서 태어난 고려인 3세다. 1973년 문단
에 데뷔해 1980년대 러시아 문단의 대표 작가로 주목받았
다. 1984년 발표한 『다람쥐』로 모스크바예술상, 톨스토이문
학상 등 여러 문학상을 받은 그는 노벨문학상 후보로도 거론
될 정도로 거장의 반열에 올랐다.

아나톨리 김은 1989년 9월 처음으로 할아버지의 나라를 방문
한다. 그해 9월 26일부터 10월 1일까지 열린 세계 한민족 체전
에 참가하기 위해서였다. 이 행사는 수원을 비롯한 경기도 12

개 시군에서 분산 개최된 전국체육대회와 함께 열렸다. 그는 소련대표단 147명과 함께 하바로프스키에 집결, 서울에서 보낸 전세기를 타고 김포공항을 통해 25일 오후 9시에 입국했다.

이 해에 그는 우리 사회에 집중적으로 소개됐다. 9월 11일 동아일보 특파원 연국희가, 10월 4일 문학평론가 김윤식이 그를 인터뷰했다. 아나톨리 김은 연 특파원과 인터뷰하면서 "고려혼(高麗魂)이 내 작품의 뿌리다. 조국을 등진 삶의 응어리가 핏속에 흐른다"고 했다. 신문 인터뷰와 방송 출연이 잦았지만 아주 인상적인 대목은 러시아로 돌아간 뒤에 쓴 에세이에 집약됐다.

러시아로 돌아간 그는 친구이자 번역가인 김근식 교수로부터 편지를 받는다. 편지를 읽은 그는 '놀라움과 형언키 어려운 기쁨을 체험'한다. 거기에는 '기적과 같은 놀라운 일치'에 대해 씌어 있었다고 한다. 진천 김씨 종친회에서 아나톨리 김이 김시습의 후손임을 확인했다는 것이다. 아나톨리 김은 전율하며 써내려갔다. 핏속에 흐르는 그의 본질 어떤 부분에 사로잡혀 고백한다.

> "나를 지배하는 것은 오로지 영감뿐입니다. …나에게 있어서 글을 쓴다는 것은 삶의 수단이지만, 삶 그 자체는 후에 그 삶이 끝났을 때 그 삶에 대해 내려지는 평가보다 비교할 수 없을 만큼 중요한 것입니다. …가장 소중하고 부드러운 것, 가장 심오하고 영적인 것, 가장 진실되고 지속적인 것은 한 인간에게 민족적인 기원과 연관되어 있는 법입니다."

아나톨리 김의 고백은 나의 마음을 사로잡는다. 가장 정채(精彩)가 느껴지는 곳은 맨 마지막 줄이다. 그는 "내가 당신과 한 핏줄이라는 놀라운 소식에 기뻐하면서도 어이하여 나는 울적한 마음을 금치 못하는 것일까요"라고 묻는다. 이 물음에는 오직 아나톨리 김만 대답할 수 있다고 나는 믿는다. 매월당이 살아 돌아와도 대답하지 못할 것이다.

연어는 바다에서 살다가 번식할 때가 되면 고향을 찾아 계곡과 폭포를 거슬러 오른다. 우리는 그 내력을 짐작만 할 따름이다. 더러는 별자리, 더러는 지구의 자성(磁性)이 작용했으리라 추측한다. 유력하기로는 태어난 곳의 냄새를 기억했다가 용케도 그 길을 되짚어 오른다는 설이 최고다. 애틋하지 않은가, 다음 세대를 기약하며 제 숨을 거두는 일. 태로 돌아가 종생하는 길.

지난 한 주* 남북은 끊긴 철도 이을 일로 지혜를 모았다. 나는 결과가 몹시 궁금했다. 그 길은 우리가 잊었던 여정, 굽이굽이 강철의 모천회로(母川回路). 세월을 짐진 채 늙어버린 실향인들이 무리 지어 그 길을 오르는 모습을 상상하였다. 이미 세상을 떠난 내 아버지 또한 거기에 있어, 얼굴을 높이 들고 허공에 호흡을 버무려 고향의 흙냄새를 흠향하리니. 그 비릿하고 애틋한, 피의 냄새!

---

* 2018년 6월.

내면의 해저 海底

그 남자는 그녀를 사랑했고 그녀도 그 남자를 사랑했다. 그 남자는 우리의 친구였고, 그녀도 우리의 친구였다. 둘은 헤어졌고 헤어진 후에도 사랑은 변하지 않았다. 서로를 충분히 이해한다는 것, 그리고 철두철미 냉철했다는 사실이 사랑을 완성하지 못하게 했다. 지극히 지적인 두 남녀는 자신들이 해야 할 일을 잘 알았다. 그 일을 끝내기 전에는 결혼이라는 형태로 구축된 사랑의 구조물을 유지할 자신이 없었다. 아니, 불가능하다고 확신했다. 하지만 우리는, 아니 나는 왜 그들이 완전한 이별과 영혼 속에 다운로드된 기억의 삭제로 그들의 결심과 합의를 완성해버렸는지 이해하지 못했다.

우리는 두 사람을 사랑했고 두 사람도 우리를 사랑했다. 우리는 자주 만나 그들의 사랑을 확인했다. 그 만남은 불같은 정열과 차가운 지성 사이에서 외줄을 타는 두 사람을 지켜보는 시간이기도 했다. 즐겁고 유쾌했지만 한편 애처롭고 조마조마한 시간들이었다. 친구는 아주 오랜 시간이 지난 뒤 착하고 말수 적은 아내를 맞았다. 여자 친구의 소식은 한참의 시간이 지난 후 끊어졌다. 이제 우리는 어쩌다 만날 수밖에 없게 됐다. 구릿한 입냄새를 풍기는 중년돼 만난 우리는, 그러나 추억보다는 꿈을 말하려 든다. 세상 모든 사나이에겐 숨겨두고 싶은 추억이 있다고 한다. 하지만 어디 사나이뿐이랴.

비밀은 '공범'을 만든다. 친구와 나는 서로에게만은 절대 말하지 않는 비밀 아닌 비밀을 간직한 추억의 공범이다. 친구도 나도 친구들과 그 이야기를 하지만 서로에게만은 하지 않는다. 아마 죽을 때까지 그럴 것이다. 아름다웠던 청춘의 시간에 장만해뒀던 헤아릴 수 없는 기억들을 꽤나 많이 시간의 강물에 풀어 보냈다. 이제는 굵은 알맹이들만 더러 남아 있을지도 모르겠다. 하지만 흐르는 강물을 막을 수는 없다. 흐르면 흐르는 대로 남길 것은 남기고 떠날 것은 망각의 바다로 떠나보낼 뿐이다. 얄궂어라! 남은 자가 나그네의 일기를 쓴다.

우리 내면의 해저에는 또 하나의 세계가 있다. 기억은 거듭 쌓여 단층을 이루고 우리는 순간마다 영겁을 가로질러 한 시대의 기억 속을 여행한다. 그곳이 어디인지 알지 못하는 채. 하지만 기억은 분명 우리 몸이 일부가 돼 짜릿한 쾌감과 아련한 슬픔을, 전기에 감전된 듯한 충격을 선물한다. 눈을 감고 떠올려 보라. 당신의 시간 어느 곳을 저며 그 절절한 정서를 돌이켜 보라. '하늘나라에 가 계시는 엄마가 하루 휴가를 얻어 오신다면 … 숨겨놓은 세상사 중 딱 한 가지 억울했던 그 일을 일러바치고 엉엉 울겠다'던 정채봉처럼.

2016년 7월 1일, 나는 '마라의 죽음과 생식기'라는 제목으로 이 글을 쓰기 시작했다. 남루한 조각배에 독자 여러분을 태우고 어디로 흘러갈지 알지 못한 채. 우리의 몸을 더듬어 때로는 은유로, 때로는 현실로 풀어낸 나의 이야기들, 추레한 나그네의 길이었다. 연재는 다음 주로 마친다. 우리는 이제 각자의 길을 가리라. 매 순간이 운명일 수밖에 없는 체험과 심연과도 같은 망각, 그리하여 영원의 지층으로 잠복하고야 말 온몸에 새긴 시간의 문신, 그 행간 속으로. 그때 고백했듯 여전히 아무것도 보이지 않는다.

생텍쥐페리의 비행 飛行

　　　　　'폭포는 곧은 절벽을 무서운 기색도 없이 떨어진다. 규정할 수 없는 물결이 무엇을 향하여 떨어진다는 의미도 없이 계절과 주야를 가리지 않고 고매한 정신처럼 쉴 사이 없이 떨어진다. 금잔화도 인가도 보이지 않는 밤이 되면 폭포는 곧은 소리를 내며 떨어진다. 곧은 소리는 소리이다. 곧은 소리는 곧은 소리를 부른다….' (후략)

김수영이 쓴 시 「폭포」다. 행과 연을 풀어 썼다. 끊임없는 떨어짐. 폭포는 아무것도 남기지 않고 떨어진다. 남김 없음과 곧음은 몸을 던지는 행위의 본질을 설명한다. 몸을 던지는 자의 흔적은 묘연하고 자취는 개결할 따름이다. 그러므로 필연코 자유의 낙하다. 때로 비극일지라도! 사람의 작별 또한 매한가지 아니겠는가. 연재는 이번이 102회째다. 작별의 시간. 여러분과 헤어지기 전에 연재를 시작할 때 준비해뒀던, 그리고 약속이기도 한 이야기를 한다.

2003년 8월 4일. 월요일이었고 음력으로는 칠월칠석이었다. 아침에 눈을 뜨자마자 현대의 정몽헌 회장이 세상을 떴다는 급보를 받았다. 신문사가 뒤집어졌고, 나는 고인 주변의 몇몇 임원에게 전화를 걸어 무슨 말이든 들어야 했다. 기자의 일이 몹쓸 밥벌이라는 생각을 나중에 했다. 비통함과 어디를 향해야 좋을지 모를 원망 그리고 울분 같은 것이 명치끝에서 뜨거운 덩어리가 됐다. 뭘 묻고 어떤 얘기를 들었는지 기억하지 못한다. 취재수첩에 갈겨 쓴 글씨들만 남았다. 그날 나의 전화를 받은 분들께 참으로 죄송하다.

나는 정 회장 생전에 몇 차례 함께 밥을 먹거나 차를 마셨다. 보통은 스포츠와 관련된 일(통일농구 · 현대 야구단 · 금강산 관광 등)로 회견을 할 때 그를 봤다. 정 회장을 마주 보며 선함으로 가득 찬 중년의 미소를 즐길 때는 농구에 대해 말할 때였다. 정 회장은 농구를 정말 좋아했다. 그의 농구 사랑이 '통일농구'를 만들었다. 1999년 처음 열린 통일농구는 현대 남녀 농구단이 평양과 서울을 오가며 경기를 해 나라 안팎의 관심을 모았다.

정 회장의 죽음 이후 통일농구도 중단됐다. 그렇기에 남북의 화해 분위기 속에 지난 4~5일* 평양에서 열린 통일농구 대회는 나의 가슴을 뜨겁게 했다. 나의 눈은 자꾸만 경기의 흐름을 놓치고 류경체육관의 관중석 어딘가에 앉았을 것 같은 정 회장을 찾고 있었다.

* 2018년 7월.

2006년 10월 11일. 정 회장이 세상을 떠나고 세 번째 통일농구가 끝난 지도 3년이 지났을 때 나는 별렀던 칼럼을 썼다. "계동 사옥을 지날 때마다 정 회장을 떠올린다. 나는 언제나 정 회장의 마지막 순간을, 낙하나 투신이 아닌 비행(飛行)이었다고 믿고 있다. 그는 생텍쥐페리처럼 마지막 비행에 나섰던 것이고 지금도 자유롭게 허공을 날고 있을 것이다."

꼭 쓰고 싶었지만 못 쓴 말도 있다. 정 회장이 누군가로 인하여 혹은 누군가를 위하여 몸을 던졌다면 그 누군가도 '생텍쥐페리의 비행'을 피하거나 거절할 수 없을 거라고 써야 했다. 곧은 소리가 곧은 소리를 부르듯, 살아서든 죽어서든 어떤 식으로든. 하지만 15년이 지난 지금에 와서 보니, 모든 것이 덧없으되 아련하고도 막연한 그리움만 남았다.